JN082103

田中角栄を総理にした男

軍師・川島正次郎の野望

青志社

田中角栄を総理にした男

軍師・川島正次郎の野望

栗原直樹

まえがき

リーダーの資質について

「田中角栄（たなかかくえい）が総理なら、この難局にどう対処しただろう――」

コロナショックが襲う中、巷でこんな声が聞こえ始めた。一流週刊誌にもそうした記事が出た。今わが国には、即断即決の政治家を待ち望む声が溢れているのだ。

その一方、安倍晋三（あべしんぞう）内閣は迷走が続いている。マスクはなかなか届かない。給付金も遅い。中小企業への補償も不十分だ。

政府・与党の中には

「これでもたない会社は潰す」

「ゾンビ企業は退場せよ」

などと放言する政治家までいるらしい。

自分たちこそ不手際続きでありながら、国民には無責任かつピント外れな「自己責任論」を強いる……これが一国の政治を司るものたちの言うことか、と耳をふさぎたくなるばかりである。

翻って、角栄は。

昭和四十年、山一證券が経営危機に陥るや、即座に動いて強引に日銀特融を決めた。一証券会社を救うことで、悪影響が日本経済全体に及ぶのを防いだのだ。

他にもテレビ、医療費問題等々、角栄の即断即決ぶりを示すエピソードはいくつもある。そこにあるのは「スピード感」「やってる感」ではない。本物のスピードと、成果である。

また角栄は、役人操縦にも長けていた。アメとムチ、共に駆使して官僚を使った。近年、「政権の実質的運営者は官邸官僚」などと指摘されているけれど、角栄は官僚に丸投げなどせず、己の意志と腕とで政治を行ったのである。

何か危機が起きるたび、田中角栄待望論が湧くのも当然だ。

しかし、角栄と比べ物足りないと見られる安倍政権は、政権維持能力については抜群だ。安倍は総裁を三選し、内閣はすでに八年目。今や史上最長政権となった。それどころか一時は、

「安倍は憲法改正のために四選を狙うのではないか」

「トランプ大統領が再選されたら安倍四選だ」

などという声まで聞かれた。

コロナ禍でその気運はしぼみつつあるし、何より政界は「一寸先は闇」だ。何が起きるかわからない。だが今後の展開次第では、再び「四選論」が盛り上がる可能性もあるだろう。

ところで過去に四選した総裁は、たったの一人しかいない。

安倍の大叔父、佐藤栄作（さとうえいさく）。沖縄、小笠原の返還を成し遂げた宰相だ。佐藤は史上唯一の「四選された総裁」でもあるのだ。

時は昭和四十五年。当時の政局の焦点は、総理の出処進退だった。

「佐藤はさすがに三選で辞めるだろう」

「いや、四選を狙っているのではないか」

様々な情報が錯綜し、〝次〟をめぐる思惑も錯綜した。

ポスト佐藤の一番手と見られた福田赳夫（ふくだたけお）やその支持グループは、「三選で終えてもらって禅譲を」と目論む。

他方、後継争いで福田の後塵を拝していた田中角栄は、「四選してもらって政権を長引かせ、その間に力を蓄えよう」と目論む。

しかし佐藤は〝待ちの政治家〟だけあって、なかなか進退を明らかにしない。

そこへ、ある政治家が、角栄を後押しするかのように、曖昧な表現を駆使しながら四選へのレールを敷き始める。すると、あれよあれよという間に「四選やむなし」との空気が出来上がり、佐藤は四たび総裁の椅子へ座ることになるのである。未曾有の政治劇には凄腕のプロデューサーがいたのだ。

その人物とは自民党副総裁・川島正次郎（かわしましょうじろう）。

何を隠そう先に記した

「政界は一寸先は闇」

との名言を吐いた政治家だ。わずか一度の四選劇とは、角栄と「川島―田中ライン」を形成していたこの寝業師が主導したものなのだ。

しかも佐藤官僚政治の長期化は、次期総裁レースの風向きをも変えた。「角栄に支持拡大のための時間が出来た」というばかりではない。角福それぞれに、対照的かつ重要なイメージをもたらしたのだ。

福田は佐藤と同じく役人上がりだ。それゆえ佐藤内閣が続けば続くほど、「佐藤亜流」との印象が濃くなった。対する角栄は、党人派であり庶民派だ。本当は角栄も、佐藤の亜流といえば亜流だし、「庶民」というのも怪しいが、世間は深く突っ込まない。

「岸信介（きしのぶすけ）、池田勇人（いけだはやと）、佐藤栄作と官僚政権が続いている。福田だとまた官僚だ」

「そろそろ人心一新で、党人が総理になってもいい頃じゃないか」

「党人派から総裁となれば角栄だ」

官僚政治への飽きが蔓延する中、こんな声が高まった。福より角のが「選挙に勝てる顔」とみなされたのだ。

そして角栄は、その人気と期待感も武器に多数派工作を成功させ、総理の座を奪い取っていくのである。つまり、佐藤の四選は、田中内閣誕生の、主因でもあった重大事なのだ。換言すれば、川島正次郎こそ〝田中角栄を総理にした男〟といえるのである。

最も面白い時代を最も面白く生きた男

佐藤四選後の世情を表す作品に、水木しげるの『魔女上陸』がある。そこでは川島と角栄らしき人物が登場し、意味深なやりとりを展開する。

川島「男を手玉にとることはできますが女を手玉にとることはむずかしい」

角栄「次またお世話になりますので」

佐藤を四選させた川島の腕前と、それに頼る角栄の姿は、漫画にも描かれているのである。

筆者は川島の政治手腕を、戦後政治の中でトップクラスに位置するものだと考える。特に、読みの深さとカンの鋭さに至っては、一、二を争うレベルにあると感じる。資料を漁り発言を追うと、「なるほど」と思ったり、「これはどういう意味だ」と長考したり、何か勉強している気にすらなる。

しかしながら川島の名は、今や馴染みが薄いだろう。なにせ没後半世紀。大河ドラマ「いだてん」に、悪役として登場したことくらいしか、巷の話題にのぼらない。テレビドラマを見ない筆者など、それすら本書の執筆まで知らなかった。そこで、その生涯を簡略に振り返ってみることにしよう。

川島正次郎は明治二十三年生まれ。役人や新聞記者を経て代議士となった。役人としては築地の中央卸売市場を新設し、政治家としてはトップを目指さずナンバーツーの座で活躍。成田空港の建設にも関与している。また、教育者としての顔も持ち、母校・専修大学の総長を務めた。昭和四十五年に八十歳で急逝。平均寿命が七十歳に満たなかった時代ゆえ、かなりの長寿だ。

特筆すべきはその遅咲きで、川島は還暦を過ぎてからその本領を発揮した。初入閣が六十四歳。今の安倍総裁が、三選したときの年齢だ。並みの政治家なら、そこで終わりかあと一回くらい大臣をやって終わるコースである。

だが川島は違った。六十七歳で岸内閣の幹事長となり、ポスト岸の総裁選では台風の目に。続く池田内閣では五輪担当大臣、副総裁を歴任し、後継選びの中心人物に。佐藤内閣でも引き続きナンバーツーの地位を占め、長期政権の仕掛人に――。

そんなこんなで死去するまでの十三年間、川島は政局の中心に居続けたのである。

「人生百年時代」

「生涯現役時代」

の鑑のような、末広がりの生涯だったのだ。

川島はまたアダ名の多い政治家だ。筆者が知る限りでも、〝江戸前フーシェ〟〝陽気な寝業師〟〝カミソリ正次郎〟〝オトボケ正次郎〟〝ホトケの正次郎〟〝ハヤブサの川島〟〝魔術師〟〝政治の芸術家〟〝政界の粋人〟〝選挙の神様〟……等々約三十は数えられる。

わが国はおろか世界でも、これほど別名の多い政治家は稀なのではないか。

異名の多さは大物の証、という。思えば川島の生きた時代は、アダ名を持つ政治家が多かった。〝コンピューター付きブルドーザー〟〝政界の団十郎〟〝昭和の妖怪〟〝昭和の黄門〟……。どれも言い得て妙だった。名付け親たちの言語感覚も見事だが、付けられた側も、それだけ「顔」を持っていたということだ。

翻って、現在はどうか。異名を持つ政治家自体が少ないうえに、持っていても〝ルーピー総理〟〝すっから菅（かん）〟などという、不名誉なものが目立つと感じるのは気のせいか。今より昭和の政治の方が面白いというのも、登場人物たちの個性と無縁ではあるまい。

昭和はすでに歴史となった。その最も面白い時代を最も面白く生きた三十面相の政治家。

人生百年時代の先駆けのような、生涯現役を貫いた政治家。

川島―田中ラインを形成し、田中角栄を総理の座に就けた政治家。

これから幕を開けるのは、即断即決の男・田中角栄と、その角栄に天下を獲らせた男・川島正次郎の物語である。

なお、本書の執筆にあたり、川島を大叔父に持つノーネスチャンネル代表取締役の平山秀善（ひらやまひでよし）

氏、元産経新聞川島番・角栄番記者、小畑伸一（おばたしんいち）氏の力強い協力を得た。

そして今回も、阿蘇品社長をはじめとする青志社編集部の方々の手を煩わせた。皆様に深く感謝申し上げる。

二〇二〇年六月　栗原直樹

田中角栄を総理にした男　目次

第三章　一流の脇役　二番手として常に徹する……122

第四章　角栄が走る　うるさいチョビ髭……155

第五章　人心掌握の極意　角栄待望論の源泉……181

第六章　男の価値　後ろ盾としての器量……240

第七章　影の総理　冴える凄腕正次郎……292

第八章　角栄の聖戦　禅譲を阻む角栄の布石……354

装丁・本文デザイン　岩瀬聡

第一章
角栄を総理にした男――いざ見参

奇異な戦(いくさ)だった

「おおッ！」

田中角栄は椅子から三十センチも飛び上がった。

違う。

十五……いや、二〇票は違う。

来るはずの票(フダ)が来ていない。

〈六票しか差がない……俺の方から三人動けば同数だった……〉

心臓が高鳴り、冷や汗が流れた。もともと汗っかきの通産大臣ではある。が、つい数秒前までの汗とは質が違った。冷たくて、流れが速い。百戦錬磨の男が初めて体験する、新種の汗だった。

場内の空気もまた変わった。沸いていた拍手がまばらとなり、どよめきが起きた。

「角さん、思ったより伸びなかったな」

「一回目で二百を取れるというのはホラとして、百八十はいくっていう話だったのにな」

「こんな差じゃ、勝ったとしても大変だよ」

その場のあちこちからこんな声が漏れた。みんな意外だったのだ。

〈一七六票、少なくとも一七〇は堅かったはずだが……〉

今まで他人の勝負では、ほぼ完璧に票を読み切ってきた俺なのに。

よりによって、自分の勝負で読み誤るとは。

〈大平を甘く見すぎたか？　中曽根の派閥（ムラ）からロクに来なかったのか？〉

コンピューター付きブルドーザーの頭脳が回転する。動揺しているせいか、ネジがゆるんだ調子で。

ややあって、「解答」に達した。

〈いや、やはり長州閥の力か……〉

「今太閤」の肌にアワが生じていた。


その日！　昭和四十七年七月五日は、決戦の日であった。

与党、自由民主党の新総裁。

それはまさしく、日本の次の総理大臣。

その座を決める戦いに、決着をつける日であった。

所は日比谷公会堂。

すなわち午前十時四分から、新総裁選出のための第二十七回自民党臨時党大会が開かれたのである。

そもそも総裁選挙なるものは、毎度激戦というわけでもない。セレモニーの如き茶番もある。事実、これに先立つ過去三度の公選は、いずれも信任投票の域を出なかった。現職への批判票がどれだけ出るかということに、焦点が当てられていた。

しかしこの総裁選は別だった。数年に及ぶ長い長い戦いが、水面下で展開されてきたのである。

過去三回の公選は、今回の前哨戦——そういう感すらあった。いわば前座の無気力試合を三たび経て、総裁選史に残るまぎれもない真剣勝負（セメントマッチ）が火ぶたを切ったのである。

狼煙（のろし）は現職総裁の醜態だった。

六月十七日、佐藤栄作首相が退陣を表明。七年半を超す長期政権にピリオドを打った。しかし立つ鳥跡を濁す。かねて新聞の論調に不満を抱いていた佐藤は、記者会見にて〝政界の団十郎〟と呼ばれたギョロ目をギラつかせ、積年のウップンをぶちまけたのだ。

「偏向的な新聞は大嫌いなんだ」

「新聞記者の諸君とは話をしない」

「テレビで直接国民に向かって話したいんだ」

新聞記者たちも負けじと会場から去っていく、前代未聞の退任劇だった。

佐藤は大宰相だ。小笠原、そして沖縄の返還を成し遂げ、政局運営にも非凡な手腕を発揮。前任者である池田勇人の「所得倍増」、そのまた前任者である佐藤の実兄・岸信介の「安保改定」、これらに負けない事績を残した。醜態から二年四カ月後の話だが、日本人唯一のノーベル平和賞も受賞している。

空前にして今のところ——佐藤の親族・安倍晋三総裁は三選したが、今後どうなるか——絶後の、四選を果たした総裁でもある。最長不倒を刻めた理由は、河野一郎(こうのいちろう)ら、政敵が死去したことも一因だ。とはいえ佐藤の腕と業績が、傑出していたことは否定できない事実だろう。

だがこの大宰相は、国民の人気が沸くタイプではなかった。中盤過ぎの頃までは、一応は三割台、四割台の内閣支持率を保ってはいた。が、佐藤個人の人気は高くなかった。

「待ちの政治」「官僚政治」と評された手法も、一般受けするものではなかった。しかも、長すぎる政権ということで、終盤には世に佐藤内閣への「飽き」が蔓延していた。

「栄ちゃんと呼ばれたい」——。

「伴ちゃん」と呼ばれた大野伴睦(おおのばんぼく)の三回忌に際し、こう語った佐藤だが、栄ちゃんと国民との距離は縮まらないままだった。無様な退陣会見は、不人気に悩む長州人の苦悩を象徴していた。

ともあれ、佐藤が身を引く決意をしたことで、次期首相をめぐる暗闘が、一挙に表舞台へと噴き上がってきたのである。

「次」を目指すは「三角大福」こと阿波の三木武夫（みきたけお）、越後の田中角栄、讃岐の大平正芳（おおひらまさよし）、上州の福田赳夫。有力なのは田中と福田で、「角福戦争」と称された。

さらに、不確定要素があった。

福田と同じく上州の、中曽根康弘（なかそねやすひろ）の存在である。

この「三角大福中」のしんがりが、はたして出馬するのか否なのか、その去就が注目されていた。

ところで三大福の三名は、そしてやや格落ちの中さえも。

すでに、自前の派閥を持っていた。

しかしながら角だけは、まだ佐藤派の一員だった。

しからば佐藤は、角栄を。

こう考えるのが「常識」かもしれない。

が、政治の世界は世知辛い。事はそう単純ではなかったのだ。

佐藤の辞書に「角」の字は無かった。否、あった。だが「総理」の項には無かった。代わりにあるのは「福」の字だった。官僚上がりの大宰相は、兄上の秘蔵っ子たる大蔵官僚・福田赳夫を後継にしようと目論んでいたのである。

なにも角栄が、ボスに立てついていたわけではない。むしろ逆。越後産の土建屋こそが、長期政権の立役者といえた。五期四年に渡って幹事長を務め、国会で、党内で、閣内で、不人気の大宰相を支え続けた。それどころかお互い若かった、二十余年の昔から、「角」の字は佐藤を立ててきた。

吉田茂派が佐藤派と池田派とに分かれれば、池田と親しくとも佐藤につく。

佐藤が疑獄で苦しめば、恩赦に動いて救出する。

佐藤と池田の仲がこじれると、パイプとなって決裂を防ぐ。

いわゆる「佐藤派五奉行」――田中角栄、保利茂、橋本登美三郎、愛知揆一、松野頼三――のうち、佐藤の出世と大成とに、最も貢献したのは角栄であろう。当人もそれを自負しており、佐藤内閣首相秘書官・楠田實にこんなセリフも吐いている。

「オレはあの人が苦しい時やあぶない時は、必ず顔を出し、局面を切り開いてきた」(『佐藤政権・二七九七日〈下〉』)。

「あの人」というヨソヨソしさが気になるが、公平に見て、ウソや誇張ではなかろう。ところが官僚上がりの団十郎は、総理の器と見ていなかった。越後産の土建屋を。せめて福田の次にしろ、まだ五十四と若いのだから、と辟易していた。野心満々の子分に対し。

むろん、評価はしていた。

「田中は有能だ」

五奉行の一人、松野に「用心しろ」と注釈を付けつつこう話しているし、前出の楠田が記した日記にも、

「保利も橋本も幹部面しているが駄目だね。やっぱり政治の分かるのは田中ぐらいのもんだ」

と、佐藤が漏らしたとの記述がある。

実際、五期も幹事長を任せたし、現に通産相に任命している。コンピューター付きブルドーザーをフル稼働させたのは、ほかでもない、佐藤なのだ。

けれど、総理には推さない。

なぜか。

ここは弟でなく、兄君のセリフを引こう。

「田中君は幹事長もしくは党総裁としては第一人者かもしれんな。しかし総理としては、つまり日本の顔として世界に押し出すということになると、あの行動を含めてやはり教養が足りない」（『岸信介証言録』）

角栄シンパだったとの説もある、佐藤夫人にも登場してもらおう。

「田中さんを入閣させるのはコワイ。変なことが出てくる恐れがある」（『楠田實日記』）

裏方としては飛び切りだが、「顔」になってはいけない男。

仕事はできるが黒い霧に包まれた、ちと危うい男。

兄と妻のセリフこそ、大宰相の肚を余すところなく代弁していよう。

一方、角栄も。

そうした佐藤の心中を、痛いほどまでに察知していた。

「俺の敵は福田じゃない。彼は上州の平手造酒(みき)だ。ひともみで潰せる。本当の敵は岸と佐藤なんだよ。長州閥さ。彼らは強い。命がけの戦争になる」

佐藤内閣たけなわの頃、名物秘書の早坂茂三(はやさかしげぞう)に、真顔でこう漏らしたものである。

――全くの余談、というか脱線だが、元共産党員の早坂は、『ノストラダムスの大予言』で知られる五島勉(ごとうべん)の中学の後輩だ。当時、学内では後輩への鉄拳制裁が横行しており、意外にも(?)五島は、しばしば未来の角栄秘書を殴りつけていたという。しかし早坂も早坂で、闇将軍の側用人時代、週刊誌記者に平手打ちを食らわすという実績を持っている。いずれもあまり知られていない話のようなので、敢えて挿入した次第である――。

話を戻す。

親分の佐藤が、後ろ盾どころか「敵」だということを自覚していた角栄は、ある戦略を立てた。

――佐藤を決して怒らせない。できる限り支える。しかれども、佐藤への奉仕をダシにして、党内に根を張っていく。

越後の土建屋は、極度に団十郎を恐れていた。あのギョロ目と向き合うと、いつも以上に落ち着きをなくすのだ。

「あんな男の側にいたら、俺は一日たりとも生きていけない」

官房長官ポストを固辞したときの言葉だが、これが次の天下を狙う男の言うことかと、若干鼻白む。さりとて強気の奥に潜む弱さは、角栄の、いや古今の英雄に共通する魅力ではある。

次の如き話もある。

運命のいたずらか、ある日、軽井沢にて両雄が鉢合わせてしまった。角栄は運命を呪った。が、気を取り直し、避暑地なのに汗を拭き拭きしきりに佐藤へ話しかける。

「今度このあたりに別荘を……」

「……」

佐藤は、険しい顔で沈黙している。

角栄は、たじろぐ。それでも、会話を成立させるため、言葉のボールを投げようとする。されど、ミットがどこにあるかわからない。どんな球を投げたらいいのかもわからない。

「まァそのォ〜」

「……」

佐藤は、なお沈黙している。あまつさえ、険しさが増したようだ。

角栄は、さらにたじろぐ。まだ、ミットの場所がわからない。わかるのは、滝のように流れる汗の感触だけだ。

「アノぉ〜」

「……」

こんな調子で五分くらい経った頃、団十郎は決めゼリフを放った。

「もういい！」

のちに角栄は、天下を獲ると前後して、軽井沢に九千坪もの別荘を買い入れ顰蹙を買うのだが、それはさておきサシの勝負の達人も、ボスとの一騎打ちでは完敗続きだったことがうかがいしれよう。

「佐藤と角栄は、まるで封建時代の主従関係」

「角栄は、佐藤の前では米つきバッタ」

両者の仲を、いささかの同情も交えこう見る向きさえあったのだ。

古来、組織のナンバーワンとナンバーツーの関係は、往々にして難しい。古典を斜めにひもとくと、君主と臣下の緊張関係やら、それへの対処法やら、多くの事例が載っている。近頃の政権も、分断狙いのガセも多々あろうが、幹部間の不和がどこからか伝わる。組織、殊に政界の如き曲者ぞろいの世界では、職責上の距離と心の距離とが裏腹というケースはままあるが、佐藤派の領袖と代貸しとの関係は、その最たる例であったのである。

とはいえ、佐藤を畏怖するだけでは終わらないのが角栄だ。

〈佐藤にとってのプラスは俺にとってもプラスになる。長期的にはともかくとして、短期的、中期的には俺たちの利害は一致する〉

佐藤の従は、政権の、もとい、煙たい主の前に立ちはだかる難題を、率先して処理することを旨とした。それが自分のためになる。もとより佐藤も、角栄の異能を頼っているのだ。

呉越同舟の典型は、三度の総裁公選だった。

佐藤時代の公選は、毎度結果の見えていた選挙だ。大本命の現職がいて、対抗はいない。大穴……さえもいない。対立候補がいるにはいるが、実質的には信任投票だった。

けれども選挙なるものは、勝敗以外の戦いもある。

票の伸び具合だの批判票の出方だの、わずかな数字がその後の政権運営を左右する。どれだけ動いたかによって、ポストも発言力も変わってくる。勝者も敗者もその他大勢も、それぞれ勝ち負けとは別の思惑も持って公選に臨んでいるのである。

角栄にとって、佐藤の総裁選とは「予行演習」だった。むろん、俺が頂上を制するための。

自分のためにカネとフダをかき集め、自分のために票読みをした。当然、普段も派内外、党内外に布石を打ってはいる。だがそれは「潜行」だった。団十郎の、あの射すくめるようなギョロ目と、〝早耳の栄作〟といわれた大きな耳とを避けながらの暗躍であった。

それが公選ともなれば、「表立って」暗躍できる。「佐藤のため」という名目で、俺の支持者を広げられる。おっかない目と耳とを気にせずに、堂々と事前運動できるのだ。俺のための。

さらに、角栄には、

――ある人物を総裁選に立候補させる。

という戦いもあった。しかも、この一見奇異な戦（いくさ）こそが、実は角栄にとっての天王山であり、関ヶ原であった。

なかんずく、佐藤四選時の公選は、それが行われたこと自体が重要だった。

佐藤三選後、岸信介ら福田支持グループは、「佐藤が余力を残して退陣し、福田赳夫へ禅譲」と謀っていた。党内と世間の多くも

——まさか四選はしないだろう。

——佐藤は今期いっぱいで、次は福田が最有力。

と見ていた。

昇竜

当時の角栄は、すでに昇竜の勢いではある。が、福田を擁する長州閥と、一戦を交えるほどの力は無い。後継者争いで、一頭地抜けた福田を追う、二番手グループの一人だ。それゆえ角栄は、「福田政権」を潰すため、佐藤四選へと死力を尽くしたのである。

一日でも長く宰相の椅子に座っていたい領袖も、その魂胆を知りつつ代貸しに乗り、結局、四選が実現する。おかげで角栄は兵を養う時間が出来、長州・上州連合軍に、競り勝つことになるのである。

佐藤の総裁選をあらゆる手法・視点で戦い、それを自分の勝負につなげる——先に「過去三

回の公選は、今回の前哨戦」と記した所以である。

国政選挙もまた「表立っての暗躍」の戦場であった。

「密かに」ではなく自分のために堂々と、子分づくりを進められる。党のため、派のため、佐藤のための戦いが、ひいては自分の手足を伸ばすことになる。

わけても昭和四十四年の衆院選はクライマックスだった。田中幹事長の指揮の下、自民党は追加公認を含め三百議席を獲得。角栄は〝大幹事長〟へと昇華し、小沢一郎（おざわいちろう）ら、親衛隊づくりにも成功した。その支配下にある面々は、〝角マル派〟とも呼ばれたものだ。

ボスへの奉仕をダシにして、着々と手駒増やしに成功し、〝大幹事長〟との評価も得る……長引く佐藤政権下、刻一刻と力をつけていた角栄は、しかしそれでもなお、佐藤を恐れ続けていた。

佐藤内閣に陰りが出ていた昭和四十六年六月の時点でも、まだこう語っている。

「俺は第二の広川弘禅（ひろかわこうぜん）になりたくない」――。

広川とは、かつて吉田茂の側近として鳴らした生臭坊主だ。昭和二十年代半ばの頃は相当な勢いで、党内最大派閥を形成。若き角栄も、広川派の末端に数えられていた。しかし栄華は束の間で、吉田に造反するや否や失脚してしまう。元配下として〝和尚〟の栄枯盛衰を見てきた角栄は、その末路を引き、あらためて「忍従」を宣言したのだ。

ちなみに広川は早寝早起きがモットーで、夜は八時頃寝て朝は三時半に起床、時には一時に目を覚まし、四時頃また少し寝る。そんな健康的な生活を送っていたという。角栄も会合の無い日は早寝して、夜中にいったん起きて明け方また寝ることで知られたが、もしかしたら和尚の影響かもしれない。

閑話休題。

昨今の政界では、長期政権の現職と、禅譲の可能性を捨てていない「後継者」の微妙な関係が見受けられる。前者からはしばしば意味深な言説が発せられ、「現職が途中で辞めて、誰それに後を譲る」といった憶測も流布している。これに対し、後者は慎重に出方を見極めている模様だ。

たしか前者は佐藤の親類で、後者は縁者に大蔵官僚がいたような気がするが、佐藤と福田の関係も、昨今と少し似た距離感だった。

佐藤が「福田後継」を望んでいたのは公然の秘密である。とはいえ、何か積極的に動いていたわけではない。そんな真似をして土台にヒビを入れるより、角福の二輪駆動で政権ロードを驀進（ばくしん）することの方が重要だ。角より福のが次に望ましいとは思っても、何よりもまず自分だ。だからこそ、前述の通り、角栄らの敷いたレール「四選」に乗ったのだ。

――佐藤は途中で辞任して、福田を後継指名する。

こういう予測もあちこちで聞かれたが、実際には居座る。大宰相は官僚らしく、余計な動きはしなかった。

禅譲狙いの大蔵官僚も、佐藤が自分を推していることがわかっているだけに、あまり活発には動けなかった。いらぬ工作などして団十郎に睨まれたら大変だ。福田もまた角栄と同様に、あのギョロ目に威圧されていたのだ。

なかなか次の段階に進まず長期政権が続く中、佐藤内閣が出来て八度目の正月を迎えた昭和四十七年初頭に、ひとつのヤマ場がやってきた。アメリカのサンクレメンテで開催される日米首脳会談に、通産相の角栄と、外相の福田が同行することになったのである。

内閣発足から八年目に突入し、

――佐藤はいつ辞めるのか。

というのが政局の中心テーマとなっていた時期だ。

「佐藤はここで、角福調整を行うんじゃないか」

「佐藤は角栄に、『福田君を支持するように』と説得するんじゃないか」

会談前、福田陣営などからこんな声がしきりに聞かれた。噂が噂を呼び、一種異様なムードが醸成されてきた。

〈調整などさせない。そういう噂も流せないようにしてやる〉

角栄は訪米を、ピンチでありチャンスであると見た。依然として団十郎には怯えている。だからあのギョロ目で

「田中君、どうだ、次は福田君をやってくれないか」

なんて調整を持ち出された日には、断れないかもしれない。だが上手く逃げ切れば、福田は絶好の機会を失うことになるのだ。

サンクレメンテで角栄は、徹底して逃げた。空き時間はゴルフだなんだと佐藤、福田を避けた。戦(いくさ)とは、攻めるばかりが能ではない。逃げることも戦いなのだ。三十六計逃げるに如(し)かずというではないか。

米大統領ニクソンとの昼食会ではドラマが起きた。主役は田中角栄だった。助演はこの訪米に同行していた自民党代議士・佐藤文生(さとうぶんせい)。宝塚の女優を妻に持つ、党新聞局長だ。

佐藤文生は、少し遅れて昼食会に参加した。田中通産大臣が、片言の英語らしき奇怪な言葉で、何やらニクソンと談笑している。通産相が座っていたのは、党新聞局長の席だった。その証拠にネームプレートには「BUNSEI SATOH」とある。

佐藤文生は、会話のスキを見つけ恐る恐る角栄の袖を引いた。

「大臣、お席が……」

すると田中角栄は、真っ赤な顔で振り返り、団十郎顔負けの眼光で凄んだのである。

「わかってる！　わかってるよ！　これでいいんだ、いいんだ！　一生、恩に着る！　これで、いいんだ！」

佐藤文生も政治家だった。とっさに直感した。

〈今、日本の次の総理大臣の椅子をめぐって、大政治ドラマが繰り広げられているのだ

……！〉

主演のド迫力に圧された助演は、反射的に答えた。

「わかりました」

翌日のニューヨークタイムスの一面トップは、日米首脳会談だった。昼食会の写真が載っていた。しかし、そこに写っているのはニクソン、佐藤栄作、そして田中角栄の三人だけだった。福田赳夫の姿は、写っていなかったのである。

真っ赤な顔で「一生、恩に着る」——筆者は中学生の頃、複数の書物でこの場面を読み、「何とも凄い政治家がいるものだ……」と強く印象づけられたものだ。三十年が経ち、突き放した目で政治を見るようになった今でも、その思いはあまり変わっていない。

さて、日米会談公式行事を終えた後、日本側一団はロサンゼルスへ向かった。まだ角福調整はなされていない。途中、一行は船に乗った。ニクソンの知人が用意した、大型ヨット「モジョ号」。そこで再びドラマが起きたのだ。

佐藤、福田、角栄らの船を、記者団の船が追う。記者たちは、

「いよいよ佐藤は、あの船の中で、角福調整をするのではないか」

「密室の中で何かが起こる」

と注視していた。

船が行く。約百メーター離れて並走する。

いや、凝視する。

するとくだんのヨットの部屋の中から、ひょっこり人が出てくるではないか。

誰あろう、田中角栄である。

ニクソンとの昼食会で主演を務めた名優は、今度は一人芝居を演じた。記者団に向かって手を振ったり、挙手の敬礼をしたり、直立不動の姿勢でおどけてみせたりした。で、いっこうに船室に入らない。

〈これこの通り、佐藤との調整話などしていないぞ。俺は一人でデッキにいるんだぞ。後で「調整した」と噂が流れても、ウソだと証明してくれよ……〉

何と、田中角栄は、目的地までの一時間半、記者団の目の届くよう、こんな具合で甲板に立ち続けたのである。角福調整がなされなかったということを、身をもって証明して見せるためだけに。

この機転はどうであろう。この執念はどうであろう。『史記』や『三国志』の世界そのものではないか。

このときの訪米には〝人情系〟余話もある。いわく、

「佐藤や福田と違って、角栄は若手議員を次々と米要人に紹介し、彼らが地元で宣伝になるよう写真を撮らせた」

といったよく聞く話だ。

されど筆者は、そんなことは他の政治家でもできるし、実際やっていると考える。ここでは薄情者扱いの佐藤や福田にも、人情話はいくつもある。いや、大物でなくとも誰にでも、一つや二つはあろう。恥も外聞もなくデッキに立ち続けるエピソードの方にこそ、角栄の凄さと面白さとを感じるのである。

何はともあれ後世「サンクレメンテの怪」と伝わるアメリカ決戦は、角栄の勝利に終わった。そしてついに、水面下から顔を出し、団十郎のあのギョロ目と相まみえるのである。

「栄角戦争」

昭和四十七年五月九日、柳橋の料亭で、田中派が事実上旗揚げと相成った。呼びかけ人は〝元帥〟こと佐藤派のご意見番・木村武雄（きむらたけお）。佐藤派百二名中、八十一人が集結した。もっともこの人数には水増し疑惑もあり、料亭の近くでチェックしていた記者によると「確認した議員の人数は六〇人ちょっと」（『政治記者』）だったそうだ。

しかしとにかく角栄は、佐藤派の多数を手中に収めた。巨大な潜水艦は水面に現れたのだ。もう、後には引けない。

佐藤栄作は怖い。だが俺もここまで来た。富士山の九合目に。勝利の女神もチラチラと、越後の土建屋を見始めていた。

六月十七日、既述の通り佐藤が退陣を表明。二日後、福田と角栄を呼んだ。だがレームダッ

クと化した大宰相は、

「田中君、福田君を支援したまえ」

とは言えなかった。四選前なら言えた。三選で退陣していたら、福田を後継に指名できた。けれど、もう、そこまでの力は無かった。

「君ら二人、俺を支えてきた二人じゃないか。どっちが一位になろうとも、二位になった方が一位に協力するということでいいじゃないか」

と頼むのが、精一杯だった。角福いずれも賛成はしたが、結局、この約束は守られずに終わる。

六月二十一日、角栄は正式に総裁選への立候補を表明。支持派を前に、さりげなく自分のアダ名に触れながら、気勢をあげた。

「私は宇宙旅行をするときの、宇宙船を動かすパイロットのような役目でございます。コンピューターのネジがひとつゆるんでも、地球へ帰って来られなくなるわけですから、宇宙へ飛び出す私の身になっていただいて、お力添えをお願い致します！」

そしてこの日午後、勝利の女神が大股で、角栄に数歩近づいてきた。キャスティングボートを握っていた中曽根康弘が、不出馬を決め、「田中支持」を正式表明したのである。

佐藤四選の例を挙げ、総裁選における「ある人物を立候補させる戦い」について先述した。あの逆だ。中曽根が出馬していたら、票が割れ、角栄にとって大打撃だったのだ。しかし角は同期同学年の中を抱き込み、かえって福に大打撃を与えたのである。

抱き込んだ秘訣は実弾だ、との噂も流れた。もとよりこの公選自体、あちこちで札束がばらまかれたといわれ、お菓子をもじった隠語も生まれた。

五派からカネをもらうのが〝五家宝〟、四派から二度ずつもらうのが〝八つ橋〟……ちなみに昭和三十九年の総裁選では〝ニッカ〟〝サントリー〟〝オールドパー〟〝灘の生一本〟なる酒をもじった隠語が生まれた。これについては後ほど詳述する。

話を戻す。

中曽根を味方につけた田中軍団が、数点リードで八回裏を終えた角福戦争は、七月二日に大勢が決まった。

田中、大平、三木に加え、事実上中曽根を含めた四派連合が成立したのである。

その主旨は「決選投票に残った候補に協力する」というもので、一位は田中、二位は福田と見られていたから、実質的には角栄のための連合であった。すでに、盟友の大平はむろん、三木も引き寄せていた角栄ではあったが、正式な形で同盟が組まれたわけである。

この四派連合の結成で、角栄の勝利は決定的となった。後は田中票がどうなるか、一回目の得票数が焦点となったのである。

ときに佐藤栄作は、この間何をしていたか。あれだけ自分を恐れていた男が、背に翼を付け飛び回る姿を見て。

やはり、動いていた。思うような角福調整はできなかったものの、ギリギリまで各方面に福田支持を呼び掛けた。だがすでに時遅し、これまでの神通力は無くなっていた。露骨に拒否する若手までいた。四選前なら、団十郎のひとにらみでドミノ倒しだったのに。

決戦前夜の七月四日には、あらためて角福を呼び出している。

「おい田中君、三派連合だか四派連合だか、あれは何だ。この前、俺の前で、君たちどっちが一位でも、二位になった方が協力するという話をしたじゃないか」

あのギョロ目でなじる団十郎。これまでの角栄なら、しどろもどろになって釈明の一つもできないところだ。が、時代は変わりつつあった。

「いや、選挙というものは、色々な経過を辿るものです……岸、佐藤の間でも、総選挙ではあれほど激しいやりとりがあるじゃありませんか」

「……！」

従が、主との勝負に初めて勝った瞬間だった。

たいしたことは言っていない。「同じ選挙区で争っている岸、佐藤兄弟の例を持ち出して、ちょっぴり皮肉を利かせたな」という程度だ。

だが、思い出してほしい。

「あんな男の側にいたら、俺は一日たりとも生きていけない」

と、怯えていた角栄を。

「アノぉ～」

と、会話を成立させられなかった軽井沢での醜態を。

あの人に総理にしてもらった

角栄が、「今太閤」と呼ばれ始めたのはおよそ十年前、蔵相時代からである。目白の田中邸の書棚には、江戸初期の儒学者・小瀬甫庵（おぜほあん）の『太閤記』も並んでいた。けれど、まだ地位も貫禄も、完全に今太閤のそれではなかった。まだカッコが付いていた。しかし天下分け目の戦（いくさ）を前に、そのカッコが取れつつあったのである。

ともあれ、角福戦争、いや実質「栄角戦争」は、長い長い暗闘の果て、決着の日を残すのみとなった。田中軍団の圧倒的優勢で、決戦を迎えることとなったのである。

ここで、冒頭のシーンに戻ろう。

昭和四十七年七月五日、日比谷公会堂における自民党総裁選――。

立候補者は田中角栄、福田赳夫、大平正芳、三木武夫。

有権者数は四七八人。過半数に達した候補がいない場合は一位と二位の決選投票となる。

本命は田中角栄候補。一回目の投票で、一七〇票から一八〇票を獲得すると予想された。

「一回目で二百票台をとれる」

などと豪語していた角栄であったが、それは吹かしか情報戦か自己暗示として、現実には「一七六票」と読んでいた。実際、「一七〇」は堅いと見られた。その日朝、ホテルニューオータニで開かれた田中支持派の会合には、百七十名以上の議員が参加したからだ。

十時五十分過ぎから始まった第一回投票は、十一時十六分に終了。十一時二十分から開票が始まった。

角栄は二列目に座っていた。汗を滲ませながら、目を閉じたり開けたりしていた。

怖い顔だった。団十郎より怖いかもしれない。

「よく見ると、田中角栄は『怖い』に尽きる。強がっているヤクザと違って本当に怖い」

こう断じた人がいたけれど、確かに怖かった。魔神がいた。

十一時四十三分、壇上の選挙管理委員・田中派の足立篤郎（あだちとくろう）が指を一本立てた。「一位」のサインだ。田中支持派から拍手が起きた。

角栄は、黙っている。怖い顔が赤くなった。

十一時四十五分、選管委員長・秋田大助（あきただいすけ）が投票結果を読み上げた。

「田中角栄君、一五六票！」

あろうことか、予想より二〇票も少なかった。今朝の会合で、「田中万歳」を叫んだ仲間のうち、別人の名前を書いたユダが十数人はいたことになる。義理人情、スジを通す、男と男の約束……政客たちはそんな言葉が大好きだ。が、実態はこんなものなのだ。

「椅子から三十センチも飛び上がった」

「肌にアワが生じた」

とは、決戦終了後の角栄自身の弁である。

選管委員長の声は続いていく。

「……福田赳夫君、一五〇票！　……大平正芳君、一〇一票！　……三木武夫君、六九票！」

二〇票以上は開くと見られた角福の差は、わずか六票しかなかった。

角栄は選挙後、

「大平に票を回した」

「大平派の鈴木善幸（すずきぜんこう）に地方代議員票を切り崩された」

「中曽根のところからはきちんと来なかった」

等々語っている。福の「一五〇票」は読み通りだったそうだから、福田陣営の盛り返しでなく、自派のゆるみによって票が減ったと言いたいのだろう。なるほど当たらずも遠からずかもしれない。

しかし、そもそも角福戦争とは栄角戦争ではなかったか。

長州閥との戦いではなかったか。

事実、三木票の不振は、

——福田一派の猛追によって食い荒らされたからだ。

との見方もなされたのだ。

六票差という数字を目の当たりにした角栄が、団十郎の、あのギョロ目をまぶたに浮かべ、またも怯え出したと考えるのは半可通の妄想であろうか。


田中角栄と福田赳夫による決選投票の結果は、十二時四十二分、同じく秋田委員長の口から発表された。

「田中角栄君、二八二票！　……福田赳夫君、一九〇票！」

越後の土建屋・田中角栄が、名実ともに今太閤となった瞬間であった。

天下を制した田中角栄は、長い長い戦いを振り返った。
〈……新人の頃から総理を狙ってあちこちにカネをバラまいた。人間は欲の塊なのだ。人間は感情と欲で動くのだ。だから人を動かそうと思えばカネを使うのは当然だ。勇み足をしてしまい、石炭がらみで逮捕されたこともあったけれど〉
〈獄中から立候補して当選した後の頃だったか、酔った勢いで
「僕は現ナマに代えられるカネが、ざっと六十五億円ある。これで天下がとれますかネ？」
なんて、阿呆なことを口走ってしまったときもあったな〉
しかし思い出は、やはり「佐藤栄作」が中心となる。

〈……佐藤と知り合ったのは初当選の頃だ。向こうはノーバッジの官房長官だった。そもそも政治家としては、俺の方が先輩なのだ〉

〈本当は佐藤の同級生・池田勇人の方と親しかった。娘を通じて縁戚にもなった。でも、色々考えて、ライバルの少ない佐藤派に入ったんだ。おかげで佐藤派から誰か選ぶとなると、大抵俺になったのだ〉

なぜ、佐藤に勝てたか。いきおい思いはそこに及ぶ。

〈……一番重要なのは人気だろう。毎日新聞の調査では、三角大福中のなかで俺が二三％で断トツだった。北海道自民党青年部のアンケートでは、百七十五人のうち、実に百二十二人が俺を選んだ。政治家が一番怖いのは選挙だ。カネよりフダだ。人気者の俺が党の顔なら選挙に勝てると踏んだ連中が多かったのだ〉

二番目に重要なのは何だったか、ここで少し詰まった。

〈……陰に陽に布石を打ってきたことか？　幹事長として三百議席とったことか？　中曽根を抱き込んだことか？〉

〈…………〉

どれも、違うような気がした。根本的ではないと思えた。そして、結論に達した。

〈……「四選」だ。佐藤に四選させたことだ。あれが無ければ福田が総理になっていたんだ。布石も三百議席もあれが無ければ全部パーになっていたんだ。中曽根を抱き込むどころか、そ

もそも出馬できる状況にすらならなかったのだ〉
〈四選が無ければ、人気があっても俺は総理になれなかった。人気より、佐藤の四選が決定的だったんだ〉
〈人気の面でも、佐藤が四選したことは、俺にとって大変なプラスとなった。長引く佐藤官僚政治と福田官僚政治のイメージが重なって、党人、庶民イメージの俺に有利になったんだ。佐藤に四選させれば、福田のマイナスになって俺のプラスになるとは予想していた。だが予想以上に俺のプラスになったんだ〉
〈「佐藤四選」こそが勝負の分かれ道だったのだ〉

第六代自民党総裁は、一人の男の顔を思い浮かべた。

「あの人のおかげだ……」

それは、粋(いき)な老政客だった。

「佐藤さえも恐れたあの人がいなければ、四選は無理だった。俺はあの人に、川島さんに総理にしてもらったようなもんだ……」

〝川島さん〟。

自民党副総裁・川島正次郎。

田中角栄と組み、佐藤四選を主導した男。

田中角栄幹事長の後ろ盾となった〝陽気な寝業師〟。

ナポレオン時代のフランス政界を変幻自在に泳いだジョゼフ・フーシェになぞらえられ、〝江戸前フーシェ〟と呼ばれた政治の達人。

「あの口笛……」

田中角栄の耳に、懐かしい響きが聞こえてきた。

コトを起こすときに出る、川島の口笛。

――ピュ〜。

第二章

カミソリ正次郎 ―切れ味を試す

昭和の妖怪の首に鈴をつける

――ピュ～。

小さな音が鳴っている。

口笛だ。

犬を呼ぶときの、ごく普通の口笛なのに、心地よい音色がする。

何かこう、余裕のある響きだった。

演奏者が歩いてくる。

還暦は過ぎていようが、髪は黒く若作りの男性だ。

右手を上着のポケットに突っ込んで、どこか飄々（ひょうひょう）とした風情である。

靴はピカピカで、背広はシワ一つ無い。

男のオシャレは足元から、というが、その伝でいけば、この男はかなりの洒落者のようだ。

いや、〝粋人(すいじん)〟といった方がよいかもしれない。

優雅さと、世慣れた雰囲気とがある。

見てくれにこだわる男にありがちな、軽さは無い。

スキも無い。

頭のてっぺんから足のつま先まで、ピシッとしている。

酸(す)いも甘いも噛み分けないと、こういうムードを醸し出せないであろう。

……その粋人に、声をかける者がいた。

「ああ、幹事長……総理はこちらにいらっしゃいます……」

「ウン……」

「幹事長」と呼ばれた男は軽くうなずいて、開けられたドアの奥へと入っていった——。


昭和三十五年六月二十三日は、終わりと始まりの日であった。

一つの波乱の収まりが、また新たな波乱を生む。そんな流転(るてん)の日であった。

五日前の十八日夜、永田町。

「アンポ、ハンターイ!」

「キ・シ・ヲ、タ・オ・セ!」

大群衆の波が渦巻いていた。安保反対運動だ。首相官邸の周りだけでも三万、四万。少し範囲を広げれば、三十万を超すともいわれる人だかりができていた。怒号と罵声が吹き荒れる。十五日には、学生がデモのさなかに死亡する惨事も発生。いつ、暴動が起きてもおかしくない情勢だった。

官邸も、不測の事態に備えざるを得ない。臨時の救護所が設けられ、八か所の消火栓にはホースがつながれた。いつでも放水できるようにするためだ。

が、ヘソの部分――総理執務室――は意外にも、物寂しい様だった。二人の男がいるだけだ。で、しんみりブランデーをなめている。

首相・岸信介と蔵相・佐藤栄作。政治史を彩る兄弟だ。

「兄さん、ブランデーでもやりましょうや」

両雄は造り酒屋の生まれだが、弟は酒をたしなむ方ではない。とはいえ、この場はやはり酒が要る。茶ではどこか物足りない。歴史の瞬間なのだから、それ相応の舞台装置が必要なのだ。

兄は時計を見続けていた。

〈あれが「ボーン……」と鳴ったら、俺は勝つ〉

すなわち午前零時を迎えれば、岸の悲願たる、日米新安保条約が自然承認されるのである。

この安保改定がなされれば、岸は殺されても構わないと思っていた。評価の分かれる男だが、近頃の政治家とは気迫が違う。

人のやれないことをやってきた。官僚として栄華を極め、政治家としても頂点に。途中、「戦犯」の屈辱も味わった。国の興亡そのものの人生だ。男子たるものこれ以上の生き方が、この世の中にあるというのか。残るは歴史にその名を刻むこと、それだけだ。

「官邸の安全確保に自信が持てない」

警視総監からそう言われた。だから閣僚たちをそれぞれの役所に帰した。だが自分は残った。一部の大臣、議員も官邸に留まってはいた。けれど、執務室は、ひとり岸信介だけだった。

「俺だって襲われたくはないさ。だけど内閣総理大臣は、ここ以外に居る所が無いじゃないか。変な所に引っ込んで、そこで怪我をしたというんじゃ、みっともないのもいいところだ」

こう言って、警備の元締めには引き取ってもらった。

実は一人になりたかった。今は歴史の一場面なのだから、〝主役〟だけがいればよいのだ。

ところが、なんか物好きが、自分も一緒に残るという。

〝ブラザーズ・カンパニー〟の片割れだ。

「兄さんを一人にするわけにはいかない。一緒に死のうじゃないか」

「フッ……ま、殺されるならここ以外無い……そうなれば俺も二人で死んでもいい」

本当は一人がよい。が、弟なら、まあいい。

ということで、二人きりの籠城と相成ったのである。

しかしなかなか、その時は来ない。時計の針は普段より、ゆっくり動いているかのようだ。

外のデモ隊は、相変わらず喚声をあげている。

「……」

「……」

岸はその履歴と能力と風貌から、〝昭和の妖怪〟なる異名を持つ。心臓に毛が生えている。佐藤も貫禄十分だ。それがどうして、兄弟そろって神妙にしていた。

シュプレヒコールが響く中、つと、何かぶつかるような音がした。地下食堂に小石が投げつけられたのだ。部屋の空気は、一層、緊迫した。

「あと七分だな……」

岸は沈黙を破りつぶやいた。固唾をのんで待つ兄弟。二人の生涯で、最も長い七分だった。

——ボーン、ボーン……。

来た、見た、勝った。

六月十九日、午前零時。岸が命をかけた新安保は自然承認されたのである。

「おめでとうございます」

側近たちが集まってきて、官邸の主に声をかける。だが、岸はうなずくだけだった。まだ、安堵の余韻が残っていた。

「自然承認の時刻を迎えたときは本当にホッとした」(『岸信介回顧録』)

妖怪も実は人の子だったのである。

新安保は自然承認された。とはいえ、これで終わりというわけではない。批准、つまり日米両政府がこれを確認し、同意する作業が残っていた。

〈まだ批准がある……ここでゆるんでは駄目だ〉

岸は勝利の美酒に酔ってはいたが、気を引き締めてもいた。最後の最後で失敗したら、元も子もなくなる。

〝カミソリ岸〟の脳裏に「批准」の二文字が広がり始めた頃、執務室に一人の政治家が現れた。

岸より少し年長らしき男だ。

最高権力者の御前だというのに、右手を上着のポケットに突っ込んだまま。

もう片方の手には、何か書類を持っている。

この部屋に入る者は、程度の差はあれ皆一様に緊張感を漂わせるのが常だが、そうした様子は微塵もない。

馴染みの店に、ふらっと入るような素振りだ。

例の粋人――自民党幹事長・川島正次郎である。

「総理、おめでとうございます……」

川島は岸に祝辞を述べた。もとより安保改定は、川島の功も大である。総裁は幹事長に座るよう促し、二人はソファで向き合った。

「いやありがとう……あんたのおかげだよ。これでとりあえずは一段落ついた」

「いえ……しかし今日はケガ人も出なくてよかったですな」

「そうだ、そこだよ……何事も無くてよかった」

されど川島は、特に嬉しそうではなかった。いつも通りだった。若干の笑みを浮かべてはいたものの、感慨とか、達成感とか、そういう感情がありそうには見えなかった。批准を済ますまで浮かれるな、と慎重になっている様子でもない。難関をくぐった直後だというのに、普段と全く変わらなかった。

執務室、官邸の内外には、他にたくさんの政治家がいた。喜び、怒り、満足感、敗北感……みな様々な感情に駆られていた。

なのに、政権の要である幹事長だけは。

冷静というか、平静というか、要は落ち着き払っていた。

自分が中心人物の一人である政権が、難業に取り組んだ。長い時間を経て、幾多の困難を経て、九分九厘、成功の段階に来ている。

それなのに、日頃と少しも変わらない。残り一厘での失敗を、戒めている風でもない。飄々としている。

こんな政治家、他にいるのか。

儀礼的なやりとりを終えると、〝カミソリ正次郎〟は切り出した。

「ところで総理……これで安保改定は出来上がりましたな。いや実にめでたい……岸内閣の業績として歴史に残ります。つきましてはこれからのことですが……」

「……」

岸は次の言葉を待った。批准のことか、それとも――。

「今後の課題は、この混乱を収めることでしょうな……あと引き際です。一区切りついたんですから、ここいらでひとつ、『人心の安定のために』と、こういう声明でも出したらどうですか」

サラッと言って、文書を渡した。表情も変えずに。

相変わらず、飄々として。

「……」

岸が目を通しているもの。

それは、「退陣声明」だった。

数日前、川島が官房長官の椎名悦三郎（しいなえつさぶろう）、農相の福田赳夫に呼びかけ、岸に無断で作成したものだ。起草したのが椎名と福田、手直ししたのが川島である。

退陣声明に目をやる総裁にかまわず、幹事長は口を開いた。

「……それは椎名君や福田君と話し合って作ったものですが、我々三人は『引き際が最も大事』ということで一致してます……党内の空気も、そろそろ潮時だというのが大勢です」

岸はカチンときた。言わんとすることはわかる。現に「退陣」も、選択肢の一つに入れてはいる。だが今言うことか。まだ批准が残っているではないか。第一、一国の宰相の進退は、宰相自身で判断しなければならないものだ。配下が口にするとは僭越ではないのか。昭和の妖怪は、少しムキになって言い返した。

「いや、それはどうかな。新安保が出来たっていっても、そりゃ日本だけの話だ。アメリカの方はまだなんだよ。そういうときに、ちょっと違うんじゃないかな、こういうナニを出すとかいうのは」

妖怪用語なのか知らないが、岸はよく「ナニ」という。微妙な問題を扱う際、無意識に出るようだ。このときも出た。

川島は岸の言い分を、フン、フン、と聞いていた。

やはり、飄々として。

そして続けた。

「ああ、そうですな、たしかに批准が残ってますな……しかし党内には、批准書には陛下の御名御璽(ぎょめいぎょじ)が必要だけど、この状況では無事済むかどうか……なんて声もありますぞ」

川島がちらつかせた、無事に批准できるかという声。

これは、「岸が退陣声明を出して群衆を退散させないと、批准書を無事宮中に届けられない」というものだ。

じわじわ刃を当ててくるカミソリに、もう片方のカミソリが応戦する。

「いや、色んな意見があることは承知してるが、ナニを出すとか出さないとか、批准が済む前にやることじゃないよ。とにかく批准して、新安保を完全なものにしなければいかん」

川島は、粘る岸をさらに押す。

「批准をすんなり済ませるためにも、『新条約を完全に成立せしめたら、自分は辞める』と、ご自身で事前に発表したらどうですかな……さもなければデモ隊がどうなるかわかりませんぞ。椎名君も福田君も同じ気持ちです」

思いのほか強く辞任発表を迫る幹事長を見て、総裁は察した。

川島の真意が、批准前の退陣声明などでは無いことを。

批准後に、確実に退陣させるのが狙いであることを。

川島の底意を見抜いた岸は、苦々しく答えた。

「いや、そんなことできるもんじゃない。批准前にもし俺が辞めるといったら、アメリカが俺を信頼できなくなるんだよ。そうなったらおじゃんだ。批准して、完全に効力が発生してからならともかく、今の段階でナニを出すとかどうとかはダメだ」

すでに、いや、ひょっとすると話す前から、川島は呑み込んでいる。

押したところで、岸が批准前に退陣声明など出さないということを。

それでいながら辞任を迫るのは、なぜか。

実は、「批准後には必ず退陣しなければなりませんよ」というメッセージなのだ。

批准後に、岸が居座りなど目論まず、すっぱり辞任するよう先手を打ったのだ。

「まあそうですな、おっしゃる通り、今後のことは批准が終わってからの話ですな。……わかりました。とにかく批准が無事済むよう頑張りましょう」

岸が察したことを察した川島は、あっさりと引き下がった。スッと立ち上がり、軽く一礼して、また右手を上着のポケットに入れ部屋から消えた。

「……」

カミソリ同士の手合わせが、ひとまず終了した後も、総裁は幹事長のまぼろしを見ていた。

〈椎名も福田も川島と同じか……これで、批准後には辞めると言質をとられたようなもんだ……〉

世間は〝反岸〟に満ちている。加えて、自分に最も近い三人の政治家が、「退陣」で一致したという。

〈特に、川島が俺に見切りをつけたのが痛い〉

役人時代からの仲である椎名、秘蔵っ子である福田、この二人が退陣に傾いているのは、まあいい。

問題は、川島だ。

椎名と福田を丸め込みやがって、というのではない。

川島が、この内閣はもう限界だと見ている。そのことが問題なのだ。

〈あの男の読みとカンは尋常じゃない……〉

川島は政界の〝水先案内人〟である。無類の深さと速さで次、そのまた次の展開まで見通し、手を打つ。

三年前、初めて幹事長になったばかりの頃は、それほどではなかった。むろん当時から深読みで、動きも素早い。〝ハヤブサの川島〟の世評通りだ。だからこそ党務の中心に据えた。が、尋常ではない、というほどではなかった。それが年を重ねると共に、鋭さを増してきた。今や岸すら一目置くほど、その先読みは冴えを見せている。

〈あの読みで、俺がいくら粘ってももう持たないと判断したということか〉

幹事長の読みを指標の一つにしていた総裁は、嘆息した。

〈もっとここに座っていたかったが……〉

岸は執務室の椅子の感触を、尻に焼き付けた。


岸がまぼろしを見ていた頃、川島は。

――ピュ～。

また、口笛を吹きながら、官邸を後にしていた。

何を悠長な、と見るのは早計だ。

この男が口笛を吹くとき、実は頭が猛烈な勢いで回転しているのだ。
〈目先を変えるためには、やはりフトコロだ〉
フトコロ。
つまりカネ。
そちらへ国民の目が向かえば、安保の混乱も完全に静まる。
庶民の関心の根本にあるものは、安全保障や外交などではない。
日々の生活だ。
今日、食っていけるか、明日、食っていけるか。
満足して暮らせるか、将来の不安なしに暮らせるか。
これが、国民の大部分を占める、庶民たちの関心事だ。
安保反対運動なるものは、深刻ではある。
とはいえ、彼らにとって本当に重要な問題は、毎日の暮らしなのだ。
そして暮らしとは、とりもなおさず「経済」である。
〈となると、当然、彼だ〉
より関心のあるテーマを持ち出せば、庶民の安保熱など急速に冷める。
ひいては自民党政権も、安泰になる。
それができる男を、岸の後、官邸の主に据えればいい。

〈だが一波乱、二波乱では済まんだろう〉

川島は、「波乱」が来るのが面白くてしょうがないといった顔つきで、待機していた車に乗り込んだ。

粋人は妾宅と別荘は持たない

自然承認四日後の六月二十三日、五百人の警官が護衛する中、外相公邸で批准書交換式が行われた。これにて安保改定に伴う手続きは、全て終了した。

「岸信介」の三文字が、歴史に刻まれたのである。

使命を果たした昭和の妖怪は、院内の床屋に足を運んだ。このときの映像を見ると、岸は川島風に上着のポケットに手を入れている。飄々とした雰囲気も、誰かに似ている。ともあれ、さっぱりした宰相は、今度は「約束」を果たした。

「政局を転換することが必要であると、判断いたしまして、本日、総理大臣を、辞する決意をいたしました」

三年半近くに渡った毀誉褒貶(きよほうへん)相半ばする政権に、ついに終止符が打たれたのである。

はたせるかな、岸が身を引くと、デモ隊は雲散霧消した。五歳の安倍晋三が「アンポ、ハンターイ」と真似したほど過熱していた安保反対運動は、急速にしぼんだ。血気盛んな若者たちの姿は失せ、永田町は枯れた老人と脂ぎった中年だらけの街へと戻ったのだ。

しかし、波乱の収まりは、また新たな波乱の幕開けでしかなかった。

次期総理の座をめぐり、ドロ沼の争いが始まったのである。

まず取られた手段は、「話し合い」だった。

岸が辞任表明するや、すぐに自民党は両院議員総会を開いた。席上、幹事長の川島から提案が出された。

「え〜、これより党一本化、次期首班について話し合いたいと思います。

大野伴睦副総裁、石井光次郎総務会長、松野鶴平参院議長、重宗雄三参院議員会長、益谷秀次副総理、佐藤栄作蔵相、池田勇人通産相、そして幹事長の私。

この八者により、協議を進めたいと思いますが、どうでしょうか」

総会がこれを了承した後、時を置かずして上記のメンバーに岸も加わり、協議、いや謀議が始まった。

〈この連中が集まったところで、すんなり決まるはずがないだろう〉

自分から呼びかけておきながら、八者協議を他人事のように眺める。これが川島の真骨頂だ。いつ、いかなるときでも、深入りはしない。言質も取らせない。幅広く意見を聞き、情報を集め、先を読む。

〈まずは、まとめることより、情報を取ることだ〉

八者会談の面々は、主流派、あるいは総裁候補を擁する派閥の幹部だ。みな、ハラに一物も二物もある。落としどころを見つけたり、妥協したりするのは上手いが、協調性は無い。助け合いの精神も無い。案の定、腹の探り合いに終始し、結局、各派とも態度未定ということで、結論は出ず散会となった。

すると、その日の夕方、意外な大物が、ベレー帽姿で首相公邸に現れた。元首相・吉田茂が大磯から上京してきたのである。

証言録によれば、岸はこのとき池田支持を明言したとのことだ。

「吉田さんには（中略）私の後継者は選挙ではなく話し合いでナニしたいと思うが、党内における実力からみて池田君が一番だと思う。あなたが池田を推しておられることは、前から分かっているので、私も『池田』の方向でまとめたいと思う、という話をしました」（『岸信介証言録』）

しかし、これは二十年以上経ってからの告白で、リアルタイムでは、

――岸が吉田に後継を打診したが、ワンマンは高齢を理由に断った。

などと伝えられた。

ベレー帽にステッキの元老と、昭和の妖怪。両者は「池田後継」で一致した。されどまだ様子見のため、表向きは「吉田後継」を打診したことにして煙に巻いた、ということのようだ。

岸との会談後、「私心を去って政局の安定を図ることに努力されたい」との書簡を池田に送った吉田だが、〝選挙運動〟は翌二十四日まで続いた。総務会長の石井光次郎を大磯に招き、

「池田支持」を要望したのだ。自身も総裁を狙っていた石井は、

「聞かなかったことにします！」

と憤慨。連日に渡るワンマンの動きに対しては、

――吉田は官僚政権たらい回しを画策している。

――池田総裁、佐藤幹事長で、実質『第六次吉田内閣』を構想している。

といった憶測も流れた。毎度おなじみの、真実も半分くらいはある謀略放送だ。

吉田はさらに新聞紙上で「次期首班は池田君がいい」と発言。

「岸君も後任には池田君を考えているとはっきり言っていた」

と、岸との会談内容まで暴露している。ただ、「吉田学校」の校長が、総代・池田勇人を推していたことは、わざわざ発表せずとも周知であった。

とまれ岸が辞意表明した途端、安保も批准もどこかへ消え去り、後継争いに全ての目が注がれる……あまりの目まぐるしさに二の句も継げぬが、この間の「政局の転換」（岸信介）を、藤山愛一郎（ふじやまあいいちろう）が印象的に記している。藤山は、批准書交換式の当事者たる外務大臣だ。

藤山によれば、交換式後のスケジュールについて、岸との間で事前に打ち合わせがなされていたという。

午前十時過ぎから始まる交換式を終えたら、外相は同時刻に開かれる閣議へ駆けつけ、批准の終了を報告。その後首相が退陣表明をするという流れだ。

だから藤山は、批准が終わると「早く、早く」と運転手を急き立て、飛ぶようにして院内へと駆けつけた。ところが閣議はすでに散会しており、いつもと違う顔ぶれが集まっていた。前出の八者協議が開かれ、後継首班について話し合っていたのである。

「なぜ、岸さんは待っていてくれなかったのか」

外相はショックを受けた。国家の大事なのだから、閣議を休憩してでも待つべきだ、というわけだ。藤山は、とにかく岸に手続き終了を報告し、その場を去る。本来、拍手で迎えられてもおかしくない人物が、あろうことか無視され、約束も破られる……非道な世界である。

しかも、そんな同情すべき政治家を蔑視した、ひどい政治家までいたという。

いったい、誰だ。その不届き者は。

何を隠そう八者会談の中心人物——川島正次郎である。

藤山は自著で書いている。

「川島さんは、私を見ると『何しにきたのか』といわんばかりの顔つきをした」(『政治わが道』)

悲劇の外相は同書において、他にも

「川島さんは、どこかとっつきにくいところのある人だった」

等々述べるなど、川島が自分に冷たいと感じていた模様だ。川島が藤山を、

「藤山君は自分のカネがゼロになったら、本物の政治家になるだろう」

と評したとの話も伝わる。

やはり川島は、藤山を見下し、嫌っていたのだろうか。

いやいや、これは藤山の誤解も多分にあるようだ。

川島の元番記者であり、秘書役も務めた小畑伸一氏は

「川島先生は、藤山さんを政治家として未熟だとは見ていたが、好意を持っていた」

と語り、以下のようなエピソードを教えてくれた。ある日の川島と、藤山派幹部とのやりとりである。

川島が幹部に声をかけた。

「藤山君は元気かね」

「ええ、元気です」

川島は続ける。

「妾はまだ二人かね」

「ええ（笑）」

ちなみに、そのうちの一人は著名人である。

川島は、さらに続ける。

「今日はどっちかね」

「ええ、当日、爛熟（らんじゅく）している方で（笑）」

小畑記者によれば、川島と親しい大映社長の永田雅一(ながたまさいち)も、

「川島さんは藤山さんのことを良く言ってたなァ」

と語っていたそうだ。

もともと藤山は、日商会頭まで務めた実業家である。旧知の岸信介に誘われ清水の舞台から飛び降り、政界へ。鞍替えしてまだ日の浅かった安保改定時はむろん、最後まで素人臭さが抜けきれず、〝雑巾にされた絹のハンカチ〟と称された。玄人の極致といえる川島とは、対極にある政治家だ。

玄人は素人に好感を抱くも、素人の方はそれに気づかない。それのみか、玄人が自分に冷淡だと感じる……巷間、たまに見られる誤解だが、藤山のような存在感のある甘ちゃんが、政界に花を添えているのも事実だろう。

考えても見てほしい。

川島やら岸やら、プロの政治家ばかりの永田町を。

アマチュア政治家だらけの政界は怖いが、逆にプロだらけになっても怖いし、面白くない。それに安保批准書交換式などの舞台には、藤山みたいな上品で、腹の白そうな政治家の方が相応しい。プロとアマとが混在し、それぞれの持ち味を発揮し合う。それでこそ、政治は面白くなるのである。

余談だが、小畑記者は〝ラッパ〟こと永田雅一と川島との逸話も話してくれた。

あるときラッパが陽気な寝業師に、北海道かどこかの別荘を買わないかと持ち掛けた。が、川島は、

「僕は妾宅と別荘は持たん主義だ」

と断ったとのこと。小畑記者が「なぜですか」と問うと、

「両方とも、使わんときの管理が大変だ」

粋人は、あっちの方も粋（いき）だったようである。

ポスト岸をめぐる後継者争い

ポスト岸の話に戻す。

ここで当時の新聞から、自民党内の派閥勢力を見てみよう。このころ参議院の派閥は流動的で、明確な分類は困難だったため、衆議院のみの図式である。


岸信介派……約七十名。

池田勇人派……約四十五名。

佐藤栄作派……約四十名。

大野伴睦派……約三十五名。

河野一郎派……約三十五名。

三木武夫・松村謙三派……約三十名
石井光次郎派……約二十名。
石橋湛山派……五、六名。
他に無派閥が十名ほど、複数の派閥を掛け持ちしている者も若干名いた。

一見してわかる通り、岸派、佐藤派が組めば百名を超す。そのためこの二派の動向が、大勢を左右するとされていた。つまり岸と川島は、政権を手放す代わりにキャスティングボートを手に入れた、といえなくもない。

が、そう簡単な話ではなかった。

岸と川島は、後釜に誰を据えるかについて、意見を異にしていたのである。少なくとも、傍から見る限りでは。

岸が辞意表明した直後の時点で、総裁候補と目されていたのは三人だ。すなわち池田勇人、大野伴睦、石井光次郎である。本命と見られた池田は強硬に公選を主張、大野と石井は話し合いでの選出を望んでいた。

で、岸が跡目に推していたのは、池田であった。

福田赳夫の進言により、奇策も一瞬考慮した。民社党委員長・西尾末広を後継首班に推す案だ。

福田は具申した。

「大騒動の後だけに、通常の内閣交代では乗り切れないと思います。西尾さんなら労働者にも理解が得られるし、自民党でも信頼する人は多い。総理が決断すれば、挙国体制が実現するでしょう」

が、この挙国内閣構想は、はたして立ち消えとなった。

弟の佐藤を手っ取り早く政権に就ける、または、あわよくば「岸再登板」――そういう邪(よこしま)な意図のためには、これも一案かもしれない。ひとまず「西尾暫定内閣」でつなぐのも。が、西尾は熟慮の末、

「首班を受けたら政治家として死ぬことになる」

と断った。もとよりこの案で、自民党内がまとまるはずもないだろう。やはり党内から、となると、行き着くところは吉田学校の総代たる大蔵官僚だった。

池田は財界の支持が強い。比較的、党内の勢力も強い。政策もわかる。加えて前年、昭和三十四年の内閣改造の際、通産相として入閣し、安保改定に協力した経緯もある。それゆえ昭和の妖怪は、池田が次に相応しいと見ていたのだ。

ただし、岸は表立って「池田」とは言っていなかった。既述の吉田との会談で、池田支持を匂わせたのかもしれないが、公言はしていない。それゆえ「岸の肚は誰なのか」と取り沙汰されていた。

他方、川島はといえば。

池田でなく、「大野」で党内をまとめる肚だと伝えられた。

「伝えられた」というのは、川島が、そう明言したわけではないからだ。

陽気な寝業師が、同じ党人派の大野ビイキであったことは確かである。川島、大野、河野一郎の三人を、「党人トリオ」と呼ぶ向きもあった。だから「川島は大野支持」との見方が既成事実と化していた。

とはいえ、筆者が当時の資料を漁った限り、川島の口から「大野君を支持する」と発せられた記録は無い。相談に乗ったり、アドバイスしたりといった報道はある。「大野支持の川島幹事長」といった記事もある。が、川島本人による、明確な意思表示や談話は無い。それどころか、明言を避けた記録が残っているのだ。

〈あたしゃ、言質は取らせませんよ〉

そんな声が聞こえてくる。

カギを握る岸派のナンバーワンとナンバーツーの腹のうち。

それが、ハッキリはしないが、どうやら割れている……これだけでも後継争いの行方は、何か面倒なことになりそうな雲行きだ。

そのうえ今度の総裁選びには、いささか込み入った事情も絡んでいた。

政権譲渡の密約——世にいう「カラ証文事件」がそれである。

話は約一年半前にさかのぼる。昭和三十四年一月、そのころ反岸へと傾きつつあった大野と河野とを懐柔するため、岸が奇計を用いたのだ。

当時の岸内閣を支えていたのは岸、佐藤、大野、河野の四派である。しかし政権にゴタゴタが起こり、大野派、河野派が岸から離れる動きを見せた。両派がもし離れたら、政権の足元が揺らいでしまう。

そこで昭和の妖怪は、佐藤も交え大野、河野と会合を開く。場所は帝国ホテル・光琳の間。立会人として黒幕の児玉誉士夫（こだまよしお）、大映社長の永田雅一、北炭社長の萩原吉太郎（はぎわらきちたろう）も同席した。席上、念書が取り交わされた。「岸内閣に協力すれば、次期政権を大野に譲る」という趣旨の内容だ。大野によれば、岸は

「岸内閣を救ってくれ。そうすれば、安保改定直後に退陣して必ず大野さんに政権を渡す」

と繰り返し、佐藤も手をついて懇願。岸の方から誓約書を書くと言い出したという。

岸は「一本調子で世に処していけるもんじゃない」（『岸信介証言録』）と言明する、舌が何枚もある政治家だ。ゆえに〝昭和の妖怪〟〝カミソリ岸〟のほか、〝両岸〟なる異名も持つ。ハラの中では舌を目一杯出しながら、平伏して哀願する。そんな芸当は朝飯前だったに違いない。

とにかくこの証文で、〝両岸〟は危機を乗り切った。一方大野は、これで舞い上がってしまった模様だ。大野番記者だった渡辺恒雄（わたなべつねお）はこう記す。

「大野の方は、この〝証文〟のあるかぎり、次の政権は自分に来るということを、信じて疑わずにいた」（『政治の密室』）

大野派の福田一（ふくだはじめ）と伴ちゃんとの、総裁選直前のやりとりも残る。

「岸さんは、我々を応援する気持ちが本当にあるんですか？」

「ちゃんと約束した。支持をやめるはずがない」

かつて、吉田茂と鳩山一郎との間で、政権譲渡をめぐって「破約」が起きた。昭和二十年代後半の話だ。大野もそのいきさつをよく知っている。

それなのに、いざ自分が当事者となったら、いとも簡単に信じ込む。こんな怪しげな約束を。

さすがは男・伴睦だ。

しかも、当然のことながら、念書の件は「極秘にする」との約束であったのだが――。

愛すべき伴ちゃんは、その存在を漏らしてしまっていた。

それも、渡辺記者や大野派幹部ら、複数の側近に。

「君だけに言うが絶対に極秘だよ」

などと口止めしながら。

この種の密約は、それが秘密でなくなった途端、効力を失うのが常である。次第にマスコミにまで念書の存在が漏れ始め、岸、佐藤の大野に対する不信感はつのる。さらに、帝国ホテル会談の五カ月後の改造で、河野一郎が岸の入閣要請を蹴る。これで証文の前提が崩れた。政権譲渡の密約は、あくまで「岸内閣に協力する」ことを条件としていたからだ。

されば岸信介は、約束を果たすつもりなどさらさら無かった。岸の退陣表明後、大野は自ら岸を訪ねて証文の実行を迫ったが、〝両岸〟は言を左右にして煮え切らない。渡辺記者が質したら、岸はこう皮肉ったそうだ。

「私の心境は、白さも白し富士の白雪ですよ……」

一見すると「白紙」とも取れようが、実はこれ、強烈な復讐なのだ。四年前の総裁選時、岸は大野に膝を屈して支援を頼んだ。が、大野は、

「私の心境は、白さも白し富士の白雪ですよ……」

と、まさしく同じセリフで岸をソデにし、石橋を支持。結果、岸は敗北し、石橋が勝利したのである。岸は大野を騙すばかりか意趣返しまでしたのだ。

もともと昭和の妖怪は、政策に弱い伴ちゃんが、「日本の顔」たる総理に相応しいとはこれっぽっちも思っていない。だから密約の露見や河野の入閣要請拒否は、渡りに船でもあったろう。

岸がこう言い放ったとの話も伝わる。

「大野君を総理大臣にするのは、床の間に肥桶を飾るようなもんだと、誰かも言っておるではないか」

あまつさえ、〝両岸〟は――。

まさに同時期、口頭ではあるものの、石井光次郎にも総裁の椅子を譲ると「約束」しているのだ。以下は昭和三十四年一月十日付の、石井の日記である。

「岸君曰く。

『副総理として入閣してほしい。総理総裁としては次に誰に譲るべき乎、といふことを考慮してをかねばならぬ。池田、河野、松村、大野、みな難がある。結局君の他にはない。（中略）それには適当な地位についてをいてもらはぬと困る。自分も永くやる意思はない』」

石井はこの要請を丁重に断るが、岸はなお、甘いセリフを吐く。

「それでは致し方ない。断念する。しかし昨日いつた心持ちは依然変わらぬからそのつもりでゐてほしい」（同日記・昭和三十四年一月十一日　原文ママ）

石井はこれを「有難く、承っておく」と返しているが、大野伴睦の話では、岸は池田勇人にまで「君に政権を譲る」と約束していたという。

〝両岸〟の権力欲と権謀術数とはかくの如きだ。岸の血を引く安倍晋三が、一部で囁かれる「禅譲」を、本当に実行するのかどうか。偉大な祖父の行いは、その絶好のヒントであろう。

ともあれ、様々なしがらみや思惑を抱えて始まった、総裁選びの八者協議であったが、会議は踊るばかりでまとまらない。そのうち大野と石井とが、連合を組む様相となってきた。本命の池田に対抗するためだ。

当時の自民党内は、大雑把ではあるが官僚派、党人派に分けることができた。官僚派が岸、佐藤、池田らで、党人派が大野、石井、河野らだ。もし公選になったとしても、党人連合によって池田官僚政権を阻む。という狙いで、それまで不仲であった大野と石井が手を組んだのである。

〈ここいらが、目先の変えどころだろう〉

幹事長の川島は、八者会談を五者会談に切り替えた。総裁候補の池田、大野、石井を外し、残る五者で「自由に話し合いたい」（川島）というわけだ。

この五者会談で、幹事長は総理・総裁分離論、あるいは総裁代行委員制を提案した。が、やはりまとまらない。小田原評定が続く中、佐藤栄作と川島との間で、こんな会話もなされている。

「川島君も総裁候補と一部で騒がれているようだから、ひとつ立候補してみたらどうか」

「とんでもないことを言ってくれるな（笑）。三人の候補者でも苦しんでいるのに、このうえそんな無茶なことを持ち出したら、話はブチ壊しだ」

川島正次郎総裁説――。

これについては福家俊一（ふけとしいち）も、こう言及している。

「川島は政権に色気を見せた」

〝政界仕掛人〟〝怪物〟と称された、策士福家。岸信介の黒子だが、単なる黒子にとどまるタマではない。田中角栄と組んで「売春防止法」潰しに動いて失敗したり、「ほめ殺し」を食らったり。口八丁手八丁、戦後政治をちょっぴり面白くした政治家だ。岸の女性秘書にまで手を出した、その道の達人でもある。多少、いや、かなり、誇張と我田引水のきらいがあるのが気になるけれど、その情報収集力とカンの鋭さは無視できない。

実は筆者も昔から、「あるいは」と勘ぐっていた。

川島は、わざと総裁選びを長引かせ、難航させたのではないか、と。

そして、混乱の果てに、自分のところへ総裁の椅子が転がり込んでくるのを狙ったのではないか、と。

だが、川島を直接知る方々の話を総合すると、それはまず無いだろう、とのことだ。どうやらゲスの勘繰りだったようである。

あてずっぽうはさておいて、岸の退陣表明から二週間が過ぎても、事態は進展しないままだった。

「話し合いは、いくらかまとまる方向に進んでいる」

「次期首班は総選挙に勝てる人物がいい」

川島は、のらりくらりと一本化工作を図り続けた。しかし七月九日に至って、ついに話し合いは打ち切られる。七月十三日の臨時党大会において、公選により新総裁を選出することが決まったのである。

すると、すでに名乗りを挙げていた池田勇人、大野伴睦、石井光次郎に加え、新たに二名が立候補を表明した。

外相・藤山愛一郎と、前回の総裁選にも出た元文相・松村謙三である。

「目下、候補者の届け出がどんどん続いております……」

川島は、このころラジオに出演し、見世物小屋に客が入っていくような言い方で、総裁選を解説している。一本化工作に失敗したにもかかわらず、〝政治〟を楽しんでいるかのようだ。この茶化したような口ぶりからしても、川島が政権に色気を見せたという推量は、やはり誤りなのだろう。

話を戻す。

藤山によると、出馬を決意したのは、何と岸信介の勧めがあったからだという。

総裁選びの話し合いが行き詰まっていた頃、岸は藤山を呼び出した。

「どうもゴタゴタし出して、誰も決まらん。ひとつ君が立候補したらどうだ」

こうなったのも安保の結果だと考えれば、後始末のこともある。

悲劇の外相によれば、岸は真剣に、かつハッキリ「君が出ろ」と言ったそうだ。

が、昭和の妖怪は、その話を「それはもう、全く違うね」と一蹴している。

愚直な素人政治家と、ド玄人政治家・〝両岸〟。

どちらの言い分が正しいか。先の福家俊一の回想を引こう。

「岸さんは次期総裁候補として、盟友藤山愛一郎を推したのだ。しかも、岸派の代議士二十名までのれん分けとしてつけるという条件だ。（中略）ワシもその一員に加えられた」（『ニューリーダーがアレだから自民党が面白い』）

前述の通り、福家の話は大げさで、細かな誤りや思い違いも多い。だが、この総裁選において、福家はこの通り「藤山」で動いた。また、岸派の一部を母体として、藤山派が結成されたのも事実だ。だからこの部分に関しては、大筋として間違いではないだろう。

「大野」と「石井」に（あるいは「池田」にも）次を譲ると言いながら、「藤山」をもたきつける。それでいて、本心は「池田」……さすがは〝両岸〟だ。

ところで藤山は、立候補にあたり、幹事長の川島を訪ねた。挨拶と、支援のお願いだ。

されど川島は、説諭するように言った。

「君、あまりそういうことは考えない方がいいのではないか」

これは藤山の回顧だが、福家一流の筆によると、次のようなより厳しい言い方で、門前払い同然の扱いだったそうな。

「君が総裁選に立つなど十年早い」

「財界ならいざ知らず、政界では一年生の君が総裁候補だなどとはうぬぼれるにもほどがある」

〝怪物・福家〟の見立てでは、

「川島にしてみれば、〝自分が岸さんの後継者〟だという気持ちがある。それを頭越しに、一年生の藤山が立つというのだ。とても承知できることではなかっただろう」（同上）

となるのだが、それはともかくこの種の事例が積み重なり、藤山は川島に、苦手意識を持つようになったのだろう。

池田勇人VS大野伴睦をめぐる暗躍

さて、公選となった次期総裁の行方は、既述の通り池田勇人が最有力と見られた。それに次ぐのが大野伴睦で、石井光次郎、藤山愛一郎、松村謙三と続く。これが当時の支配的な見方であった。

本命・池田を推すのは池田派、佐藤派と、岸派の相当部分。対抗・大野を推すのは大野派、河野派と、岸派の川島系。さらに大野は決選投票で、石井との二、三位連合を画策していた。岸に約束を反故にされた大野だが、岸派の支持にはなお期待をかけていた。岸派の大番頭・川島正次郎がついていたからだ。

もっとも川島は、大野支持を明言はしていない。

「（まだ話し合い選出を模索している時期に）どうせ話し合いはつかない。大野君は票集めの準備をしておいた方がいい」

「今のうちに、大野内閣の幹事長を決めておいた方がいい。青木正（あおきただし）君なんか適任じゃないか」

「大野・石井連合の結束さえ固ければ何とかなる」

こうした「親身」の助言をもって、大野がその気になっていただけである。

公選の幕が切られると、大野は

〈川島が、陣頭指揮を執ってくれる〉

と、思い込んだ。が、川島は、ホテルニュージャパンの大野派事務所に来ない。大野派幹部の村上勇（むらかみいさむ）が、選挙資金を手に

「これを全部預けます。事務所に来て指揮を執って下さい」

と頼んでも、行くとも行かぬとも言わない。

さすがに少し不安になった大野は、公選二日前、川島に直談判した。

「もう最終段階に入ったから、記者会見などの機会をとらえて、俺を支持していることを明らかにしてほしい」

すると、〝オトボケ正次郎〟の異名も持つ幹事長は、にっこり笑った。

「君、あたしが誰を支持しているか、党内で知らん者はいないじゃないか」

で、おどけたように続けた。

「あたしゃ、党内のまとめ役の幹事長だから、公式に誰を支持するか明らかにすることはまずいスよ」

このオトボケに納得してしまった伴ちゃんは、大野派参謀連の前で、

「私は川島を心から信頼する。身も心も彼にゆだねるつもりだ」

とまで断言。

「川島さんは、人を五階まで案内しておいてからハシゴを外すヤツだ、という評判もあります。事務所に来て采配を振るってくれてるわけでもないし、ちょっと警戒した方がよいのでは……」

そう忠告する者があっても、

「川島は偉い男だ、そんなことはない！」

かえって怒り出す始末だった。それほどまでに川島を、頼みの綱としていたのだ。

陽気な寝業師が、裏では

「いったい大野君が勝てると思うかね……」

などと漏らしていたことも知らずに……。

何やら不穏な空気が漂う大野陣営であったが、本命とされた池田陣営も、内情は複雑だった。

原因は、佐藤栄作にある。

佐藤は池田と高校の同期だ。否、両者は高校受験の際、同じ下宿に泊まり合って以来の仲なのだ。

佐藤は東大、池田は京大と大学は分かれたが、卒業後は共に官界へと入った。佐藤は運輸省、池田は大蔵省。お互い次官にまで上りつめた。

政界へは、佐藤が先に足を踏み入れた。吉田茂内閣で、議席無しの官房長官。その後の総選挙で共にバッジを付けた。池田は新人ながら大蔵大臣に抜擢された。

「吉田学校」へ入学した二人。しかし徐々に差がついた。吉田が池田の方を可愛がったからだ。一時期干された佐藤をよそに、池田は順調に伸びていく。サンフランシスコの講和会議にも、吉田ともども出席した。

佐藤は不満を募らせた。自分が先を走っていたのに、いつの間にか池田に抜かれた。今回もだ。池田が総裁候補と騒がれてはいるが、本来なら俺だって有資格者なのだ。

と、池田に近親憎悪の念を抱く、政界の団十郎。校長・吉田が「池田、池田」とはしゃいでいる以上、最後はそれに従わざるを得ない。が、放言屋の同級生を、素直に推す気にはなれなかった。

戦略上の問題もあった。池田は大野や石井より若い。政策にも明るい。だから本格政権になる可能性が高かった。

しかしそれは佐藤にとってマイナスだ。池田本格政権が長引けば、それだけ自分の出番は遅くなる。状況だって変わる。

しかも池田は官僚だ。岸も官僚だ。官僚政権が続くとなると、「そろそろ党人で」との声も出る。振り子の原理が働けば、同じく官僚の団十郎は、「ポスト池田」で不利な立場に立たされてしまう。

と、利害損得の観点からも、なかなか池田に踏み切らない佐藤。

おまけに佐藤派内も一枚岩ではなかった。幹部の保利茂は石井光次郎を推していた。この謀将も吉田学校の一員で、池田と佐藤に並ぶ存在だ。だが池田とは犬猿の仲だった。

保利は戦前に初当選している。池田、佐藤の先輩だ。しかるにある日、のん兵衛池田が酩酊のあげく先輩を罵倒。保利も負けじと怒鳴り返した。

「戦後派の青二才が！」

それ以来、お互い顔を見るのも嫌になったのだ。

一方、佐藤派幹部には、強力な「池田派」もいた。

同じく吉田学校の生徒・田中角栄だ。

このチョビ髭は、妻の連れ子が池田の縁者に嫁入りしていた。のん兵衛の放言屋とは縁戚なのだ。佐藤と池田の間に立つ、稀有な存在だった。

加えて池田の腹心・大平正芳とは盟友関係にある。「大平・田中枢軸」といわれる静と動のコンビだ。

大平は角栄に相談を持ち掛けた。「総裁選をいかに戦うべきか」。角栄はかつて岸・石橋決戦の際、佐藤派の核として動いた経験があるからだ。それにこの種の政局では、独特のカンを発揮する。

「アー、なにぶん初めてなもんで、ウー、どこから手をつけたらいいのかすらわからない。ちょっと教えてよ」

「よっしゃ！　二、三日、時間をくれ！」

するとと角栄は、自作のアンチョコを作ってきた。詳細なものだった。具体的な動き方からカネの使い方まで書いてある。

「ここまでとは……」

大平は驚愕し、この線で戦おうとボスの池田に申し出た。本命候補は「ビタ一文、カネを使うことはならん」と嫌な顔をしたものの、結局、黙認。池田派の参謀は、角栄流儀で天下獲りの戦に臨んだのである。

角栄はまた、佐藤の向きを「池田」へと傾けさせた。石井だ、松野鶴平を担ぐのも手だ、とぐずつく団十郎を説得した。吉田校長のおわす大磯へも足を運んだ。

「佐藤さんは、すんなり池田さんをやりにくいようです……」

「二人の喧嘩にも困ったもんだねえ」

「ここは私が裁きましょう」

「どんな裁き方がある？」

「兄弟が続くのは穏当ではない、です」

「あ、それだ、それだ」

角栄は佐藤に、吉田の意向を報告した。

「大磯はやはり池田さんです。兄弟が続くのはまずい。間に誰かいれないと。その次は必ずあなたです」

「……」

近親憎悪、戦略上の思惑、派内の反池田の存在……佐藤はなお迷っていたが、最後はきっぱり決断した。

「池田でいこうじゃないか」

佐藤派は総会で池田支持を決定し、そのまま佐藤は池田選対へと挨拶に向かった。先導役は角栄だ。

「応援するならとことんやらねば。それが次につながるんですよ」

そこまでしなくとも、と言う佐藤の尻を叩いた。まだこのころは、角栄も後年ほど佐藤を恐れていなかったのだ。

佐藤派がまとまって、池田についた。これで池田陣営の大半は、「一位は揺るがない」と浮かれた。

が、角栄には、ひとつ懸念材料があった。

〈大野には、あの人がついている〉

――幹事長・川島正次郎。

この男の動きが角栄は気になった。

角栄は前年より、川島の下で副幹事長をしていた。岸派と佐藤派、兄弟派閥の幹部同士だ。ゆえに以前からよく知ってはいた。だが「近い」わけではなかった。それが約一年、川島と身近に接し、その人となりがわかってきた。

はじめは話しやすかった。何かと声をかけてくれた。

「田中君、調子はどうだい」

「田中君、最近どうかね」

戦前派の大先輩だが、飄々として偉ぶるところが無い。党人派にありがちな、媚態や押しつけがましさや、屈折した自己顕示欲も無い。佐藤のような威圧感も無い。

共通点もあった。

川島も角栄も、元文学青年で、馬主である。苦学生時代、正則英語学校で学んだことも同じであった。しかも両者は、初陣で落選した経験を持っている。

さらに、二人とも、息子が夭逝していた。

「陽気」な寝業師と、元気者・角栄。共に明るい男だが、心の奥底には「悲」の字も潜む。

〈あの悲しみと苦しみを、知っている人だ〉

角栄は川島の、方寸の一部が見えるような気がしていた。

明るさ、物腰、いくつもの共通項……川島に親近感を抱く角栄であったが、接触を重ねるにつれ、どこか恐ろしさも感じるようになった。

音に聞いてはいたが、読みが深くカンが鋭い。政治勘では角栄も負けていないつもりだが、あの先読みに関しては、兜を脱がざるを得なかった。

とはいえ、それだけなら「恐ろしい」とまではいかない。

恐ろしいのは、常に平然とした調子で、事をなすところだ。

――ピュ〜。

口笛なんか吹きながら、サラッとエグいことをやる。変わり身も速い。アッと気づいたら、背中が斬られ血がタラタラ流れている。そんな感覚に駆られるが、本人はいたって平静だ。傍からは矛盾に見える言動も、川島の中では一貫している、らしい。で、常に主流派、大勢の側に身を置く。

「顔つきから人の心を読みとるすべはない」(『マクベス』)

シェイクスピアの至言そのままに、内面の複雑さが表面からはうかがい知れない。そこにカミソリ正次郎の凄味があるのだ。

その川島正次郎が、大野陣営にいる。

〈一回目は池田が勝つとして、決選投票はどうなるか〉

必ず勝者に付く川島。〝選挙の神様〟との異名も持つ川島。

〈あの人がついたということは、決選では大野が勝つと見ているのか〉

自身ものちに、〝選挙の神様〟となる副幹事長は、幹事長の一挙手一投足を注視していた。

大野と石井の二、三位連合で、池田が負けるかもしれない。

こうした危惧を抱いた政治家は、角栄だけではなかった。他にもいた。

昭和の妖怪だ。

――よもや、池田が敗れることも。

なりふりかまわぬ〝両岸〟は、また暗躍した。何と、藤山愛一郎を降ろそうとしたのだ。自分から「出ろ」と勧めたにもかかわらず。

岸は藤山を呼び出した。

「君、立候補をやめてくれ。万一、大野君や石井君が政権をとったら、河野君が裏について容共政権になる。降りて池田君を助けてくれないか」

「ちょっと、それは困ります。もう立候補宣言をして、政策も発表しています。それを取り消すなんて今さら……」

絹のハンカチは拒否したが、岸は福家ら、藤山陣営についた岸派の面々を個別に呼び出し、命令を下した。

「一回目の投票から池田に入れてほしいが、まあ、どうしてもというなら藤山君でもいい。だが、決選投票では池田に入れろ。天下のためだ」

これにより、一回目から池田に鞍替えするメンバーも出た。その代償として、戦前から続いていた岸と藤山の友誼には、修復不可能な亀裂が入った。妖怪と人間との間には、所詮、本当の友情など生まれないのだろう。ちなみに福家は泣いて「藤山」にとどまっている。

いよいよ公選前日となった七月十二日――。

総裁選の行方に大きな変動は無かった。

池田勇人が一位、大野伴睦が二位、石井光次郎が三位、藤山愛一郎が四位、松村謙三が五位。ただし、どの候補も過半数に達せず、決選投票になる。決選でもやや池田が優勢ではあるが、大野は石井と二、三位連合を組んでいるから、まだ予断を許さない。

これが大方の見るところであった。

正午、幹事長の川島が、記者会見を開いた。

「明日の総裁公選は、決選投票に持ち込まれる公算が高いが、誰が一位になろうと、決選投票では第一回投票で一位の候補者にこぞって投票すべきだと思う。その方が党内にしこりが残らない」

川島はここで一息入れ、続けた。

「……さる昭和三十一年の岸、石橋決選投票では、第一回投票で一位だった岸首相が逆転され、党内はかなり混乱した。このようなことを繰り返さないため、決選投票では第一回投票一位の候補に投票するよう呼び掛けたい」

この幹事長の提案に対しては、

「川島は大野陣営の参謀だからだ。〝大野一位〟の票読みができたからこんなことを言うのだ」

こんな声が上がった。

しかし、川島の動きを警戒していた角栄の見方は違う。

〈川島さんが「大野一位」と読んでいる……そんなはずはない〉

決選投票は、まあ番狂わせもあり得よう。が、一回目の池田一位は揺るぎないはずだ。幹事長として党内情勢に精通し、選挙の神様でもある先読みの川島が、「一回目から大野一位」などという見通しを立てるはずがない。

〈わからん……〉

カンの鋭さでは川島に勝るとも劣らない角栄も、簡単に答えがひらめかない。

〈負け戦はしないあの人が、一回目の投票では二位のはずの大野陣営にいる……で、「一回目で一位になった候補に決選投票でも投票すべきだ」と呼び掛けている……〉

コンピューター付きブルドーザー——まだこのころはそう呼ばれていなかったが——の頭脳がフル回転する。扇子もフル稼働で動く。

〈まさか……〉

角栄の脳裏に、解答らしきものが浮かんだが、自信は無かった。それはいくらなんでも、というささか荒唐無稽なものだったからだ。

〈俺のカンに狂いはないはずだが、まさか……〉

幹事長の不思議な提案は、副幹事長を悩ませた。

「川島はハシゴを外す奴」

――ピュ～。

川島は口笛を吹きながら、昼の記者会見を反芻していた。

〈さて、あの意味がわかる者が、何人いるかどうか……〉

ほくそ笑みながら大野選対の会合へと足を運んだ。川島は、大野伴ちゃんの右隣に座った。表立って指揮を執っていたわけではないものの、なにせ大野陣営の参謀長扱いなのだ。軍師、知恵袋に相応しい席だ。

大野派幹部の読みは強気であった。

「一回目の投票で池田を二〇票引き離す！」

「藤山派の相当数もウチに来る！」

こんな威勢のいい声が飛び交った。

選挙の神様・川島も、こんな泣かせる分析を披露した。

「岸派から大野君に流れる票は、二〇票を超すだろう」

神様のお告げに選対は狂喜。岸派のフダをそれだけ剥がせれば、決選投票はむろん、一回目の「大野一位」はもう確実だ。

「川島さんが『一回目で一位になった候補に決選投票でもこぞって投票すべきだ』と呼び掛けたのは、やはり大野先生が一位になると読んだからだ。さすが、抜かりなく手を打っている」

表に出ずとも裏ではしっかり集票し、決選に向け池田陣営へ牽制球まで投げつける……ダテではないカミソリの切れ味に、感嘆の声も上がったものである。

とまれ大野陣営は、大野派、河野派の基礎票に、参議院、地方代議員、さらに他陣営からの散票と岸派の川島系二〇数票を足し、一回目で百八十票をとって首位と目算した。決選投票ではこれに石井派の七〇余票と藤山派の相当数、松村票の一部が合流し、池田に勝つ。こう結論づけた。メディアは「池田優勢」と見ていたが、主観的には「勝てる」と見ていたのである。

午後十時半、ホテルニュージャパンで記者会見を開いた男・伴睦は、高らかに勝利宣言をしてみせた。

「戦いは終わった。断じて私が第一位を獲得するものと確信している。石井派との鉄の団結はしばしば申し上げた通りで、絶対に間違いない」

〝両岸〟の背信行為を乗り越えて、「暫定首位」の座に躍り出た大野伴睦。もう、総理の椅子は目の前だ。

しかし、〝勝利宣言〟の二時間後——。

事態は急変したのである。

翌十三日未明に入り、大野派参謀連から矢継ぎ早に新情報がもたらされた。

「藤山派は決選では池田に入れそうです！」

「佐藤派はもちろん、岸派の大部分も池田で固まったという情報が流れています！」

「参議院も池田派にだいぶ切り崩されているようです！」

「ホテルにカンヅメにするはずだった地方代議員たちの部屋は、ほとんどガラガラです……！」

まさに、悪夢としかいいようがなかった。

大野派が一気にあわてふためく中、参謀のひとり青木正は、「参謀長」の川島に呼び出された。

「ああ、青木君、今からちょっと帝国ホテルに来てくれないか」

川島は例によって飄々としているから、声のトーンでは感触が掴めない。良い話なのか、それとも……。

午前二時半、大野派参謀は指定の場所に向かった。川島ひとりではなかった。連合を組んでいる石井派の幹部・灘尾弘吉（なだおひろきち）もいた。

「いやご苦労……呼び出して悪いね。ちょっと、灘尾君の方から話があるんだ」

大野陣営の「参謀長」は、平静のまま灘尾を見た。石井派幹部は言いづらそうに口を開いた。

「いや、あの、実は……ウチの参議院の方が、池田派にだいぶやられてるみたいで……決選投票になっても、二〇から二五くらいしか大野さんに行かないようなんです……。ちょっとこれでは、お約束と違い、ご迷惑をかけることになるかもしれません……」

男・伴睦にトドメを刺す情報だった。

つい二、三時間前まで、大野派は、決選投票において、「鉄の団結」を組む石井派から、七〇票以上を見込んでいた。池田に勝つための必要条件ともいうべき数字だ。

それが、たったの二〇票あまりとは！

午前三時、大野伴睦は緊急会議を開いた。集まったのは青木正、村上勇、水田三喜男（みずたみきお）の三参謀。それぞれ情報を出し合って、協議した。やはり絶望的だった。

水田が沈痛な面持ちで切り出した。

「これはもう、勝負にならんと思いますが……」

「俺もそう思う……」

会議は沈む、されど進まず。

そこへ、「参謀長」・川島正次郎がやってきた。

大ピンチだというのに、平然としている。

「参謀長」は情勢を話した。

「僕のところに来てる情報を総合すると、大野君は一回目の投票で、三〇票以上、池田君に離されることは確実だ」

「三十以上……！」

「このままだと官僚政権だ。大野君のムラはよく団結してるけど、石井君の方はそうでもないからね」

「……」

「やっぱりまとまらないと党人派は勝てない。石井君の方から二〇票ちょっとじゃ、どうしても厳しい」

「……」

「打つ手が無いわけじゃないが……。まあ、僕は大野君をみじめなことにしたくないね」

大野はここで

〈おや？〉

と思った。

こいつ、俺を見ていない。

次の段階を見ている。

〈つまり、「降りろ」ということか〉

いや、むしろ、降ろそうとしている——本能的にそう感じた。

〈川島は、俺を引きずりおろして、石井を立てることを謀っている……〉

頼みの綱への「不信」が頭をよぎった。

が、選挙の神様の言葉は重い。読みも重い。なおかつ党内事情について、幹事長の川島以上に詳しい者は一人もいない。大野選対には。

「……」

悩んでいた伴ちゃんであったが、断腸の思いで決心した。

「……こうなったらやむを得ない。ウチの支持は固いから、俺が降りて、みんなでまとまって石井君を推そう。結束の固いウチのムラなら、脱落なしで石井君に行くだろう。党人派が勝つためにはそれしかない」

兵を引く。

言うは易いが、行うは難い。

まして、宰相の座を賭けた戦いだ。政治生活半世紀、大野伴睦の全てを賭けた戦争でもある。

しかも、ついさっきまで、勝てると信じて疑わなかった戦（いくさ）なのだ。

それを、不利と見るや撤退し、自軍より弱い候補を推す。

情けないというより見事であろう。勝負の瀬戸際で、こういう思い切った決断ができるのが――その判断が正しいかどうかは別として――、男・伴睦の二番目の魅力だ。一番目はむろん、本質的な人の好さ。

親分の苦渋の決断に、子分どもは泣いた。大野もつられ、袖を濡らした。

しかし川島は冷静に、大野の言葉を引き取った。

「そうかい。じゃ、念のため……」

その場で電話をかけ始めた。相手は同じ岸派の福田赳夫だ。

「もし大野君が降りて、石井君に絞ったとしても、大野支持に回ろうとしてる岸派の二十四、五人は大丈夫だね？」

川島は念を押して電話を切った。

〈こいつ、手際が良すぎる……〉

大野の川島への疑念は、確信へと変わりつつあった。

……君、あたしが誰を支持しているか、党内で知らん者はいないじゃないか。

大野支持を明言するよう頼んだ際の、川島のセリフが蘇った。

あのときも、上手いことかわされた。思えば、言質を取らせまいとしていた。陣頭指揮を執ってくれるよう頼んでも、のらりくらりと逃げられた。

……川島は、人を五階まで案内しておいてから、ハシゴを外すヤツだ。

郎党たちの諫言も、頭に浮かんだ。

〈初めから俺を推す気など無かったのか？　俺に勝つ見込みが無くなったからか？〉

そこはまだわからなかった。川島との関係は、石井より、自分の方が深い。

〈党人なら、誰でもいいってことなのか〉

そのとき河野一郎ら、河野派の面々がやってきた。大野と親しい大映社長の永田雅一、北炭社長の萩原吉太郎も来た。

大野が降りて、石井を担ぐ。事の次第を知った途端、幕僚連は荒れた。

「えっ⁉　ここで降りるって……大野先生、いくらなんでもそれは……」

「だって、こっちの陣営のが多いんですよ！　石井の方がゆるいからって、多くてまとまってる方が、少ない方の石井をやるなんて……」

「いや、玉砕しても立つべきです！」

「この期におよんで降りるなんて俺たちへの裏切りだ！」

大野は泣いて頭を下げる。

「いや、お世話になったのに申し訳ない……」

会議は燃える、されど川島は冷静だ。

〈政界、一寸先は闇なんだから、何が起きてもおかしくないっていうのにねぇ……〉

大の男どもが涙ながらにいきり立つ。本気で怒り、わめく者がいる一方、演技している者もいた。その図をサファリパークのように観察した。大野の涙も幕僚たちの怒号も芝居も、共感や蔑みでなく、好奇の目で見る。

「目下、候補者の届け出がどんどん続いております……」

総裁選びが公選へと突入した際の、かのラジオでの名ゼリフ。あれと同じ心境だ。〝政治〟が面白くてしょうがない。私利私欲の塊どもが、力と名誉と富を奪おうと、必死になる。そこにウソと真実と、カネとモノと色とが入り乱れる。喜怒哀楽も絡む。たまに、政策や愛国心や友情も、少しだけ混じる。

五感全てと第六感を駆使してそのカオスを観察し、先を読み、立ち位置を決める。道をつくったり交通整理をしたり、舞台回しもやる。世話を焼いたり助けたりもするが、騙したり、たきつけたりすることも厭わない。ウオッチャーでありプレーヤーでありプロデューサーでもある。

そんな川島から見れば、大野が出るとか出ないとかいうドタバタは、〝政治〟なるドラマにアクセントをつける一幕でしかない。馬鹿にしているわけではないが、同情もしない。

「これで劇に面白みが増した」

といったところだ。一プレーヤーにとどまる政治家たちとは、そもそも視点も狙いも違うのである。

夜明けを迎えると、大野の部屋にたむろしていた幕僚連は、一人、また一人と去っていった。ぽつねんとひとり残された伴ちゃんは、波乱万丈の一夜を思った。

自然、涙が流れた。みんなと一緒にいたときは、半分、雰囲気にのまれて泣いた。が、今は、心の底から泣いていた。

総理になろうと、積極的に動いてきた人生ではない。だが、岸はそれを「くれる」と言った。くれるというのをもらわぬ手はない。だから本気になったのだ。

しかし岸は裏切った。俺をコケにした。とはいえよく考えてみれば、ヤツは所詮官僚だ。院外団上がりの俺とは生まれも育ちも違う。悔しいが、あんなのを信用した俺も悪かった。

岸より許せんのは川島だ。ヤツは同じ党人派だ。仲間のはずだ。しかも、あっさり俺を見捨てた岸と違い、ギリギリまで俺の横にいた。

〈なのに、なぜ……〉

川島への怒りが込み上げてきた。

……まあ、僕は大野君をみじめなことにしたくないね。

あのセリフを思い出し、さらに泣いた。

〈なんで、俺を最後まで支えると言ってくれなかったのか〉

はっきりでなく、促すような言い方も、癪に障った。手玉に取られたような不快感をもよおした。ますます泣いた。

〈最初から、ハシゴを外すつもりだったのか……〉

そこがどうしてもわからない。ヤツのこれからの動きでそれがわかるのか。

涙にくれる男・伴睦は、この直後、信頼していた渡辺記者を呼び、吐き出すように訴えている。渡辺は、川島の態度が怪しいと忠告していた一人だ。

「悪いヤツは、川島だよ、すっかり騙されたんだよ……」

他方、大野の部屋から出てきた面々は、様々な態度を見せた。

水田三喜男ら大野派幹部は、オイオイ泣きじゃくっていた。記者が質問しようとしても、取りつくしまもないほどだった。

河野一郎は、永田雅一、萩原吉太郎と連れ歩き、何やら怒っていた。

「アイツが悪いんだ！」

もともとコワモテではあるが、いつも以上に凄味があった。左右を飾る〝政界周辺居住者〟も、それらしい雰囲気を醸し出していた。三人とも、迫力があった。しかし、「アイツ」が誰を指すのかはわからなかった。

そして、しんがりに一人現れた。右手をズボンのポケットに突っ込んで、淡々とした佇まいだ。

川島正次郎である。

話しかけやすい雰囲気を感じ、記者が質した。

「何か異変でも……」

陽気な寝業師はニヤッと笑い、答えた。

「連合戦線異状ありってとこかなあ」

質問者は唖然としていたが、川島は口笛を吹きながら歩み去っていった。

――ピュ〜。

角栄の天与の政治勘

ともあれ、大野伴睦の辞退によって、岸信介の辞意表明と共に始まった戦いは、様相が一変した。

当初、総裁候補は池田勇人、大野伴睦、石井光次郎の三名だった。

まず話し合いが模索され、二週間を超す腹の探り合い。

が、結論は出ず、藤山愛一郎、松村謙三も加えた五候補による公選へ。

池田本命、大野対抗と見られたが、公選当日、七月十三日の朝になってどんでん返しが。大野が辞退し、石井を担ぐ展開となったのである。

〈川島さんの狙ってた手はこれだったのか？〉

田中角栄は、「大野辞退」の報を聞き、驚きはしたが腑に落ちなかった。

〈確かにこの方が、池田に勝つ確率は高まるかもしれない〉

結束の固い大野派が、縁の下の力持ちになって石井をやる。なるほどその方が、石井が大野を推すよりはマシだろう。それに三木・松村派などは、大野に拒否反応を持つ議員が少なくない。だけど石井なら推せるはずだ。

〈だが、それでも池田の優勢は動かないはずだ〉

角栄は池田陣営の攻勢と、その成果を知っている。何しろ自分もその先頭に立っているのだ。大野と石井を入れ替えたところで、結果は変わらないとしか思えなかった。

〈確かに凄まじい作戦ではあるが、これで石井が勝つとは川島さんも思ってないだろう〉

川島が、「石井一位」にはならないと踏んでいるなら、あの記者会見での「一回目で一位になった候補に決選でも投票すべき」という発言は何だったのか。

〈やはり、まさかのまさかじゃないか……〉

常に勝者の側に属する幹事長。その姿を知る副幹事長は、かねて抱いていた妄想が、現実のものになりそうだと思い始めていた。

さて、大野の立候補見送りに伴って、党人派は候補者一本化を画策した。大野、石井、松村の三人に、川島、河野らも加わって話し合い、松村も立候補辞退を検討する方向となった。

大野、石井、河野、三木・松村、石橋の五派による、党人連合の結成である。

昼から午後にかけての党人連合の勢いは凄まじく、

「これで池田に勝った！」

「いや～良かった、おめでとう」

こんな声が飛び交った。

本来ならこの日、午前十時から党大会が開かれ、新総裁が決まる手筈であった。だが、未明からの混乱で、大幅に遅れ午後二時五十分過ぎにようやく開会。この場で公選が、翌十四日へと延期されることが決定し、大会はわずか九分で散会した。

午後三時過ぎ、党大会を欠席していた伴ちゃんは、

「私の心境は〝身を殺して仁をなす〟というにある」

と、記者会見して岸との密約を暴露する。川島への怒りはやせ我慢して呑み込んだ。

〈ヤツは党人連合の産婆役だから、ここで本音をブチまけるわけにはいかない……選挙が終わるまでの辛抱だ〉

この暴露会見に刺激されたわけでもあるまいが、午後四時、昭和の妖怪が蠢（うごめ）き出す。

岸派の支持は割れていた。親分が、態度を表明しないからだ。むろん、岸の意中が「池田」だというのは周知である。それゆえ相当部分は池田支持に流れていたが、川島は昨夜まで大野

陣営の「参謀長」だったし、石井や藤山を推す者もいた。

それがここに至って、〝両岸〟は派の一本化を図った。このままでは党人連合の前に、池田が敗れる可能性がある。既述のように藤山降ろしに暗躍していた岸だが、派閥の幹部約二十名を首相官邸に招集し、派が一丸となって池田をやるよう公然と働きかけたのである。

岸の懸念は一つだけだった。

派のナンバーツー・川島のことだ。

川島は大野陣営で動いてきた。今朝からは石井だ。つまり党人連合の中心人物だ。派内の影響力も岸に次ぎ、二十人以上がその意向に従っている。

しかも一筋縄ではいかぬ男だ。安保自然承認の夜の如く、領袖さえ多少の遠慮がある。味方にすれば心強いが、敵に回せば最悪だ。説得に失敗したら派が分裂することにもなりかねない。

〈他の連中は問題ない。この男だけが問題だ〉

柄にもなく緊張する岸。川島の顔色をチラチラうかがう岸。タイミングを見計らい、極めて遠慮がちにつぶやいた。

「まあ……事態は大きく変わってきたのだから、この際ちりちりになった諸君もいったん戻って、私の支持する方向に固まってもらえないもんだろうか」

昭和の妖怪らしからぬ、自信無さげな物言いだった。当時の新聞が、「(川島が戻ってくるかどうか)よほど自信がなかったのだろう」と書くほどだ。この場面だけ切り取れば、大野や石井を騙したり、藤山を振り回したりした〝両岸〟のワルぶりは、誰も想像できまい。人には様々な顔があるということを、岸の弱気は示していた。

するとそんな弱腰のボスに同情したか、即座に同調した者がいる。

「戻りましょう」

きっぱり、ではなく、嫌々、でもなく、飄々とした口ぶりだった。

一堂、パッと声の主を見た。

岸も見た。

それは、最も意外な人物だった。

岸派のナンバーツー・川島正次郎。昨晩まで大野、今朝からは石井で動いていたはずの、党人連合の司令塔。その川島が、「池田一本化」を図る岸の提案に、真っ先に賛成したのである。

「……！」

驚く岸。

「エッ……⁉」

驚く岸派の幹部たち。

しかし川島は、平然としている。

「情勢が変わりましたからね、みんなで一緒にやりましょう」

そして飄々と、口笛を吹いた。

――ピュ〜。

まさに、「一寸先は闇」だった。鮮やかな転身だった。

――川島正次郎、寝返る！

この衝撃的な情報は、瞬く間に永田町を駆け巡った。

あまりのことに、党人連合の間では、それを疑う声も聞かれた。

「いや、デマ、デマ（笑）。単なる噂だよ」

「あれは官僚派を安心させるための偽装だよ。川島さんも策士だからなぁ」

しかし、次第に事実だとわかってくると、

「何が〝ホトケの正次郎〟だ！」

「ま、あれはもともと党人派じゃなかったというだけのことさ」

と、党人連合の要だったはずの男への、怨嗟の声が広まった。

中でも闘将・河野一郎の怒りは凄まじく、のちのちまで語り継がれる憤怒のセリフを吐いている。

「川島は、こっちの支持者の名簿を持ち出して、池田に寝返りやがったんだ！　俺たちは鏡を背にして麻雀をやっていたんだ！」

さらに、〝横紙破り〟〝陽性の悪党〟といわれた自身の悪評を棚に上げ、ブチまけた。

「だいたいアイツは〝道中師〟〝悪の正次郎〟と呼ばれてたヤツなんだ！」

……今朝がた怒っていた「アイツ」とは、川島のことだった。

大野伴睦も、一連の川島の言動を振り返り、

「これがヤツの狙いだったのか……」

と、嘆息した。河野ほど激しくなかったのは、性格と、疲れのせいだった。

「川島ショック」の激震が走る中、馬主でもある田中角栄は。

万馬券を的中させたような気分になっていた。

〈やはり、「まさか」だったのだ！〉

馬主は読んでいた。否、「カンが当たった」というのが正しい。天与の政治勘で何キロか先の的を射抜いたのだ。

ヒントは「一回目で一位になった候補に決選でも投票すべし」という川島会見にあった。

〈川島さんは、あのときすでに「池田」だったのだ！　だからあの発言は、池田をスムーズに勝たせるよう、伏線を張ったということだったんだ。党人派の二、三位連合を揺さぶるために、あんなことを言ったんだ〉

とはいえ、ひらめいたときは自信が無かった。大野陣営の参謀格で動いていた川島が、まさか、「池田」へと転向するなんて。大野が降りたあたりから、「まさか」が正解だとじわじわ思い始めたのだ。

〈それにしても、ああもあっさりと翻意するとは……〉

〝カミソリ〟〝ハヤブサ〟と称される、その切れ味と素早さとは重々承知していた。それにしても、これほどとは。

〈「君子は豹変す」というが、まさに豹変できる人だ〉

副幹事長は幹事長に対し、あらためて恐ろしさを感じた。が、怖さは強さに通ずる。裏を返せば、強固な後ろ盾にもなり得るということだ。

〈何とか、俺のために……〉

角栄の狙いはもちろん総理だ。日々の活動は、全て、そのための布石だ。今回の総裁選もそうだ。

しかし、何をなすにも一人の力には限界がある。角栄ほどの男でも、だ。まして、政治とは、人と人とのつながりが、生命線である。様々な人間の、様々な能力を使わねば、天下は獲れない。角栄自身が今まさに、池田勇人の野心のために使われているのである。

そして、川島正次郎は、間違いなく役に立つ政治家だ。かつ、敵に回すと不安になる政治家だ。

〈あの才幹を、俺のライバルのためになんか使われちゃ、たまったもんじゃない〉

何人かの名が浮かび、顔を曇らせる副幹事長。だが幸い、幹事長と個人的には悪くない。何というか、波長が合う。ムラも岸派と佐藤派で、兄弟派閥だ。

〈少し気をつける必要もあるから、多少の距離は置いたうえで、良好な関係を保っておこう〉

角栄は扇子をパタパタさせた。

――ピュ～。

渦中の川島は、己を取り巻く喧騒を、楽しんでいた。

〈あたしゃ、三途の川までは付き合いませんよ〉

相変わらず、飄々として。

「何で池田に変わったんですか⁉」

「党人連合はあなたがつくったのでは……」

数々の「愚問」にも、平然と答えた。

「僕は大野君には義理があるが、石井君には何の義理も無いからね」

「大野君とはよく話し合う」

「あたしの行動は、理路整然としていますよ」

それどころかこの〝江戸前フーシェ〟は、にわかに信じ難い行動もとっている。

十四日朝、つまり転身の翌朝、ホテルニュージャパンの大野派事務所にひょっこり顔を出したのである。

新聞を読む者、紫煙をくゆらす者……しめじめした空気の中、川島は切り出した。

「どうかね？　党人派は大丈夫かね？」

相変わらず、淡々とした口調で。

みな、そっぽを向いて、返事をしない。

それでも平然としていた。

大野派のメンバーが、党大会へ行くためボスを先頭にホテルの玄関へ降りていくと、大映社長の永田雅一がいた。永田は小走りで大野のもとへやってきた。

ラッパが鳴った。

「ひどい人間がいるものだ！」

大野は笑った。

「節操のない男の横行する時代だね」

しかしその「節操のないひどい男」は、そんな大野や永田とも、自然とヨリを戻してしまうのである。それも早々に。


昭和三十五年七月十四日。

話し合いから公選へ、大野を担ぐ連合から石井を担ぐ連合へ、そこに〝両岸〟の密約が絡み、土壇場で〝江戸前フーシェ〟の寝返り……目まぐるしく動いた総裁選びは、ようやく決着の瞬間を迎えた。

場所は日比谷公会堂。

候補者は池田勇人、石井光次郎、藤山愛一郎。

松村謙三は最終的に立候補を断念し、石井を推した。

ちなみに藤山は、党大会開会の寸前まで、岸から「降りろ」と迫られていた。そのせいで、だいぶ遅れて会場へ入った。すると、あちらこちらで

——藤山も岸の説得を受け入れ出馬を断念した。

などというデマが流れていた。

「藤山さんは辞退しておりません！　ちゃんと立候補しています！」

藤山派の論客・江崎真澄が政界随一の滑らかな舌で、これを打ち消して回ったが、官僚派、党人派双方による謀略は、決戦ギリギリまで続いていたのである。

ともあれ、一日遅れの公選が始まった。

池田勇人　　　二四六票
石井光次郎　　一九六票
藤山愛一郎　四九票

と、一回目の投票ではどの候補も過半数に達せず、池田対石井の決選投票となった。その結

果、

池田勇人　　三〇二票
石井光次郎　一九四票

で、池田が勝利。約三週間に及んだ総裁選絵巻物、これにて終了と相成ったのである。決着がついた後、池田と石井が壇上で握手した。場内が拍手に包まれる。岸信介も、大野伴睦も、みな内心はともかく満面の笑みを浮かべた。が、意外にも、最も嬉しそうなのは新総裁ではなかった。両候補の間に立ち、パチパチ手を合わせていた小柄な男であった。この総裁選出劇の真の主役とさえいえる、幹事長・川島正次郎である。

……総裁選から一カ月が経ったある朝、大野伴睦邸を訪れる男がいた。
大野はその男と口もきかぬ仲であったが、この日はしばし話し込んだ。
――ピュ～。
男は大野邸を後にしたとき、飄々と口笛を吹いていた。
「ジャラジャラ……」
同じ日の夕刻、ホテルニューオータニの大野事務所で、卓が囲まれていた。

昭和の政治家には、麻雀が似合う。

殊に、大物には。

この日のメンツも、四人のうち二人は重鎮であった。

一人はもちろん事務所の主・大野伴睦。

そして、もう一人は。

何と、つい一カ月前、事務所の主に罵られた政治家であった。

「節操のない男」・川島正次郎である。

この不思議な光景を目撃した渡辺記者は、次のように洞察している。

「私はそこに川島の魔力ともいうべき特殊な政治力を感じたものである」(『政治の密室』)

さらに、川島は、永田ラッパや河野一郎とも、いつの間にか和解している。

『佐藤栄作日記』をひもとくと、川島、大野、河野、永田らが、総裁選後もしばしば会合している様子がわかるのだ。

かの「寝返り劇」から一年が過ぎた昭和三十六年秋からは、川島、大野、河野、藤山愛一郎の四人による、「党人派四者会談」もスタートしている。

「どんなに根深く対立しても、いつしか元に戻ってしまう」。

筆者はこの点に、川島正次郎という政治家の、本当の凄さがあるように感じる。

むろん、政治家同士の仲なんぞ、利害損得が前提で、本当の絆など生まれないのが常だ。何度か登場してもらった怪物・福家俊一も、先輩政治家の言葉を引用している。

「政治家には一人の親友もないと心得よ」

こんな世界ゆえ、手の平返しや離合集散はあまたある。昨日の友は今日の敵、嫌いな相手と会食したり、笑顔で握手したり……そんなことは茶飯事だ。

だが、大野や河野の川島への怒りは、通常の怒りとは次元が違う。なにしろ一世一代の勝負をフイにされたと憤慨したのだ。だからこそ号泣し、露骨に罵倒し、口も利かなくなったのである。

それほどの恨みを自分に対して抱く相手との関係を、ひと月やそこらで仲介役も手打ち式も無しに、表面的ではあれ元のサヤに収めてしまう——そんな芸当ができる政治家は、〝魔術師〟・川島正次郎以外に見当たらないのではないか。

元川島番の小畑記者によれば、党内、閣内で何か問題が起きたとき、魔術師はよくこう言っていたという。

「たいしたことはない。何とかなるよ」

されば泉下の川島に、魔術の秘訣を質問しても、

——ピュ〜

と口笛を吹いた後、同じ言葉で返すのかもしれない。

「たいしたことはない。何とかなるよ」

ところで川島は、いつ、「寝返り」を決めたのだろうか？「大野伴睦」から、あるいは「石井光次郎」から、「池田勇人」へ乗りかえると決めたのはいつなのか。

形式上は前述のように、公選前日、岸信介が「派の一本化」を呼び掛けた際だ。岸自身、自分が川島を翻意させたと何度か述べている。

「川島君は大野君と長い付き合いだからね。しかし、私のいうことを聞いて、やはり大局的に動いてくれたんです。結局池田君以外にはないということを理解してもらった」（『岸信介証言録』）

「川島君はぐずぐずしていたけれども、（中略）いよいよ最後の時に全部引き揚げて、池田をやれと言ったんだ」（『岸信介の回想』）

当時の新聞には、

「岸首相はきわめて遠慮がちに川島幹事長の顔色をうかがいながら」

派の「池田一本化」を要請し、川島はこれに

「即座に賛成した」

と書いてある。従ってニュアンスはだいぶ異なるが、岸が川島に呼び掛けた点は共通している。ちなみに『証言録』では

「（川島君は）情誼の上からいうと、相当辛い立場であったと思いますよ」

と、岸は川島に同情までしている。

川島本人も、先述の如く、

「僕は大野君には義理があるが、石井君には何の義理も無い」

と語り、大野が降りた段階で、池田に乗りかえたことを示唆している。

また、諸々の記事や書物でも、次のような解説がなされる。

——最後の段階で池田が勝つと見てとったため。

——党人連合が河野派や三木・松村派らに牛耳られ、川島の存在価値が薄れる可能性が出てきたため。

——安保改定に協力的でなかった河野や三木や松村を、川島は許していなかったため。

つまり、岸の述懐や第三者の分析も、そして川島本人の語るところでも、理由や表現はともかく「（大野が降りた）公選前日に翻意した」という点では一致しているのだ。

明かされた驚くべき逸話

しかし今回、川島を大叔父に持つ平山秀善氏が、これを覆す証言をしてくれた。

「実は川島は、最初から池田さんを推していたのです。岸総理が退陣表明を出す以前、安保騒動たけなわの頃、密かに二度、池田さんを呼び出して、『君が次の総理をやってくれ』と話しています。一度目は池田さんの方が丁重に断ったそうですが、二度目にはうなずいたということです」

川島正次郎は、最初から池田勇人を支持していた。しかも、二度に渡って、本人に直接「総理をやれ」と持ち掛けていた――。

この驚くべき逸話を、平山氏は父の平山善司（ぜんじ）氏から聞いたという。善司氏は川島の甥で、長年秘書を務めていた人物だ。

カミソリの末裔の話を続けよう。

「川島は池田さんにこう話したそうです。

『ソ連とは日ソ共同宣言をやったし、今度の安保でアメリカとの関係も大丈夫だ。戦後の処理はこれで終わった。次は経済だ。東京オリンピックもあるし、経済が重要だ。だから君の出番だ』」

川島は、池田の経済政策を買い、次に推したというのだ。さらに、平山氏の話を続けてみる。

「川島は、安保後のメインテーマが経済になると見ていました。だから個人的には大野さんと親しかったですが、岸さんの次の総理に相応しいのは、経済に強い池田さんと見ていたのです」

この証言通り、川島が当初から池田を推していたとすると、なるほどその言動は、それなりに辻褄が合ってくる。

①川島は、少なくとも表立っては大野支持を表明していない。伴ちゃんが公表を迫ったら、かえって明言を避ける始末。

②大野選対で陣頭指揮を執ることから逃げてもいる。

③一回目の投票で、池田が首位になるとの見方が支配的の中、「一回目で一位になった候補に決選でも投票すべき」と提言している。

以上三つの言動は、いずれも大野が降りる以前、石井を担ぐ党人連合が結成される前の時点でとられたものだ。

他方、これまで転身の理由とされてきた、「石井には義理が無い」「河野派や三木・松村派が党人連合の主導権を握ってしまう」といった話は、大野が辞退し、石井が党人連合のタマとなった後の状況を前提としている。

されど川島は、まだ大野が候補者であった段階で、①〜③の如く、すでに「大野不支持」と見られなくもない言動をとっていたのである。

つまり、その言動の要点を辿れば、確かに平山証言通り、川島はハナから池田支持であったと解釈することも可能なのだ。

「池田が勝ちそうだから直前に寝返った」という解説にしても、論拠としては必ずしも強くない。公選は始終、「池田優勢」で推移しており、直前まで勝ち馬がわからぬ情勢ではなかったからだ。

第一、川島ほどの先読みの達人が、ギリギリまで池田の勝利を見通せなかったとは思えない。「岸が辞意を決める前から、『池田内閣』を見越し暗躍していた」

この平山証言の方が、印象論としても説得力がある。

安保改定の最終段階で、岸政権は様々なチャンネルを使って池田に協力を依頼した。側近も動いたし、フィクサーも蠢いた。岸信介本人も、池田と直接会談し、

「君は党内の正流だ。三木や松村はひねくれている、河野や大野は総理総裁の器じゃない。君の将来のために、党内の不平分子とナニするようなことはやっちゃいかん」

と、「次」を匂わせながら説いている。

そうした工作の過程の中で、幹事長だった川島も、池田懐柔に乗り出した。が、〝政界水先案内人〟は、単なる協力依頼やほのめかしにとどまらず、「総理就任要請」にまで踏み込んで、唾をつけたということだろうか。

ただ、「川島は最初から池田支持だった」という話には、引っかかる点もある。

総裁公選前日の、岸の説得だ。

川島は、形の上ではこれをきっかけに、「池田支持」へと転じている。内心「池田」であったなら、岸の「一本化」への呼びかけは、もっけの幸いであったろう。

だが、タイミングよく岸の説得がなかったら、川島は党人連合から離れず「石井」をやったのであろうか。あるいは連合に籍を置いたまま、投票の際には手下ともども「池田」と書く作

戦だったのだろうか。それとも自ら「池田支持」を公表する気だったのか。

また、大野が首尾よく降りなかったらどうするつもりだったのか。何より、「池田支持」という川島の本心を、岸は本当に知らなかったのか、薄々は勘づいていたのか。

その実、フーシェと妖怪とが、示し合わせて「岸による派の一本化」を演出し、川島は覆面を脱いだ――これなら全て説明がつくし、好事家にはたまらない展開でもある。が、それはさすがにうがち過ぎか。

もっとも池田陣営の佐藤栄作と川島が、裏で通じていたとの説もある。だから岸派の二大カミソリが、一芝居打った可能性もゼロではないのだろう。

ときに平山証言で興味深いのは、川島が池田を推した動機である。一山いくらの寝業師の場合、判断基準は勢力の強弱や、個人的な距離感、あるいは付け届けの多寡だ。つまり私利私欲に限られる。だが陽気な寝業師は、

「次の重要テーマは経済だから、池田君だ」

と、政策を物差しに、元大蔵次官を選んでいるのである。

――今わが国はどういう状況か、何をやるべきか？

という問題意識に基づいて、時宜にかなうと見た人物を、寝業も弄してひな壇の真ん中に座らせる……。

政局を楽しむだけではない。政策にもこだわるのが稀代の寝業師・川島正次郎の真面目であ

る。

のちに川島は、〝寝返り事件〟について問われた際、こう答えたそうだ。

「人は自分の都合のいいように考えて、そのとおりにならなきゃ裏切ったとか、卑怯だとかいうがね。そんなのを〝下司の知恵はあとから〟ってんだよ」（『政界一寸先は闇』）

だから、後知恵でグダグダ詮索を並べた筆者も、こう言われてしまうかもしれない。

「キミ、そんなのを〝下司の知恵はあとから〟ってんだよ」

第三章

一流の脇役——二番手として常に徹する

中小企業を重視

明治二十三年七月十日、川島正次郎は東京の日本橋で生誕した。職人をしていた柳原謙次郎・コウ夫妻の三男である。

明治二十三年といえば、初の帝国議会が開かれた年だ。初の衆議院選挙が行われた年でもある。前年、大日本帝国憲法が発布され、立憲政治がスタートした時代だ。のちの政治の達人は、生年からして〝政治〟と縁があったのだ。

ちなみに大野伴睦も、同じく明治二十三年生まれ。岸信介はその六年後、池田勇人は九年後、佐藤栄作は十一年後、福田赳夫はさらに遅くて十五年後、それぞれこの世に生を享けた。

以上はみな明治だが、田中角栄は川島の子の世代、二十八年後の大正七年生まれだ。

白川静博士の『常用字解』によれば、「世代」には、約三十年間を一区切りとした年齢層を指す意味もあるそうだ。それに則れば、〝戦後政治・昭和編〟を牽引した世代は、明治二十年代から大正一桁までだということができる。

さて、柳原家で生まれた川島は、生まれてすぐ不幸に見舞われた。母・コウが、まもなく他界してしまったのである。産後の肥立ちが思わしくなかったためだという。

そのため柳原正次郎は、実父・謙次郎の前妻の縁戚で、隣近所でもあった川島才次郎・あさ夫妻に預けられ、やがて正式な養子となった――というのが、従来述べられてきた説である。だが、川島を大叔父に持つ平山秀善氏の話では、事情が少し異なるようだ。

「川島は、預けられたのではなく、自分から柳原家を出て行って、川島家に居ついてしまったそうです」

自分の意志で居ついてしまい、そのまま養子になってしまった――この秘話を裏付けるように、川島の正式な養子縁組は、誕生直後ではない。明治三十一年四月、小学校入学の時点だ。幼き川島が、次の如く「改名」を聞き入れなかったとの話も残る。

「ボクは柳原ではない。川島正次郎だ」（『政界一寸先は闇』）

川島家はべっ甲屋であった。川島の養父・才次郎が千葉県は行徳から日本橋に出て、商売を始めた。当時、女性の髪型は、まだ日本髪が一般的だったから、だいぶ繁盛していた模様だ。

しかし、洋髪の普及に伴い客足が遠のき、川島の兄の代になって店を畳んでしまうことになる。

なお、川島の生地については諸説紛々だ。日本橋説や養父の出身地である行徳説、さらには長野県説まである。前出の平山氏の話では、正解は「日本橋」。しかしながら、そこからまた「謎」が生まれるのである。

というのも、川島本人が、生地を日本橋の「浪花町」と書いたり、「芳町」と書いたりしているからだ。

衆議院に届け出た記録では、「日本橋区浪花町十八」だが、書籍や雑誌では、「私は日本橋芳町の生まれ」と記している。

前者は公式の資料ゆえ、そちらが正しいと思える。が、明治六年作成の地図には当該住所に「川島」「柳原」の名前は無く、明治四十五年発行の『地籍台帳・地籍地図』も同様だ。その一方、芳町一ノ一には「川島」の記載がある。

「川島の実姉である千代、つまり私の祖母は、浪花町の生まれです。ですから川島も浪花町の柳原家で生まれ、芳町にあった川島家に居ついたということかもしれません」

平山氏はこうも語っていたが、なるほどそんなところが真実かもしれない。

芳町は花街だ。古くは陰間茶屋（かげまぢゃや）、つまり男色の巣窟で、遊郭もあった。その後芸者町として発展し、明治三十年頃は二百名前後の芸妓がたむろしていた。美少年だった川島は、芸者衆から「正ちゃん、正ちゃん」と可愛がられ、連れ立って近くの芝居小屋・真砂座（まさござ）へよく通った。

そこの座頭も正ちゃんを気に入って、

「私の手で仕込んでみたいから、あの坊やを養子にもらえないもんだろうか」
と、川島の養父に頼み込んだこともある。

今の芳町と浪花町、すなわち人形町界隈は、周知のように〝美食の街〟だ。筆者が歩き回った日も、コロナ騒動の渦中にもかかわらず、多くの店で行列ができていた。旧芳町跡には数軒ながら料亭風の店があり、花柳界の面影をほんの少し偲ばせている。

旧芳町と旧浪花町との距離は歩いて二、三分。浪花町十八番地だったエリアには、立派な会社が並んでいる。何人かに尋ねた限りでは、川島の故事を知る人はおらず、近くの警察署も昔のことは全くわからないとの話であった。

川島が芸者に連れられ通っていた真砂座は、人形町付近から歩くと十五分以上もかかった。むろん交通事情が違うゆえ、単純な比較は禁物だ。とはいえ幼き正ちゃんは、結構な距離を歩いていたのだと感じたものだ。

真砂座の跡地には、現在マンションが建っている。植え込みに、何やら茶色の碑があった。
「漱石『猫』上演の地　真砂座跡」。

横の説明書きによれば、明治三十九年十一月、当地で『吾輩は猫である』が上演されたとのこと。碑は平成十五年になって、その記念で建立されたものらしい。明治三十九年といえば、川島は十六歳。まだ日本橋に住んではいたが、『猫』を観劇したかどうかは謎である。

川島は地元の久松小学校を卒業すると、家業の見習いとしてべっ甲屋の店先に座った。が、中学へ進みたかった正ちゃんは、反対する頑固親父をよそに母・あさを説得。店を手伝い始めて一年ほど経った頃、二つの夜学へ通うことを許された。正則英語学校と、算数の学校である。両校はいずれも神田にあった。べっ甲屋の見習いは、夕方、店を閉めると日本橋から神田まで歩いた。望んで入った学校だ。川島少年はきちんと勉強したようで、

「なにがなんでも勉強したいとの一心で私は頑張った」(『苦学してこそ花が咲く』)

と、振り返っている。

実際、英語はかなり上達したようで、元川島番の小畑記者も、次の如く話していた。

「川島先生は、アメリカ人と通訳なしで一時間程度しゃべっていた」

ちなみに川島入学の約三十年後、のちの首相が正則英語学校で学んでいる。田中角栄だ。角栄は越後から来たおのぼりさんで、その頃は海軍兵学校入学を夢見ていた。しかし断念し、建築事務所を開業。土建業で財をなし、政界へと進出する。そして昭和四十年代に入り、夜学の先輩と「川島—田中ライン」を形成することになるのである。

川島は夜学へ通ううち、友達ができた。昼は警視庁の給仕をしていた少年だ。その友人の話をきっかけに、内務省の筆生(記録、筆写係)へと転職。続いて専修学校の経済科へ入学した。のちの専修大学だ。夜学が基本で、これまた同じ神田にあった。

――ゴホッ、ゴホッ！

夜学生はまた、このころ喘息を発症している。後年、ハワイの気候が体質に合っていることを発見し、発作が起きるとかの地で療養したものだ。が、夜学時代はそんな〝妙薬〟があることを知らないし、知ったところで飛び立つ御身分にない。だから時折発作が襲うとつらかった。

そんな苦学生の川島は、それを取り締まる内務省にいたにもかかわらず、社会主義に興味と親近感を抱いた。過激思想に取りつかれたわけでは無い。緩やかな傾倒だ。

川島のように、体制側にいながら〝主義者〟にシンパシーを抱いた人物として、三田村四郎（みたむらしろう）がいる。この元共産党中央委員は、巡査として社会主義を取り締まっているうち、その思想に共鳴。左翼運動に身を投じ、特高を狙撃するなど筋金入りの闘士となった。検挙されて転向するや、少し揺れた後、逆戻りして反共運動家として名を馳せた。

川島は単なる筆生だったから、「ミイラとりがミイラになった」というのは当たらない。三田村の如く極端でもない。脛（すね）に包帯を巻いた程度だろう。だが、保守党の大幹部となった後年まで、包帯は少し残っていたようだ。

「川島は中小企業を重視していました。庶民にカネを流す政治というのを最後まで模索していたのです」（末裔・平山秀善氏）

令和の御代に川島がいたら、

「国民の大部分は庶民なんですよ。ようござんすか。妙なウィルスで、明日をも知れぬ身の庶民が増えてるんですから、早急にこれを助けるのが政治家ってもんじゃありませんか」

と、役立たずの連中を手玉に取り、もっと中小企業や低所得者に配慮した経済対策を、〃ハヤブサ〃の如きスピードで打ってくれたろうに。誠にもって残念だ。

余談にわたるが、岸信介も若き日に、社会主義に関心を寄せている。

また川島と同年で、自民党、いや政界きっての博識といわれた綱島正興（つなしませいこう）も、若い頃は労働運動にのめり込み、「社会党の加藤勘十（かとうかんじゅう）やんにマルクスば教えたのはワシ」と豪語するほど社会主義に精通していた。

綱島正興とは今や全く聞かぬ名だ。弁護士で大野伴睦派の巨漢、といってもピンとこなかろう。されど後藤田正晴（ごとうだまさはる）のセリフを引けば、「ああ、あの人」と思う方もいるかもしれない。

「私が会った政治家のなかで、田中角栄ほどの教養をもった人物は、長崎選出の綱島正興しかいなかった」

そう、角栄本によく出てくるこの余話の綱島だ。「誰それの本の何版の何頁にこう書いてある」などと自然に語り、数字にも強い博覧強記の権化。他方、そんな〃大事典〃と同列に置かれるコンピューターには、社会主義にかぶれた形跡はない。

が、あの新潟三区の大量得票。あれは陳情その他で革新層を取り込んで、基礎の保守票に上乗せさせた成果だ。伝説の後援会・越山会には社会党支持者も名を連ねていた。川島たちとは違った実利的な形で社会主義に触れていたのは、いかにも角栄らしいといえようか。

川島を登用した後藤新平

大正三年四月、専大を卒業した川島は、あらためて内務省に採用され、警保局の属官となった。そして大正五年秋、後藤新平が内務大臣になると、一属官の運命は大きく変わった。

春秋の筆法をもってすれば、いや、無理やりこじつけて大げさに書けば、後藤の内相就任は、昭和三十年代、四十年代の政治にも影響を与えた。

ひと滴たらすと、水面に輪が広がっていく。「後藤内相」という一滴は、遥か半世紀先まで広がる輪をこしらえたといえるのだ。

大正六年一月、衆議院が解散となった。そのころ政友会と組んでいた内相の後藤は、第一党の憲政会潰しを画策。しばしば警保局長を呼びつけ情勢把握に余念が無かった。局長は後藤の腹心・永田秀次郎。「青嵐」の号を持つ俳人で、「仕事は九十五点主義」を旨とする。その心は

――一升の器に一升の水を容れてはちょっと危ない。九分五厘にしておけば無事である。完全無欠を求めようとすれば、そこに必ず無理が伴う。

というものだ。世の中がわかっていそうな男である。

警保局も三年半過ぎの川島は、この永田の秘書役となった。同僚の推挙によるものだ。俳人と粋人とでウマが合ったのか、永田は川島を気に入った。ソツの無い仕事ぶりも評価した。ち

なみに川島も、多少、俳句の心得があったそうである。

あるとき後藤が呼び出すも、多忙な永田はあいにく出張中だった。

「なに、出張……？」

秘書役が局長の不在を伝えると、不機嫌になる大臣。そこへ川島が口を開いた。

「あ、あの……局長は不在ではありますが、ご用命いただければ、警保局で出来ることなら何とかやってみますが……」

「……？」

大臣は一瞥した。この若造、属官だろう。

〈出来るって……これに何が出来るんだ？〉

後藤は思った。僭越だ、とも感じた。が、そこは〝大風呂敷〟と呼ばれる型破りな男である。

〈ヒラの声を直に聞いてみるのもよいかもしれぬ〉

すぐに思い直して言った。

「全国の選挙の状況をすぐに知りたい。君でわかるのか」

大臣の返事を受けた属官は、即座に答えた。

「はい、何とか急いで調べて参ります！」

川島は一礼し、早歩きで部屋に戻った。

〈大臣に食い込む機会など滅多に無い。これが出来るかどうかで将来は決まる〉

未来の〝選挙の神様〟は、全国の交番情報その他を整理し、一覧表にまとめた。のみならず、候補者の強弱も予想した。後年、政局の先を見通したように、先を読んで書類をまとめ上げたのだ。

〈こやつ、できる……〉

たかが属官の作った資料に目を通し、大臣は感嘆した。

よく整っていて、わかりやすい。

〈仕事が早いし丁寧だ。程度も高い。そのうえ読む側の視点に立って書いている〉

これほどの出来の書類には、就任この方出会ったためしがない。属官にすぎない若造が、それを作ってきた。

〈埋もれてる人材はいるものだ……〉

しかも川島は、ダメ押しまでやってのけた。数日後、さらに情報を補って、新たに資料を提出したのだ。重要個所は色分けし、これまたわかりやすいものに仕上げた。

「どれどれ……」

後藤は待ちかねていたようにそれを見た。やはり、よく出来ている。前回のも今回のも、帝大出の高等官の作成した資料より、よほど水準が高い。理解もしやすい。

〈川島正次郎……使える。実に、使える〉

一介の属官の名が、大臣の脳裏に刻まれた瞬間であった。

警保局長秘書役の分析も手伝って、四月の選挙は内相の思惑通りとなった。憲政会が大敗したのだ。そして後藤は、川島を側近として重用し出し、両者の仲は次の噂が流れるほど密になる。

「川島は後藤新平の落とし子」――。

後年、大野伴睦と川島との間で、こんなやりとりもなされている。

「例の噂、本当のところはどうなんだ？　ほら、あんたが後藤さんのアレだっていうヤツ」

「違う、違う（笑）。僕はべっ甲屋のセガレだよ（笑）。ただ、そういうことにしといた方が面白いね」

しかし大正七年四月、後藤が外相へと転出。半年後、貴族院議員に勅選された永田も、内務省を去った。

すると新任の局長は、川島を秘書役から外した。図書課へ異動させたのだ。前任の色が濃すぎる男を煙たがったためだった。

〈後藤さんと永田さんもいなくなっちゃったし、「機密費まで扱ってやがる」って嫉視してくるヤツもいるし、もう役人生活に未練はない〉

ここいらが潮時だと思った川島は、元上司に身の振り方を相談。大正八年一月、永田の口利きで、東京日日新聞に入社した。けれども、入社後すぐにまた、局面が変わる。後藤が訪米すると聞きつけ、「随員に加えてください」と申し出たのである。

が、このころ拓大総長に就任したばかりの〝大風呂敷〟は、秘蔵っ子の願いを退けた。

「川島君、悪いがな、もう随員は決まってるんだよ。割り込む余地はない」

「……」

「だけどな、そんなに行きたいんだったら、旅費をやるから君一人でアメリカ旅行をしてきたまえ。海外を見てくるのは大いに結構なことだからな」

川島本人の述懐によれば、このとき後藤らの世話で、「一万円」(『青春回顧』)の費用を与えられたそうだ。

大正半ばの一万円。イメージを掴みやすいように、昔と今の首相の所得を比較してみよう。『値段の明治大正昭和風俗史』によると、その頃内閣総理大臣は、年収一万二千円。現在は約四千万だから(ただし三割返納中)、それを基準に割り出せば、当時の一万円とは今なら三千数百万ほどの感覚か。そんな大金を、まだ三十路に届かぬ若造が、単なる旅費として受け取ったというのである。

この、後藤の目のかけ方。

記憶違いや誇張がなければの話だが、なるほど両者の関係は、隠し子説も唱えられるはずだ。とはいえ後藤は、これほどの資金を、見聞という意味合いだけで渡したのだろうか。川島に、何か密命を託していたような気がしないでもない。というのも、非常識なカネを懐にした新米記者は、アメリカで奇妙な行動をとるからである。

政治記者として

渡米した川島は、真っ先にＩ・Ｗ・Ｗ（世界産業労働者団）なる団体の支部を訪れた。

Ｉ・Ｗ・Ｗ。川島いわく、次のような団体だそうだ。

「急進的な、いわば無政府共産主義の労働団体」（『青春回顧』）

常人なら、少し身構えるような危険組織である。だが元内務省警保局属官は、頼み込んでメンバーに加えられたという。川島は、以下の如く回顧している。

「もともと私は日本を出発するとき、アメリカの労働運動を研究しようと興味をもっていた」（『人生この一番』）

「多少社会主義的思想をもっていた私は（中略）ＩＷＷという団体を訪ねていった」（『青春回顧』）

「必ずしも私は社会主義者だったわけではなかったが、（中略）若いころは一応は社会主義にかぶれるものであろう」（同上）

要するに、多少の社会主義思想を持っていたから、米国の労働運動を研究しようとした。そのために、Ｉ・Ｗ・Ｗに入会したというのである。夜学時代に抱いた社会主義へのシンパシーは、未だ残っていたようだ。

しかしながら、純粋に興味だけで加入したとは思われないフシもある。

川島は滞米時、二度に渡って『警察協会雑誌』という内務省系の雑誌にレポートを書いている。ＯＢだから不自然ではないし、中身も労組がらみではない。「米国の自動車が云々」といった内容だ。が、「ヒモつき」渡米だったと見られなくもない。

また、川島は帰国後、Ｉ・Ｗ・Ｗに関する著書まで執筆した。序文は永田秀次郎の筆で、読売新聞に書評も載った。渡米から出版まで、後藤一派による一つの計画があったとも感じられる。

されば、くだんの首相の年収に迫る旅費――。

あれには何らかの、調査費用も含まれていたのでは……そういう疑いが若干出てくる。つまり後藤新平らからの依頼で、アメリカ労働界の現地調査を行った可能性である。

後藤は端倪すべからざる人物で、人脈も左右に及んでいた。縁者には、複数の共産党幹部もいる。親露派の顔も持つ。

そんな後藤が川島の渡米志望を知り、永田らとも相談した上で、赤い組織に〝潜入〟させて実態を探らせた――法外の「旅費」が事実なら、こう勘繰りたくなるのだが、これまた川島に言われてしまうかもしれない。

「キミ、そんなのを〝下司の知恵はあとから〟ってんだよ」

ともあれ、七カ月に渡る渡米を終えた川島は、あらためて東京日日の政治記者としてスタートを切った。同じ頃、最初の結婚もしている。相手は内務省時代の同僚・福井徳太郎の妹である幸。実際には前年に結婚しており、婚姻届けを出したのがこの時期、ということらしい。義兄となった福井は、かつて川島を警保局長秘書役に推薦した男だ。数カ月後には長男・正孝も誕生。公私ともに新生活が始まったのである。

ところで、川島が政治記者となったのは、原敬内閣の時代だ。〝平民宰相〟といわれ、政局には無類の強さを発揮した原。戦前における田中角栄のような政治家だ。その日記は出色の出来とされ、のちに川島も熟読することになる。

余談だが、戦後の原敬のような田中角栄は、こう演説したことがある。

「原敬は〝政治は力なり〟といった。後藤新平によれば〝政治は倫理なり〟だ。そして床次竹次郎は〝政治は妥協なり〟という。しかし、政治は政策だよ」

昭和五十二年九月、「新総合政策研究会」発足時の演説だ。角栄といえば、「数は力」という発言ばかり取り上げられる。だが一方では、「政治は政策」と断言しているのだ。

話を戻す。

戦後、原並みに政局で活躍する駆け出し記者は、平民宰相の言動と、昼と夜とを注視した。また、評判を聞き、記事も読んだ。で、比べた。

〈後藤さんと、どっちが上だろう?〉

後藤新平と原敬。いずれも横綱であることは確かだ。では、どちらが東か。

〈後藤さんには悪いが、やはり原かな〉

人物としては後藤が勝っているけれど、政治家としては原がやや上。そう感じた。大政友会を巧みに切り回す政治手腕。それは恩人以上と思えた。

〈もし、自分がやってみたら——〉

比較を終えた川島は、仮定した。自分が政治家になったとしたら、どの程度やれるか、ということを。

〈……〉

答えは出なかった。

〈まあ、当面は、目の前の仕事をきちんとやることだ。結果は後からついてくる〉

人生の極意は急がば回れだと、川島は知っていた。

さて、政治記者としてまだ数カ月の川島は、得意の選挙でスクープをものにした。

大正九年二月の衆議院解散を、すっぱ抜いたのだ。

さらには三月から四月まで、二十六回に渡り「選挙大観」なる連載を開始した。各政党、各選挙区の情勢を分析したもので、川島は後年こう語っていたという。

「選挙の予測報道は、僕が元祖だよ」

このまま記者を続けていても、川島はひとかどの者になったであろう。

ときに、「このまま続けていても」というのは。

実は、川島は、二年もせず、東京日日新聞を退社したのである。

べっ甲屋、内務省の筆生、内務省属官、新聞記者……田中角栄も十代の頃、何度も転職したことで知られるが、この後二つ、三つの職を経る川島も、結構鞍替えしている。結果論でいえば、天職で飛躍するための肩慣らしだったのであろう。

で、新しい仕事とは、「原点」だった。

大正九年十二月、後藤新平が東京市長に就任。永田秀次郎が助役となった。あのときの内務大臣―警保局長が、そのまま首都に収まったのだ。はたして新市長は元部下を呼び出し、川島は東京市長秘書へと転身したのである。

しかし新秘書は、半年もしないうち業務に飽き、市長に配置換えを訴えた。

「面会人の取り次ぎだけじゃ面白くありません。もっと仕事がしたいんですが……」

「そうか、取り次ぎじゃ物足りんか（笑）。よし、君に相応しい部署を用意しよう。少し待っておれ」

市長はすぐに動いた。何と、新たに「商工課」を新設し、川島をその課長に据えたのである。

〈役所に来て数カ月ぽっち、それも秘書仕事しか経験のない自分のために……〉

〝大風呂敷〟らしい常識外れの「返答」に、川島は痺(しび)れた。

おまけに市長は、新課長に助言もしてくれた。

「アメリカ帰りの新知識を生かして、中央卸売市場を考えたらどうか」

日本橋魚河岸等、散在していた市場を一つにまとめるというのである。

〈さすが、後藤さんらしいスケールの大きい発想だ〉

新課長は、早速市場づくりに取り組んだ。場所は築地だ。そう、先年世間を騒がせた、かの築地市場。あれは川島正次郎が、東京市商工課長の際に計画したものなのだ。

行政と、複数の業界とを見渡し判断を下す。中央市場創設の意義を述べた論文を、雑誌に寄稿する。新課長は、まるで政治家のように動いた。

〈警保局秘書役以来だな、こんな面白い仕事は〉

商工課長の努力が結実し、築地市場が開設されたのは周知の通りである。

ところで川島は、商工課長の仕事とは別に、東京市会対策も担っていた。その過程で、市会の二大ボスと知り合った。政友会系の中島守利（なかじまもりとし）と、憲政会系の三木武吉（みきぶきち）だ。前者は市議ではなかったが、政友会代議士として市政に強い影響力を持っていた。後者はのちに自民党結党を主導する、あの三木武吉である。戦前は、府県会以外の地方議会は衆院と兼務できたから、三木も衆議院議員を兼ねていた。

〈中島さんと三木さんは、人物だ〉

並以下の人間が大半を占める市会だが、二大ボスは違った。人としても政治家としても、群を抜いている……そう感じた。両者とは個人的にも親しくなったが、特に中島とは懇意になった。影響も受けた。

〈あの二人と比べたら、自分はどうか〉

政治記者の頃、いくばくか抱いた政治への夢。役所の課長、市議との接触……政治の前線で過ごすうち、再びその思いがもたげてきた。

〈商工課長をやったおかげで、色々人脈も出来た。あとは機会が来るのを待つだけだ〉

政治家川島正次郎誕生

大正十二年四月、後藤が東京市長をしりぞくと、川島も退任。東京日日新聞には戻らず、多摩川水力電気株式会社の常務となった。市会対策を通じて昵懇（じっこん）となった、中島守利らが創立した企業の重役だ。

商工課長時代に知り合った、様々な業種の人々との交流は続いていた。わけても築地がらみで関係を深めた、漁業の人たちとはちょくちょく顔を合わせていた。川島は、彼らを前にしばしば政治談議を展開した。

「やっぱり政治は、みんなを食わせないとダメですよ。それが政治の基本だと思いますよ。そのためには何をやればいいのか、ってことです」

で、川島の〝演説〟を聞く漁業関係者の中には、千葉県東葛飾郡行徳町の者もいた。川島の義父・才次郎の出身地である漁師の町だ。現在の市川市である。

「実は僕も行徳生まれなんですよ。父も行徳出身でしてね、仕事の関係で東京に来て、僕も父も長らくそのままなんですけどね。もともとは行徳が地元なんですよ、ウチは」

本当は日本橋生まれだが、行徳生まれだと強調した。

なぜ、そんな真似をしたかといえば——。

〈そろそろ勝負したい〉

と、政治への志が煮詰まってきたからだ。「立候補」の意志が、いよいよ固まってきたのである。

〈卸売市場の実績で、漁業の票ならある程度とれるだろう。行徳なら、地縁の票も多少は見込める〉

勝負は勝たねばならぬ。仕事と地元、二つの縁がある行徳は、勝てる戦場だ。議員志望者はそう踏んでいた。

他方、行徳の漁民たちも、当然ながら察した。

〈川島さん、政治に色気があるな……。しかも後藤新平ら、政界人脈もある。卸売市場を設計した手腕もある〉

大正十三年一月末、時の清浦圭吾（きようらけいご）内閣が、衆議院を解散。すると行徳界隈から、こんな声があがった。

——例の、中央卸売市場をやった川島正次郎、あれがいるじゃないか。

漁業関係者を入り口に、東葛飾郡にその名をじわじわ浸透させていた川島。解散にあたり、ついに候補者として白羽の矢が立ったのだ。

東葛飾郡行徳町は千葉三区。当時は小選挙区制だ。清浦内閣の与党・政友本党の本多貞次郎（ほんだていじろう）が現職だった。

対する政友会、憲政会、革新倶楽部の三党は、いわゆる護憲三派を結成。千葉三区も政友本党VS護憲三派という図式となった。投票日は五月十日である。

「資金の方はご心配なく。一銭もいりません。ぜひ出馬してほしい」

地元有志の立候補要請を、川島は受諾した。護憲三派の候補者として、勝負に挑むことを決めたのである。

自分からは言わず、周囲に言わせる。言わせるようにもっていく。のちの代表的寝業師らしい出馬劇であった。

「この浜で死んでしまえばいいがなぁ」

「まあ、そう言うな。次があるだろ、次！」

大正十三年、初夏。鎌倉の浜。

裸の青年が、青空に向かって嘆息した。

友人に誘われ海を訪れた、川島正次郎その人である。

〈あと一息だったのに……〉

大正十三年五月の衆議院議員選挙。

川島は、落選した。

新人は、事前の予想を上回る、四四九四票を得た。が、相手は四六四六票取った。たったの一五二票差で、苦杯をなめたのである。

——日本中、一人も食うに困るもののないようにする。

というスローガンを掲げ、はじめ出馬に反対していた後藤新平と永田秀次郎、さらには中島守利らの推薦を取り付けた。「一銭もいらない」とはその場限りの話であったが、多摩川水力の退職金や身内の金策などにより、多めの資金を用意できた。

しかし、落ちた。

——無名の新人が強敵相手にあれだけの票を取った。川島というのは選挙の天才だ。

こんな声も聞かれたが、負けは負け。

「おい、元気出せ！　海でも行こう！」

鎌倉行楽は、落選者を癒す〝傷心旅行〟だったのである。

ちなみに大物政治家には、初回落選者が結構いる。田中角栄もそうだ。

他にも小泉純一郎（こいずみじゅんいちろう）、渡辺美智雄（わたなべみちお）、後藤田正晴、椎名悦三郎……。大野伴睦など二回連続落ちている。三回連続落選者も含め、初陣敗戦組が党首や党幹部になったケースは、筆者が知るだけでも二十例近くある。中には川島や角栄のように、〝選挙の神様〟と呼ばれた者も片手ほどいる。失敗は成功のもとなのだ。

話を戻す。

川島の落選後、政界に変化が起きた。普通選挙法が成立し、選挙制度も中選挙区制へと変更。旧千葉三区は千葉一区となった。また、前回選挙の「護憲三派」が解消された一方で、憲政会と政友本党とが合併し、民政党が結党された。二大政党時代の幕開けである。

そうした変転の中、敗軍の将は、政局同様に揺れていた。

義兄や知人の尽力で、食うには困らなかった。妻も家計を支えてくれた。当時の川島家を知る人が、「幸夫人の必死になって働く姿だけが目に残っているばかりだ」（『政界一寸先は闇』）と述懐したほどだ。

――ゴホッ、ゴホッ！

喘息の頻度が高まったような気はしたが、体の方も、まあ大丈夫だ。

が、肝心の、心が揺れていた。

〈千葉で負けたから、いっそ、東京から無産政党で――〉

なんて無茶なことさえ考えた。結局、友人の意見や後ろ盾の一人・中島守利の誘いもあり、政友会からの出馬を決意。再び千葉県で、雪辱戦に臨む次第となったのである。

〈いよいよ、本当に本当の勝負だ。これで落ちれば、もう選挙は永久にやらない〉

昭和三年一月、時の田中義一内閣は、衆議院を解散した。投票日は二月十日。第一回普通選挙だ。川島正次郎、天王山の戦いである。

——日本中、一人も食うに困るもののないようにする。

前回と同じスローガンを、あらためて掲げた。これが自分の軸だからだ。「庶民にカネを流す政治」（末裔・平山氏）。消費増税とコロナ禍。二重苦で食うに困る人が増え、これからさらに増えそうな令和の今、まさに顧みられるべき標語である。

しかもこの政治信条は、戦術上もプラスとなった模様だ。普選によって低所得者層も選挙権を持った。が、千葉一区に無産系候補はいなかった。そのため政治と生活とを結びつける川島の言葉は、有権者の目に魅力的に映っただろうと研究者も指摘している。

そして昭和三年二月十日、審判の日——。

川島は、勝った。

一四三一六票。定数四人のうち、三位で当選だった。

政治家・川島正次郎誕生。

その淵源を辿ってみれば、後藤新平の内相就任に行きつくであろう。後藤と永田秀次郎の寵を受け、中央、地方で政治に首を突っ込んだ。それがその後の出馬につながった。二人の恩師がいなければ、国政選に出ることなどかなわなかったに相違ない。

なおかつ政治家・川島正次郎がいなければ。

昭和三十年代、四十年代の政治史も、塗り替えられたに違いない。先に「『後藤内相』という一滴は、遥か半世紀先まで広がる輪をこしらえた」と記した所以である。

……だが好事魔多しであった。当選の二カ月後、夫人が急逝してしまったのである。浪人生活と選挙戦。若い身空で苦労を重ねた末の死であった。

「彼の嘆きようはなかった」

同級生はこう回顧しているが、川島は、この後も身内の不幸に見舞われることになる。

「川島君、政治家の醍醐味とは何かわかるかね？」

さて、バッジを付けた川島は、政友会幹事長を務めた森恪（もりかく）の下で、陣笠時代を過ごした。後年、田中角栄が「森恪以来の幹事長」と謳われたものだが、森の辣腕には川島も舌を巻いた。

〈森さんの鋭さと行動力は、後藤さんや原敬と比べても遜色ない〉

だが、人格は──「才気は当代稀に見る所だが人物人格は面白くない」と評された森よりも、後藤の方が優れている。

冷静に、そう見た。

〈あの激しさ、強引さは魅力でもあるが、敵をつくりすぎる〉

あまり反発を食らうと、せっかくの能力を生かす機会が失われてしまう。そう感じた。

森は翌年、持病の喘息に肺炎を併発し、五十を前に死去。川島は、森と並ぶ存在だった前田（まえだ）

米蔵(よねぞう)の系統に入る。前田もまた特異な政治家だった。以下の如き評があるほどだ。

「面談をしていても、何をしゃべっているのやら禅問答みたいにチンプンカンプンで、しばらく後になってから、ようやく彼の意図がわかってきて合点がゆくという、二重三重の策士だった」（『川島正次郎にみる政治家の条件』）

その二重三重の策士が、あるとき川島に問うた。

「川島君、政治家の醍醐味とは何か、わかるかね？」

「醍醐味、ですか……？」

「うん。それはな、常に二番手でいることだよ。主役は息が短いけど、脇役は長生きだ。君、決して主役になっちゃいけないよ。本流にぴったり寄り添って、欲を出さずに脇役に徹するんだ」

「なるほど、二番手、ですか」

「そうだ、あと一歩で頂上という場所にいれば、頂上もふもとも見える。だけどな、頂上に立ってしまうと、頂上それ自体は見えなくなるんだよ。真に全体を見渡せる二番手が、一番面白いしやりがいもあるし、長生きするんだよ」

常に二番手でいること――政治家・川島正次郎の行き方を決定した箴言だった。

〈確かにその方が面白そうだし、自分に向いてる〉

妙な色気を出さず、二番手に徹する。そこで一から十まで見て、先を読み、手を打つ。

〈それだ、行く道は〉

後藤新平や原敬ほどのリーダーシップは、自分には無い。森恪ほどの腕力も無い。だが、前田米蔵のような読みの深さなら、十分にある。

〈剛の森より、柔の前田だ。自分もそういう政治家を目指そう〉

のちに川島は、前田の〝二番手論〟を言い換えている。

「人生には、花になる人と、それを眺める人と、二種類あるんだよ」

花を持ち出すとは、さすが粋人だ。

「花を見る人はね、自分が推した人が総理になってね、〝ああ、アイツもとうとう総理になったか〟とニンマリしている。それでいいんだよ。男って、そういう人間も必要なんだ」

そして、〝花を見る人物〟の代表例を挙げる。

「古島一雄（こじまかずお）、三木武吉、前田米蔵なんかがそういう人物だったね。今の自民党には、花になりたがるヤツばかり多くて、花を見る人物がいなくなったのさ」（以上『おとこの風景』・一部表現を改訂）

前田は川島のカネの面倒も見ていたようだ。が、この時期の川島が、資金面で最も頼ったのは義兄・平山秀雄（ひらやまひでお）である。何度か登場してもらった平山秀善氏の祖父だ。

平山秀雄は「シタダレッテル」（正札）といわれる値札を広めた企業家で、その墓には「レッテル開祖」と刻まれた碑が立つ。

「それまでは、番頭さんの裁量などで値段が変わることもあったようですが、商品にレッテルを貼ることで、値段が固定されていったのです」（秀善氏）

平山秀雄は川島の実姉・千代の夫。つまり柳原の系譜だ。川島とは非常にウマが合い、千代を差し置いて話が盛り上がることもあったという。この秀雄の息子が平山善司で、秘書として長らく川島を支え、学校経営にも手腕を発揮した人物である。

有力幹部の薫陶を受け、有力親族の支援も受け、地味ながら着々と地歩を固めていく川島。松竹社長の立ち合いで、女優の水谷八重子（みずたにやえこ）とのお見合い――水谷が結婚後も芝居を続けたいと主張し不調に終わったが――も経験した川島。夫人を亡くした傷も癒え、前途は明るいかに見えた。

しかし、一寸先は闇だった。

議員生活五年目に、一粒種の正孝が、病死したのである。まだ小学生だった。

「この悲しみは子どもを亡くしたもんでなけりゃわからない」（『川島正次郎という男性』）

こう話した川島が、息子をいかに可愛がり、その死を嘆いたか。それは晩年まで、正孝の写真を肌身離さず持ち歩いていたことからもわかるだろう。

妻に続き、息子にまで先立たれた川島。実はもう一人、籍は入れなかったようだが二人目の「夫人」も失っている。立て続けに妻子と死別したのだ。

「息子と奥さんが亡くなっていますから、川島には『自分には家族がいない』という感覚があり、孤独感も抱いていたようです」

平山秀善氏はこう話していたが、「陽気」「粋人」といわれた政治家の底には、孤独と悲しみも横たわっていたのである。

なお、昭和十一年、川島は四十六歳で赤坂の芸者だった政子夫人と再婚。今度こそ、最期まで添い遂げた。川島番だった小畑記者によると、芸者時代の政子夫人を河野一郎が口説いたことがあるらしい。河野は川島に、何度か煮え湯を飲まされたものだが、初黒星は女性がらみだったというわけだ。

「道中師！」「悪の正次郎！」

川島を罵る河野の胸に、ジェラシーが潜んでいたかどうかは知らない。

「やあ、椎名君、次官就任おめでとう。今度は僕も商工委員だから、よろしく頼むよ」

「いや……ありがとうございます。一緒に頑張りましょう」

昭和十六年十月、商工省。川島は新次官の椎名悦三郎と挨拶を交わした。

川島にとって、椎名は特別な存在だった。恩師・後藤新平の甥なのだ。

しかも椎名は、重要人物を川島につなげた。

「川島さん、今度、ウチの大臣を紹介しますよ、なかなかの人物ですから」

「ああ、岸さんか。一応、面識はあるけど、きちんと話したことはないなあ」

「じゃ、あらためて紹介しましょう」

椎名は川島と、同じく代議士の三好英之（みよしひでゆき）を連れ、大臣室を訪れた。

「やあ、わざわざご丁寧に……あらためまして岸です。よろしくお願いします」

「川島です、こちらこそ、あらためまして……初めてお目にかかったのは、前田さんが大臣の頃でしたか」

「そうですね、前田米蔵先生が商工大臣をされてた昭和七年頃ですね。私は課長でした。よく、前田先生の所にいらしててましたよね？」

「ええ、あたしゃ、前田さんの下働きですから（笑）。ま、みんなで協力して、頑張っていきましょう」

商工大臣・岸信介。〝革新官僚〟のボスとして、その名は政官界に轟き渡っていた。

〈やはり、ただ者じゃない……〉

川島は岸と会うごとに、その規格外の能力に圧倒された。何事もテキパキこなすし、何を聞いてもスラスラ答える。話術も巧みで、人付き合いも良い。大秀才だが、ガリ勉ではない。処世にも長け知恵も抜群。そう感じた。

〈おそらくは、森恪や前田米蔵より……〉

この男の方が上だろう。後藤新平や原敬に迫る器量かもしれぬ。そう思えた。

〈花にもなれるし、見る側にもなれそうな男だ〉

両方になれるが、まあ、なる側であろう。何より岸自身、総理になりたくてしょうがないといった雰囲気を醸し出している。

〈岸信介が花になったとして……〉

自分はどの位置で、それを眺めているか。そこが問題だ。

〈立ち見でなく、特等席で見物できるようになっていないと〉

川島は、上着のポケットに手を突っ込んだ。ズボンの方だと、少し偉そうな気がした。サシだとほぼ対等で、時に見下ろすことさえある。けれど、ちょっぴり遠慮も残る。妄想する際も、その遠慮を引きずる。

〈まあ、あまり近づきすぎると、花はよく見えないからな〉

わずかに距離をとった方がしっくりくる、それが岸との関係だった。

〈こりゃ、前田さんや岸は、タダじゃ済まんだろう〉

昭和二十年八月、終戦を迎えた川島は、緊張した。

〈もちろん、自分もだ〉

戦時体制が進むに従って、政界も大きく変動した。昭和十五年、各政党が解散し、大政翼賛会へ合流。昭和十七年には翼賛政治体制協議会が結成され、衆院選の候補者を推薦した。

されど川島は、「あまりにも政党人的」との理由で、推薦されなかった。しかれども非推薦候補は、逆風下の選挙を勝ち抜いた。これが戦前最後の選挙で、昭和三年以来、川島は当選六回のキャリアを積んだことになる。

〈これから大変なことになるだろう……でもまあ、たいしたことはない。いや、たいしたことあるが、何とかなるだろう〉

大臣など、派手なポストには就かなかった戦前の川島。されど前田米蔵から〝奥義〟を授かり、岸信介という官界のボスともつながった。

〈政治家として長生きして、特等席で花を見る人になれるか……〉

決してこのままでは終わるまい。

川島は眼鏡を拭き、かけ直した。

あらためて、前を見る。

すると、目の前に、洋々たる前途が広がっていた。

〈新しい時代が来る……〉

一方、朝鮮では。

チョビ髭の男が、腕を撫していた。

田中土建工業社長・田中角栄だ。

昭和九年に越後から上京した角栄は、いくつかの職を経験し、十九を前に建築事務所を開業した。途中、出征・療養を経て、昭和十八年に田中土建工業を設立。戦時特需で事業を拡大させていった。

昭和二十年に入ると朝鮮で大事業を開始。その工事のさなか、若社長は外地で終戦を迎えたのであった。

〈カネは出来た。後はいつ勝負するかだ〉

政治家になる。そして宰相になる。

それが、田中角栄、究極の野望であった。

〈すぐ内地へ帰って、機会を待とう〉

野心満々の若き社長は、おそらくは札束で関係者をねじ伏せ、猛スピードで帰国の途に就いた。

〈政治が混乱しているうちの方が、俺のような者には有利だろうが……〉

この後角栄は、戦後初の衆院選に出て落選したものの、再挑戦で雪辱を果たした。初出馬の後ろ盾となったのは、元民政党幹部・大麻唯男（おおあさただお）。前田米蔵と並ぶ、政界屈指の寝業師だ。二十年後、今度は前田の側近だった川島が、己の後ろ盾になろうとは——その不思議なめぐり合わせを終戦の日の角栄は、まだ知らない。

第四章
角栄が走る
うるさいチョビ髭

ちょっと品がない男

〈やっと、自由の身になれた〉

昭和二十六年八月、知らせを受けた川島は、読んでいた『原敬日記』の何巻目かを閉じた。五年半前の初春に、川島は公職追放された。それがようやく解除されたのである。

翼賛選挙の推薦組は、軒並み追放された。だが川島は非推薦。警保局のＯＢなのに、官憲から厳しくやられたものだ。パージの対象にされた理由は、戦時たけなわでもない昭和七年に、「海軍参与官」を務めたことだったという。

追放中、川島は事業に手を出した。水産業と建設業だ。資金の面倒は、昔の仲間たちが見てくれた。義兄・平山秀雄の援助や助言もあったろう。

が、武士の商法で、いずれの会社もすぐに倒産。たまに「実業界より政界の方が厳しい」などという意見を見かけるが、川島の例を知っているのだろうか。そんな比較自体がナンセンスだと、政治の達人が証明した形だ。

起業の方は画餅（がべい）に帰したが、政治の方はぬかりなかった。身代わり候補を次々と立て、地盤の維持を目論んだ。有り余る時間を使って政治史も学んだ。殊に愛読したのは『原敬日記』と三宅雪嶺（みやけせつれい）『同時代史』。「私はこの二つの読み物によって政治家としてのあり方を習った」（『人生この一番』）と振り返ったほどだ。

〈やはり後藤さんと並んで、原敬は指針であり目標だ。常に自分の先にいる〉

人間、常に一番になりたいわけではない。前に誰か居てほしい、優れた人が居てほしい、そういう願望もあるものだ。まして川島は、「二番手」を志向する政治家である。

〈原敬に近づけば近づくほど、より良い席で花を見られる政治家になれるだろう〉

川島は、妖怪みたいな男を脳裏に浮かべつつ、『原敬日記』を書棚に仕舞った。

〈おっと、いけねえ〉

緩んでいた和服の帯を、粋人らしくきちんと締め直した。

追放を解かれた川島は、前田米蔵らと共に、まず自由党へ入党した。首相・吉田茂が総裁を務める政権与党だ。ここで自由党の来歴を、簡略に述べておこう。

旧政友会の鳩山一郎（はとやまいちろう）が、戦後まもなく日本自由党を創立する。しかし鳩山はパージされ、外交官の吉田茂が後任総裁に。日本自由党はその後民主自由党となり、さらに自由党へと衣替え。この間吉田は官僚群にバッジを付けさせ、「吉田学校」と呼ばれる側近グループを形成した。〝ワンマン〟体制は盤石で、内閣はすでに三次・のべ五年。だが鳩山一郎ら、戦前派の追放解除・政界復帰は、吉田を揺さぶる波乱要因になりうる――というのが、自由党の過去と今後の見通しである。

〈小会派では上手くいかず、結局、大きいのに吸収されちまうだろう〉

昭和二十七年四月、やはり公職追放されていた岸信介が、解除されるや否や「日本再建連盟」を発足させた。事実上、岸の新党である。

自由党に入った川島も、岸との関係からこの動きに参加した。だが、再建連盟から選挙に臨むという気は無かった。小会派では立ち行かなくなると見ていたのだ。

〈岸だってわかってるはずなのに、やっぱり小さくとも花になりたいんだな……〉

はたせるかな、十月に行われた衆院選では明暗が分かれた。自由党から出た川島は、見事カムバックを果たしたが、岸本人が立候補を見送った再建連盟は、惨敗。武知勇記（たけちゆうき）一人しか当選者を出せず、岸の右腕・三好英之まで落選した。

〈ほら、案の定……でも岸は花になれる人なんだから、このまま終わっては困る〉

選挙後には当選したばかりの前田が病に倒れ、長期入院するという事態も起きた。

〈岸があのザマで、前田さんまで出てこられないとは……〉

再びバッジを付けることができた。されど川島は、どこか出鼻をくじかれたような気分で、戦後政治の舞台に上がったのだった。

さて、川島復帰後の自由党。

党内は、おおよそ三つに分かれていた。吉田茂派と鳩山一郎派、そして中間派である。

川島はといえば、「廿日会（はつか）」と呼ばれる中間派に属していた。前田米蔵系の中間派だ。

〈やはり、戦前も戦後も変わらんな。政友会と同じで派閥抗争ばかりだ（笑）〉

吉田派と鳩山派の確執を眺め、〝浦島太郎〟は安心した。国の在り様が変わっても、政治は相変わらずだ。

〈多少、戦後派の雰囲気に慣れる必要があるが……まあ、何とかなるだろう〉

昭和二十八年一月を迎えると、党内が揺れた。震源地は新執行部、とりわけ幹事長人事である。吉田は子飼いを座らせたい。すなわち佐藤栄作だ。が、邪魔者が騒ぎ出したため、コトは難航しそうな情勢だった。

佐藤の前に立ちはだかるは吉田派党人の筆頭格・広川弘禅。このなまぐさ和尚が幹事長の椅子を熱望し、一向に折れる気配がない。吉田主流派も、佐藤、池田勇人ら側近派、広川派などに割れ、一枚岩ではなかったのだ。そこへ持ってきて、鳩山派、中間派の思惑も入り乱れる。

「幹事長は広川派から、総務会長は鳩山さんのとこから、残る政調会長はウチ……というか、中間派の前田系から選ぶのが妥当じゃないか」

川島は、中間派の代表格として、広川派、鳩山派の有志に呼び掛けた。みな異存は無かった。されど一月下旬の党大会は、そんな目論見通りにはいかなかった。

その代わり、新たな「発見」があった。

吉田は「佐藤幹事長」に固執し広川が抵抗する。が、そこは総裁の貫禄で、佐藤有利で事態は進む。それはいいとして、ちょっと場内がやかましい。

〈あのうるさいチョビ髭は……〉

何か、吉田派の下っ端みたいな若いのが、ダミ声でまくし立てているのである。

「いいですか、吉田総裁は、党の団結のために、佐藤さんを幹事長に指名したんです。特別な意図があるっていうんじゃありません！　この際幹事長には佐藤さんを承認して、総務会長は鳩山派、政調会長は他派からとったらいいじゃないですか！」

このチョビ髭には反発も多く、ヤジが飛ぶ。

「黙れ！　お前、元々は広川派だったじゃないか！　今頃何言ってんだ！」

「アンタこそ黙れ！　俺は男をかけて言ってんだ！　だいたい、鳩山派は党内民主化同盟なんてつくってるが、これを解消する気はないんですか？　そんな党内党みたいなものは解散して、総裁の下で一致団結すべきでしょう！」

川島はダミ声を観察していた。選挙の神様だけあって、議員の履歴や選挙区は、一通り頭に入っている。だからチョビ髭が何者か、一応は知っていた。

〈新潟の田中角栄か……。確かまだ三十の半ばだろう〉

吉田茂の使い走りみたいなことをやっていて、佐藤や池田にも近い。前は広川に接近していたらしい。カネへの執着が人一倍強く、疑獄に連座し捕まったこともある。最初落選したあと当選三回……頭の中の閻魔帳をめくると、そんなデータが出てきた。

〈しかし元気がいいな……〉

自分が彼くらいの年の頃、何をしていたか。浪人中だった。それにもっと地味だった。あんな風に喋れもしないし、存在感も無かった。

〈吉田の懐に入るっていうのも、なかなかのもんだ〉

後藤新平の小僧だった自分のようだ、と少し思った。が、あんなエネルギーは、自分には無かった。大したものだ。吉田に学んで、花になろうとしているのであろう。

〈ちょっと品がないが……まあ、花になれんこともないだろう〉

結局、新幹事長には佐藤栄作が選出された。川島らの思惑は外れた形だ。が、所詮、カンを取り戻すための小手調べ。敗北感など全く無い。田中角栄という、花になるやもしれぬ種も見つけた。〈やはり政界の水はいいもんだ。特に抗争は、頭も体もほぐしてくれるもんだ〉

隠し砦の三悪人

幹事長人事は吉田の狙い通りとなったが、鳩山派は引き続き〝ワンマン〟揺さぶりを謀った。

中でも鳩山という花を特等席で見るつもりの三木武吉は、縦横無尽に腕を振るった。

〈三木さん、東京市会の頃からさらに腕を磨いたな〉

市会のボスから鳩山の大軍師へと出世した寝業師は、入院中の前田米蔵にも接近。川島を含む中間派も反吉田色を強め出す。

〈吉田は賞味期限が切れつつあるが、そう簡単には倒せないだろう。長期政権の間、あちこちに根を広げている〉

川島は、反吉田の会合に出ながらも、冷静にそう見ていた。

自由党内の紛争が続く中、吉田茂が国会答弁でやらかした。昭和二十八年二月末、野党議員との質疑の際、「バカヤロー」と口走ったのだ。

これに懲罰動議が出されると、鳩山派に加え、広川一派も欠席。動議は可決されてしまったのである。

野党は続けて内閣不信任案を提出し、これまた可決。衆議院が解散されると、鳩山派と広川派は脱党し、分党派自由党を結成。保守分裂選挙へ突入したのだ。

〈今はまだ、新党をつくる頃合いではない〉

川島は脱党組を冷ややかに見た。大きなうねりにならねば小は大を呑み込めない。まだ、そのうねりは生まれていない。

〈少数派に賭けるなら、それが必ず多数派へ伸びる場合でなければダメだ。分党派は伸びない

だろう〉

川島の読み通り、四月の総選挙で分党派自由党は公示前の議席を減らし、三五にとどまった。吉田自由党も一九九議席まで減少したが、少数与党として政権を維持した。

川島は戦後二度目の当選を果たしたが、岸信介も今度は自由党から出馬して、議席を得た。一方、解散前日に退院した前田米蔵は落選。しばらくはノーバッジで活動していたが、翌昭和二十九年に逝去した。川島にとっては、一得一失の如き総選挙であった。

〈吉田の次は鳩山として、その次に岸を持って来られるかどうか〉

岸信介という、極上の蕾(つぼみ)。

それをどう咲かせるかが、連続当選後、岸と行を共にし始めた川島の、当面の目標だ。いや、「野望」だ。

とはいえ、このころ——岸一派の中で、川島の存在とは。

鳩山陣営における三木武吉の如き、無比の軍師ではない。客観的にみても、岸の主観からみても、〝参謀次長〟といったところだ。

昭和の妖怪が最も信頼する、参謀総長。それは再建連盟理事長だった、元民政党の三好英之である。

「当代の人物は、岸信介と社会党左派の和田博雄(わだひろお)。総理級の男を育てるのが自分の性にあった仕事で、まさか左派へは入れないから岸を担ぐ」

と言い切る、やはり謀将タイプの政治家だ。既述の如く、三好と岸の関係も、椎名悦三郎の仲立ちで始まった。戦後は再建連盟から出馬し落選後、参議院議員として議席を得た。年も政歴も上の三好に次ぐ、岸グループの三番手。それが当時の川島のポジションである。

さて、少数与党の吉田内閣は、多数派工作を展開した。まず、第二党の改進党から事実上の閣外協力を取り付け、続いて分党派自由党にも触手を伸ばした。

「吉田が行き詰まったとき、自由党内にいなければ政権は回ってこない」

と、自由党内の親鳩山派議員やブリヂストン社長の石橋正二郎（いしばししょうじろう）が、鳩山一郎を説得。吉田本人も鳩山邸へ乗り込み、「君さえ戻ってくれればいいんだ」と直談判した。

これで鳩山は復党を決め、昭和二十八年十一月、同志二十名以上と共に自由党へ戻った。裏ではカネも渡っていたことが、今日では常識のようになっている。三木武吉、河野一郎ら〝八人の侍〟は復党せず、日本自由党を結成した。

鳩山の出戻りと前後して、岸信介も動いた。保守再編の機が熟したと、超党派で会合を開催し、岸本人によれば「四十氏」（『岸信介回顧録』）、当時の新聞によれば「二十数氏」（読売新聞昭和二十八年十一月九日）の議員を集めた。のちの岸派の母体である。

〈何かきっかけさえあれば、今日の集まりは大きなうねりとなっていくだろう〉

「反吉田勢力の集まり」と反響を呼んだこの会合には、むろん、川島も参加した。著名な息子と孫を持つ、改進党の小泉純也（こいずみじゅんや）も加わった。小泉進次郎（こいずみしんじろう）の祖父である。

四十数年後、純也の息子の内閣で、岸の孫が引き立てられる。あるいは六十数年後、岸の孫の内閣で、純也の孫が大臣を務める……そんな日が来ようとは、この場にいた誰一人、想像しなかったに違いない。

翌昭和二十九年一月、造船疑獄が表沙汰となった。造船業者と政官界の贈収賄事件だ。四月には自由党幹事長・佐藤栄作にも司直の手が伸びた。が、法相の犬養健（いぬかいたける）が指揮権を発動し、佐藤の逮捕を食い止めた。

〈こんなことすりゃ、人心は離れる一方だ。吉田の命運もいよいよ尽きるな〉

川島のカンピューターは発動した。もう吉田は持つまい、と。

〈ちょいと、遊んでみるか〉

川島は、長を務める自由党千葉県支部で、「吉田首相引退決議」なるものを出した。ワンマン全盛時代なら、即、除名となるであろう暴挙だ。

――あんなことして大丈夫なのか。

という声があがったが、大丈夫だった。吉田執行部の力は、「造反」を抑えられぬほど弱体化していた。

〈……いつ、清水の舞台から飛び降りるか。だけだな〉

落日の吉田政権は、事態打開のため保守合同を画策する。副総理の緒方竹虎（おがたたけとら）が中心となり、自由党、改進党、日本自由党による新党構想が進んだが、六月に決裂。すると今度は自由党の鳩山派と岸派、改進党の自改連携派らによる反吉田の新党運動が浮上した。

その核は、昭和の妖怪である。

岸は永田町のグランドホテルに陣取り、全国遊説も始め気勢をあげた。が、いかんせんカネが無い。しかも兵糧不足がバレてしまうと、来るはずの同志も来なくなる。

そこで岸は側近を呼び、策を練った。資金不足をどう乗り越えるか。招かれたのは参謀総長、そして次長。すなわち三好英之と、川島正次郎である。

で、〝隠し砦の三悪人〟がひねり出した策とは――。

「見せ金」だった。新聞紙を札束と同じ大きさに折り、上下に本物の札を置く。それを金庫の中にうず高く積み上げ、議員が来るとさりげなく、されどこれ見よがしにフタを開けるのだ。

「ちょっと中を確認するから……」

「……!」

電子マネーだの何だの妙なモノの無い、古き良き時代の微笑ましい一コマである。

見せ金のおかげか知らないが、新党運動は急ピッチで進んだ。九月には新党準備委員会が結成され、十一月には鳩山一郎がその委員長に就任する。「新党総裁」は鳩山だということだ。『鳩山一郎日記』をひもとくと、五月頃から川島の名がちょくちょく出てくる。岸や川島が、水面下で動く様子が文字の奥に見えるのだ。

新党運動が仕上げに入った十一月八日、岸は石橋湛山と共に自由党を除名となる。だが昭和の妖怪は、「除名されても何ともなかった」(『岸信介回顧録』)。岸派の参謀次長もここが勝負時だと見た。

〈ようやく潮時だ。これは大きなうねりになる〉

川島は自由党から飛び出すことを決断し、十一月二十四日、自由党鳩山派と岸派、改進党、日本自由党らによって日本民主党が結党された。総裁に鳩山、幹事長に岸、総務会長に三木武吉を擁する百二十名を超す大勢力だ。川島ら、このとき自由党から出た岸派の代議士十四名は、脱党届を鳥の子紙に連署したので「鳥の子組」と称されたものである。

十一月末に臨時国会が召集されると、民主党は左右社会党と共に内閣不信任案を提出する運びとなった。可決は必至の情勢だった。吉田は解散を目論むが、側近たちに止められ断念。ワンマンは総理・総裁の椅子を放り出し、閣議は主役不在のまま内閣総辞職を決定した。

政界「一寸先は闇」の名言

「大勢来ているかい?」

「ええ」

「僕はやめたよ」

夫人に一言だけ発し、幻の郵政大臣は電話を切った。

昭和二十九年十二月十日、吉田内閣に代わって鳩山一郎内閣が発足。

当日、「組閣完了」との号外が出た。

そこには間違いなく、「郵政大臣　川島正次郎」と載っている。

支持者たちも川島邸にやってきた。

――ようやく川島先生も大臣だ。思えば長かったなァ……。

〝川島党〟の面々は、まだ珍しかったテレビにかじりつき、その瞬間を待った。

が、ブラウン管は、一向に「おらが先生」の勇姿を映さない。

「まだか?」「どうなってるんだ?」

そんな折、電話が鳴った。

で、先の一言である。

ほどなく新大臣が川島邸に参上した。

家の主でなく、主の同僚だった。

彼もまた、夫人に一言だけ発した。

「川島君のおかげです」

……川島は確かに、郵政相に内定していた。いや、決定していた。

それがなぜ、外されたか?

実は組閣発表の直前に、同じ岸派の武知勇記に譲ったのだ。当時の新聞によれば、

——民主党結成に献身した武知を入閣させない法はなかろう。との論が、ギリギリになって強まったためだという。川島だって新党創立に貢献したから、どこか解せない話である。

むしろ、戦後の「スタート地点」にさかのぼった方が、合点がいく。武知は岸と離れず再建連盟から出たが、川島は自由党から出た。その差が入閣の順序となって現れたのではないか。

〝参謀次長〟の落選に、岸派内は荒れた。岸の女婿でやがて代議士となる毎日記者の安倍晋太郎——安倍晋三の父——も、

「こんなザマなら政治をやめて、山口へ帰って坊主になったら……」

などと義父に食って掛かったと伝わる。

ともあれ、川島の初入閣は流れた。二番手志向とはいっても、一度は大臣の椅子に座らねば、男がすたる。支持者の手前もある。

「岸内閣はこの先なんだ。後で何年もやるから、何も先を急ぐ必要はない」

ご当人は平静だったとされるが、心中穏やかではなかったろう。

「政界、一寸先は闇」——川島正次郎の代名詞となったこの名言。

一説によれば、初めて吐いたのはこの組閣のときだったという。

「今に見ろ、あの田中角栄は天下をとるぞ」

「……はい？」

川島が涙を呑んだ、しばらく後。

神奈川県は湯河原にて。

謎の老人と従者とが、奇妙な問答を交わしていた。

老体は、お付きの者が

〈まさか（笑）。この人も老いたな〉

と、内心呆れているのを百も承知だ。

それでもなお続けた。

「俺の目に狂いは無い……あれは大した男だ」

「……」

老人は、もう従者を無視してつぶやいた。

「田中角栄……ヤツは必ず天下をとる……」

……「謎の老人」は町野武馬(まちのたけま)。衆議院議員の経験もある、元軍人だ。会津藩士の家で育ち、陸軍入り後は主に大陸で活躍。爆死事件で知られる張作霖(ちょうさくりん)の顧問を務めたこともある。天津総領事時代の吉田茂と意気投合し、ワンマンが首相になると「御意見番」と畏敬された。知る人ぞ知る大物だ。

吉田茂が町野をいかに評価していたか、吉田学校の生徒・増田甲子七の回顧を引こう。

吉田は一時期、増田を総理総裁候補と見なしていた。そこでこんな教えを説いた。

「いい人からは、学べば学ぶほど向上する」(『増田甲子七回想録』)

そして数人の名を挙げて、こう述べた。

「町野武馬のところへも、時々は行ってみろ。ためになるぞ」(同上)

で、その〝ためになる人〟は、吉田の周囲でウロチョロしていた若造を、なぜか異様に評価した。

きっかけは、何と遥か明治維新の頃、戊辰戦争にまでさかのぼるという。

町野のふるさと会津藩は、戊辰戦争で長岡藩と組んだ。長岡といえば、角栄の選挙区だ。そのため会津魂を持つ御意見番は、チョビ髭に対し「同盟藩意識」を抱いたらしいのだ。

しかも角栄は如才がない。話も上手いし動きも素早い。町野は接すれば接するほどその魅力にやられ、

〈この男に天下をとらせたい。また、この男ならとれる〉

と、思い始めたのである。

ワンマン時代が去り、吉田の周りは淋しくなる一方だ。これまで一流ブランドだった「吉田派」は、今や「冷や飯組」の代名詞となっている。

されど角栄は、前総理のもとを離れない。相変わらず吉田と池田勇人、あるいは吉田と佐藤

栄作との連絡役なんかを担っている。

〈目先の情勢だけで動かない。いずれ吉田派が復活することを読んでいる。落ちぶれても離れないことが、傍目にどういう印象を与えるかもわかっている。情も理もある男だ〉

吉田退陣後も右往左往しない様を見て、町野はますます角栄を気に入った。そこで先の「奇妙な問答」が始まったのである。

「とんでもない（笑）。爺さんも老いぼれた」

などと〝予言者〟を笑っていた連中が、改心するのは十年近くのち。「田中蔵相」の活躍ぶりを、目の当たりにしてからだ。

若き織田信長を「たわけ者」とあざける従者に対し、「我が子はあのたわけ者の家臣になるだろう」と予言した斎藤道三。かの有名な故事のような逸話である。

なお、昭和の頃から一部でこんな説が流れている。

――吉田茂が首相在任中、角栄はワンマンに会ったことすら無かった。昭和三十年代半ばくらいにお近づきになったのに、もっと前から近くにいたように偽っている。

この説こそ偽りであることが、町野の話からもわかるだろう。

町野は昭和四十三年、予言の的中を確認せずに逝く。が、総裁候補として伸してきた、「同盟藩」の男の活躍は見た。で、そのとき角栄の後ろに居たのが川島だ。「まさか」と馬鹿にされていた使い走りが、なかなか芽が出ず大臣にもなれない地味な職人の助けを借り、予言を実現していくのである。

さて、新党も新内閣もできたのに、あと半歩の所で長蛇を逸した川島。

だが、出番は思いのほか早くやってきた。

昭和三十年二月、「鳩山ブーム」の中で総選挙が行われ、民主党は一八五議席を得た。過半数は得られなかったものの、一一二議席の自由党を圧倒して第一党を確保した。

九度目の当選を果たした選挙の神様は、開票前、議席数を予想している。

「まあ最低一八五名は固いね。うまくいけば二〇〇名……」

開票後、政界スズメたちが「さすが」と感嘆したことはいうまでもない。

選挙後の三月、鳩山は第二次内閣をスタートさせた。

ここで川島は、やっと大臣の椅子に座った。二度目の正直だった。

ポストは自治庁長官兼行政管理庁長官。

初当選から二十七年目、九期目にしての〝遅すぎた春〟である。

〈これで何とか、メンツが立った。まずは……〉

六十四歳の新大臣の初仕事、それは「恩返し」であった。

内務省の下っ端だった川島を引き上げた、恩師・永田秀次郎。その息子で岸派の代議士となっていた永田亮一（ながたりょういち）を、自治庁の政務次官に抜擢したのである。

〈永田さん、ありがとう〉

〝人情正次郎〟、恩師への数十年越しの返礼だった。

自治庁長官としては選挙制度改革に、行管庁長官としては行革に取り組んだ。が、川島は、長官ポストをこなすうち、己の本分はやはり党務だ、と感じてきた。

〈何かと制約のある大臣より、党務の方が自由に動ける〉

折しも保守合同の機運が高まっていた時期である。左右社会党が統一へと動き出し、保守派は刺激を受けていた。

「岸さん、やっぱり民主党と自由党が分かれてちゃダメですよ。保守が一つにまとまって、絶対多数をとらないと、政局は安定しない。やりたいこともやれない」

「そう、その通りだよ。社会党も一つになるようだし、ここで保守もナニしないとわが国はおかしな方向に行っちゃう。民主党と自由党が一緒にならないといかん」

川島は、民主党幹事長の岸と話し合い、保守一本化による政局安定、で一致した。

〈一つの分野を担当する閣僚より、政局全体を見る方が面白いや〉

行政より保守合同への流れの方が気になっていた川島は、わけてもある男の手練手管に注視した。

東京市会以来の仲である、三木武吉だ。

〈弁慶の七つ道具を持っているかのようだ……先を読み、人を読み、事例に応じて手を打って

いる〉

ああなりたいものだ、と望んだ。

政敵だった自由党幹部の大野伴睦を懐柔するなど、三木は保守合同へのうねりをつくった。情勢に「乗る」のでなく、情勢を「つくる」とは凄い。

〈鳩山という花を見るばかりか、政界全体を花畑のように鑑賞しているかのようだ。自分はまだ遠く及ばない――〉

岸の参謀次長として合同への流れに掉さし、それなりの腕を見せてはいる。

〈だが、自分で絵を描けてはいない〉

政界というカンバスに、自ら絵を描いていく。そういう芸術の域には達していない。まだまだだ……。されど川島は、はやる気持ちを抑えた。どこか心が曇ったときは、〝座右の銘〟を思い起こして晴れにする。川島流・人生を楽しむコツだ。

〈まあ、何とかなるだろう〉

花になれる男

昭和三十年十一月、保守合同への動きは自由民主党となって結実した。衆参合わせて四百二十名近い、一大勢力の誕生だ。総裁代行委員に鳩山一郎、緒方竹虎、三木武吉、大野伴睦、幹事長に岸信介が就任。総裁は決められず、翌三十一年になって鳩山が選出された。同時期に社会党も統一し、自社両党を中心とする「五五年体制」がスタートした。なお、吉田茂と佐藤栄作らは結党に参加せず、しばらく経ってから入党している。

自民党の結成に伴って、第二次鳩山内閣は総辞職。あらためて第三次鳩山内閣が発足した。川島は大臣を降り、党の選挙制度調査特別委員長に就任する。主に取り組んだのは小選挙区制問題で、「ゲリマンダー」——特定政党に有利な区割り——をもじった「ハトマンダー」が現れたのはこのときだ。

社会党の猛反対もあり、結局、小選挙区制導入はポシャる。その後田中角栄内閣も、「カクマンダー」を擁し小選挙区を狙ったが、これまたオシャカに。平成六年、細川護熙(ほそかわもりひろ)内閣の下で、ようやく小選挙区制度は実現した。現行の小選挙区比例代表並立制だ。

とはいえ選挙制度が変わっても、政治は全く良くなっていない。それどころか「政治の劣化」「失われたウン十年」などと叫ばれ、角栄待望論が定期的に発生する始末だ。

さて、小選挙区騒ぎと前後して、政局に変化が起きた。重鎮が次々と逝去したのである。

まず昭和三十一年一月、総裁代行委員の緒方竹虎が急逝。次期総裁最有力候補の死で、岸信介から見たら、ライバルが一人消えた形になった。

翌月、岸は片腕をもがれた。参謀総長・三好英之が亡くなったのだ。これで川島は、名実ともに岸派のナンバーツーへと浮上した。

七月には自民党結党の立役者・三木武吉が逝った。鳩山の「次」に岸を推していた三木の死は、昭和の妖怪にとって三好の永眠に続く痛手であった。死去の前日、見舞いに来た岸に、三木は最後の忠告をしている。

「岸君、無理押しをするんじゃないよ。無理押しは一生に一度しか通らないものだ」

この〝一生に一度の無理押し〟で、のちに安保改定を実現する岸。緒方逝去後は、彼こそがポスト鳩山の本命と見られていた。

されど岸派の正軍師へと昇格した川島は、慎重である。

「あわててはいけませんよ、行雲流水（自然の成り行きに任せて行動すること）でなくては。鳩山のすぐ次を狙ってはいけませんぞ」

その真意は、まだ若いのだから、というにある。

石井光次郎、石橋湛山……他に総裁候補と目されている面々は、みな六十代、七十代だった。岸のみギリギリ五十代である。だから岸派の参謀は、無理して総裁になろうとするな、段々とそういう流れになっていく、と釘をさしていたのである。

だが、事態は川島の思うようには進まなかった。

昭和三十一年秋頃になると、政界では「鳩山引退」が常識化。十一月に入り、鳩山自身が引退に言及すると、政局は一気に「次」へ向かって走り出す。

こうなると、もう「段々と」などと悠長なことは言っていられない。

折しも還暦を迎えた岸は、次期総裁に名乗りを上げた。石井と石橋も立候補を表明。本命はやはり岸、対抗に石井、石橋は大穴だという見方が支配的だった。

川島の目算より早く訪れた、岸を〝花〟にする機会。ところが軍師は出遅れた。

――ゴホッ、ゴホッ！

あいにく持病の喘息が悪化し、病臥(びょうが)していたのである。

十一月中には復帰したものの、すでに各陣営は公選を見越し、票読み作業に入っていた。岸を支持する勢力は、岸派、佐藤栄作派、河野一郎派など。特に河野とまだ自民党員ではない佐藤とが、車の両輪として稼働。遅れて参戦した川島が、三輪目に加わった。

この公選では実弾もだいぶ飛び交ったといわれ、以下の如き証言がいくつも残る。

「岸が三億ないし一億、石橋が一億五千万ないし六千万、石井が八千万ないし三、四千万使った。新聞紙に包まれた札束が無造作に運ばれていた」

ポストの空手形も乱発された。石橋陣営の参謀・石田博英(いしだひろひで)に至っては、十数名しか座れぬ大臣の椅子を、「六十人以上に約束した」などと噂された。石田は「(今は入閣二名の)参議院に三閣僚を与える」と明言し、参院の切り崩しにも成功。のちに川島が

「石田君にやられたんだよ。参議院にポストを与えて釣るとは思わなかった。あれで参議院がどっと石橋に行っちゃった」

と話すほど、水際立った戦法だった。

三候補がしのぎを削る中、洞ヶ峠(ほらがとうげ)を決め込んでいたのが大野伴睦だ。各大将はみな伴ちゃん

を訪れ支持を請う。中でも岸は平身低頭、懇願した。だが大野は「私の心境は、白さも白し富士の白雪ですよ……」と鼻であしらい、とどのつまり石橋を支持。四年後、今度は大野が同じセリフで岸にしてやられることは先に記した通りである。

ところでこの総裁選、例の〝天下をとる男〟はどうしていたか。

吉田茂の御意見番・町野翁から身に余る評価を頂いた、田中角栄は。

佐藤派の一員として、岸を担いでいた。

角栄は、池田勇人と佐藤栄作の間に立っていた。両雄と共に行くことを、金科玉条としていたからだ。が、この総裁選を機に吉田派は分裂。道が二つに分かれる日が来た。

池田か、佐藤か、旗幟（きし）を鮮明にせざるを得なくなった角栄は。

より親しく、縁戚にもなった池田を振り、佐藤に付いたのだ。

〈ボスと同じ大蔵官僚上がりが多い池田派より、佐藤派の方がライバルが少ない〉

と、算段したのである。

で、その佐藤派の侍大将は、陣中にてある点が気になっていた。

〈松野さんをおろそかにしている〉

参議院議長・松野鶴平。この参院のドンは、比較的、岸・佐藤に近い。とはいえ岸支持を、公言したわけではない。

〈松野さんを完全に引き込めば、ダメ押しとなる。岸さんの勝利は確定する〉

しかるに岸や佐藤は慢心か、松野対策をぬかっていた。兄弟そろって支援を頼みはした。が、〝ズル平〟は、なかなか言質をとらせない。

気が気でなくなってきた角栄は、佐藤に勧めた。

「松野さんにそれなりのものを届けた方がいいのでは……そうすればあの人も動きやすくなるでしょうし、松野さんの下にいる人たちも、まとまってこっちに来ますよ」

「馬鹿言うな。俺と松野はそんな関係じゃない。前から深い付き合いなんだ」

親分は、侍大将の助言を一蹴。はたして、角栄の危惧は現実のものとなったのだ。

昭和三十一年十二月十四日に行われた公選は、第一回投票で岸二二三、石橋一五一、石井一三七という結果になった。決選投票において、石井との二、三位連合を組んだ石橋が二五八票を獲得し、二五一票の岸を逆転。二代目総裁の椅子に座った。一回目の投票で二位の候補が逆転勝ちするのは、五十六年後の安倍晋三と、この石橋湛山の二例を数えるのみである。

「三木武吉と三好英之、どちらか一人でも健在であったら……」

敗れた岸はうめいた。換言すれば、

――川島正次郎ではまだ役不足。

という意味である。

票集めやカネ集めによく動いてはくれた。されば郎党の中では一番の相談相手だ。だが三木や三好に比べたら落ちる。つまり軍師としては物足りない――政界入りしてもう少しで三十年、六十六歳当選九回にして川島は、なお本領を発揮し得なかったのだ。

その、今一つ迫力に欠ける〝参謀総長〟は、総裁選を振り返り、自省していた。

〈岸が石橋に負けたということは、自分が石田博英に負けたということだ〉

参謀対決に負けた悔しさ。石田に比べ、参院対策に手落ちがあった。

反省とは別に、気になることもあった。

〈しかしあの田中角栄という若いの、〝ヅル平〟がカギだと見ていたのか〉

自分も含め、陣営全体が参議院を軽視する中、参院のドンを重視する男がいた。わずか七票差。これは松野鶴平が、積極的に働きかければひっくり返った数字である。

〈彼の言う通り、松野にカネを渡しておけば、逆転されることはなかっただろう〉

いつかの党大会の際、その元気の良さと行動力には感心したものだが、カンの鋭さも尋常ではない……花を見られなかった軍師は、佐藤の下で東奔西走していたチョビ髭を、あらためて意識した。

花になれる男かもしれぬ、と。

〈でもまあ、まず自分が特等席で花を見る男にならんとな……。プロレスでも見るか〉

のちにコミッショナーを務める男は、白黒テレビのスイッチに手をやった。

第五章
人心掌握の極意
角栄待望論の源泉

川島、角栄、登場

「人間万事塞翁が馬、だな……」

岸信介はつぶやいた。妖怪にとっても、運とは、この世とは、不可解なものなのだ。

岸は石橋内閣に、副総理・外務大臣として入閣した。ところが石橋湛山は、首相就任から約一カ月後、病床につく。母校・早大の祝賀会に出た折風邪をひき、さらには肺炎を起こしたのだ。その後も病状は好転せず、石橋内閣は約二カ月で総辞職。昭和三十二年二月、首相臨時代理に指名されていた副総理の岸が、後継首班に選出されたのである。

たった二、三カ月の間に天国と地獄を行き来する――やはり妖怪だ。

岸内閣は汚職、貧乏、暴力の「三悪」追放を掲げた。とはいえ、真の狙いは安保だ。

〈何とかして安保条約を改定し、日米を対等の関係に近づけたい〉

本当は憲法改正までいきたいが、まあ難しいだろう。けれども、せめて安保改定だけはこの手で成し遂げたい――毀誉褒貶相半ばする岸だが、勉強に裏付けられた信念と、それを実行しようという気概とを持っていた。近年の総理たちからは、そうした信念も気概も感じられないのは気のせいであろうか。

〈幹事長は当然、自分だろう〉

シャッポが代わってまもなくの頃、川島は自負していた。岸は石橋内閣を、党役員も含めそのまま引き継いだ。が、居抜き政権などさっさと終わらせ自前の内閣を、とウズウズしている。岸派の大番頭たる川島も、自家製の布陣が出来るのを、いや幹事長に就くのを待っていた。地位にこだわらない男にしては珍しいほどに。

岸が何かにつけ相談していたのは〝四奉行〟こと川島、佐藤栄作、河野一郎、戦前派の練達・砂田重政（すなだしげまさ）だ。幹事長はこのうち佐藤以外の三人の中から選ばれると見られた。

――川島では線が細い、河野ではアクが強い、砂田では無難すぎる。

党内からこんな反発も聞かれるが、川島は意に介さない。

「幹事長と官房長官は総理と血のつながりのある人を選ばなければうまくいかない」

「僕らは岸総理とは二十数年来の友人だし、政治行動もずっと一緒にしてきたんで、その点からいえば僕は適任だということだと思うな」

幹事長の最有力候補では、と水を向けられこう答えるほど、岸派のナンバーツーは〝政党人最高のポスト〟に執心した。大臣なんかに色気は無い。されど党役員の椅子にはこだわる。根っからの政党人なのだろう。

そして昭和三十二年七月、岸内閣新規まき直しの日。

川島は、金的を射止めた。大自民党の、新幹事長となったのである。

〈ようやく、前田さんと森さんに追いついた〉

かつて師事した政友会の両先輩、前田米蔵と森恪は、共に幹事長として存分に腕を振るったものだ。昭和三年の初当選からほぼ三十年、大器晩成の男はやっと二人に並んだ。

〈いや、このポストをこなしきらないと、追いついたことにはならないな〉

花を見る人になりたい新幹事長。このたび六十七歳にして、ようやく最前列に座ったが、特等席ではない。自分が咲かせた花……でもない。棚からぼた餅で咲いたのだ。

それに川島は、気づいている。

〈岸は、積極的に選んだわけではないだろう〉

総裁選の敗北ほか、岸は川島に不満もある。それを新幹事長は察している。弟・佐藤栄作を除けば、相対的には岸に一番近い存在かもしれぬ。だが絶対的に近いわけではない。三好英之がいれば、彼が幹事長に就いたであろう。

〈ここが腕の見せ所……見せ場ってとこかい〉

ニヤリとした後、気負いと不安を抑えようとする。

〈まあ、何とかなるだろう〉

ときにこの内閣改造において、三十九歳の大臣が誕生した。

例の、天下をとるらしい男である。

「私は謀って大臣になりました」

田中角栄新郵政相は、役人を前にこう切り出した。

「プッ……（笑）」

省内に笑顔が広がった。嘲笑もあったが、まあいい。笑いは人を和やかにする。それはコミュニケーションの第一歩だ。

しかし角栄は、笑顔の裏で別の感情が渦巻いていた。

〈誰にも文句を言わせないようにしてやる……！〉

それは、ある人物への〝怒り〟である。

誰に対してか——親分・佐藤栄作に対してである。

その実、三十代の大臣は、もっと早く生まれるはずだった。

というのも、角栄は、石橋内閣での入閣が、ほぼ固まっていたのである。

それが直前で流れた。土壇場で親分が潰したのだ。少なくとも角栄はそう信じていた。そのうえ今回も、佐藤は「角栄入閣」に積極的ではなかった。

〈俺の、どこが不満だってんだ〉

これまで角栄は、多数の議員立法を成立させている。およそ党人政治家では考えられないことだ。

しかも、予算書さえ読みこなせる。

――予算書を読める党人政治家は、田中角栄と山中貞則（やまなかていそく）とあと数人……。

後世そう伝わるくらい、難しい資料も理解できるのだ。

〈東大出の佐藤より、俺の方が政策に詳しいじゃねえか〉

「大事典と称された綱島正興並みの博識」――角栄を指して言った後藤田正晴の言葉は、当たらずも遠からずなのである。

さらには選挙やら、集金やら、情報集めやら、党務・政務・閥務の腕は無類だ。〝早耳の栄作〟と呼ばれる佐藤の情報収集能力も、その一端を担うのは角栄だ。

〈俺がいなきゃ、佐藤派の台所はもたない。第一、俺は佐藤を助けてんだ〉

吉田内閣末期の造船疑獄で、既述のように、佐藤は逮捕寸前で救われた。が、この話には後日談があるのだ。

佐藤はその後、政治資金規正法で起訴される。だが、鳩山内閣の国連加盟恩赦で免訴となった。その裏で、角栄が動いていたのである。

「佐藤を救いたい。係争中の事案も免訴にしてほしい。頼む」
鳩山内閣官房長官で、初当選以来親しい根本龍太郎に無理押しし、これを認めさせた。おかげで佐藤は愁眉を開くことが出来たのだ。

それなのに、なかなか大臣にしようとしない。先に〝政界の団十郎〟が「田中角栄首相」に反対したことを記したが、総理はおろか一大臣にすることすら躊躇していたのだ。

〈おべんちゃらだけの連中より、俺の方がよっぽどアンタのために働いてんですよ！〉

角栄は、団十郎のあのギョロ目を頭に浮かべ、言ってやった。面と向かっては言えないのが情けないが……でもスッキリした。

〈見てろ、俺がどれだけ大臣に相応しいか……〉

スピード感を体現した角栄

野心満々の新大臣の獲物。

それは、「テレビ」であった。

〈国民のためにもなるし、俺の力を見せつけられるし、メディアに恩も着せられる。一石三鳥だ〉

わが国のテレビ放送は、昭和二十八年に始まった。はじめＮＨＫ、続いて日本テレビが放映を開始。その後全国から申請が殺到していたが、郵政省は免許付与に消極的だった。

そこへ乗り込んできたのが角栄である。

〈政治家も役人も、問題先送りが賢いと思ってんだな……そういうのを「グズ」「無責任」っていうんだ〉

新大臣はいきなり解決に乗り出した。百を超す申請者を地域別にまとめ、不服も事務方の反対もねじ伏せた。脅したりすかしたり取引したり、様々な手段を駆使したものだ。

〈こういうのが、本物の政治家の手腕なんだよ〉

そして昭和三十二年十月、NHK七局、民放三十六局に、予備免許が与えられた。テレビ時代の幕開けだった。角栄は就任から実に三カ月、たった百日程度の早業で、数年来の懸案を解決したのである。

翻って、戦後最大の危機ともいわれるコロナ禍への、政府の対応はどうか。なかなか届かない給付金とマスク、払わずに済むのを狙っているかのような助成金……「スピード感」ならぬ「まったり感」丸出しだ。「たかが」テレビにも全力投球して即断即決した角栄と、人命がかかっているのにちんたらした政府の差。「今、角栄がいれば――」と夢想されるのも当然であろう。

〈ワタクシが大臣になることを不安視してた皆さん、どうですか？　まだ、文句がありますか？〉

十月下旬に入ったというのに、角栄は扇子をパタパタさせた。

新任早々、その実力を見せつけた角栄。退任後も郵政省への影響力を持ち続け、行く先〝郵政族のドン〟と呼ばれるまでになる。

ドンの威力が如何ほどか。

産経新聞で田中角栄番も務めた小畑記者が、あるエピソードを語ってくれた。

昭和五十七年初夏、秋田テレビの役員へと転じていた小畑氏は、目白の田中邸を訪れた。元番記者は産経を退社したのちも、毎月のように目白へ顔を出していた。話題は選挙や政局話、あるいは秋田県がらみの陳情だ。ちなみに小畑氏の実父は小畑勇二郎(おばたゆうじろう)秋田県知事である。

その日の話題も陳情だった。小畑氏は切り出した。

「実は今度、秋田でラジオ局を始めたいと思っています。そこでお願いに参りました」

元番記者が事情を話すと、闇将軍は答えた。

「そうか、でも郵政省の認可の枠に入っていないから難しいぞ。でもやってみる。少し待ってくれ」

しばらく経って連絡が来た。小畑氏が合気道の稽古をしていたときだ。

道場の事務員が有段者を呼ぶ。

「田中さんという方からお電話です」

〈はて、田中……?〉

小畑氏が誰かわからず受話器を取ると、聞き覚えのあるダミ声が響いてきた。

「あ、俺だ俺」

「ああ、先生？」

「ウン、俺、大阪にいるんだけど、今、郵政省の電波監理局長から『秋田のラジオの件、決まりました』って連絡が来たよ。みんな待ってるだろうから、役員みんなに教えてやれよ」

こうして誕生したのが「エフエム秋田」である。

「大阪出張中で忙しいときなのに、すぐに、わざわざ電話をかけてきてくれた」——小畑氏は郵政族のドンの配慮に涙が出たという。力と情とを併せ持った角栄ならではの逸話である。

川島新幹事長の手腕

さて、新幹事長の方は。

就任直後、頬がゆるむ出来事があった。ある県から、選挙応援依頼の手紙が来た。それがまた、自尊心を巧みにくすぐる内容だったのだ。

「最も効果のある応援弁士は岸首相と川島幹事長である。（中略）川島氏は森恪のような切れ者だという話が伝わっており当地の者はまだ見ぬ恋人の感をもって待っている」

〈森恪のような切れ者……〉

駆け出しの頃、森将軍の下で足軽をやっていた日々を想起した。

〈欠点の目立つ人ではあったが、実に面白い人だった。何より頭が切れるし、行動力も抜群だったな……〉

その先輩幹事長に、なぞらえられるとは。

〈これを書いたのは、自分と森さんとの関係を知ってる人なのかな……嬉しいことを言ってくれる〉

普段はゴマすりやお世辞など、軽く受け流す。だけどこういうひねったおだてなら、たまには乗りたくなる。

この手紙に刺激されたのか知らないが、川島はこの年、つまり昭和三十二年の暮れ、志願して「森恪追憶の会」を主催したものである。

川島の、森への思いは続く。

〈森さんの頃の幹事長は、今と違って軍部との折衝もあったな。その点では今の自民党幹事長より大変だったろう〉

森恪もだが、政友会の幹事長には早世した者が何人もいる。

〈みんな幹事長として人に語れぬ苦労があり、つい酒だの何だのって体を壊したのかもしれない〉

今の幹事長は、軍部とやり合わなくてすむ。だからといって、むろん、楽ではない。

〈何しろ今は過渡期だ。戦前派と戦後派、党人派と官僚派、民主党出身者と自由党出身者……色々入り乱れていて、人間関係は戦前以上に複雑だ〉

そんな者どもの、人事を扱うのが幹事長である。

〈長年議員をやってて、名前や履歴は一通り知ってるけど、それでも顔を知らないのが結構いるからな……そいつらのポストも決めていくんだから、恩を着せられるばかりじゃない。恨みも買うだろう〉

森恪は強引な性質（タチ）だった。快刀乱麻を断って、物事を進めていく。

〈彼と少し似ているかな……まだ森さんほどの実力はないが……ただ、彼の方が、森さんより周囲に目配りをしている〉

彼――田中角栄だ。一気呵成にテレビ免許を付与した手腕には、川島も舌を巻いていた。

〈だいぶ反発もあるようだが、佐藤派なのに池田ともいいし、上手いことやってるな……強引でも、周りに配慮するあたりは老練さも感じる〉

そこは角栄のが、森より上だろう。冷静にそう見た。

〈ただ、自分はあの二人のような馬力がある剛の型ではない。やはり前田さんのような、柔の型だ〉

前田米蔵の如く、〝柔の幹事長〟を極めるためには――。

〈……〉

知識と経験とを総動員して、長考する。

〈案外、単純かもしれない……もう少し、「受け身」を使ってみようか〉

〝カミソリ〟〝ハヤブサ〟……頭の切れや動きの良さは、それなりに評価されてきた。だが総裁選では石橋派に負けた。今も「軽量幹事長」なんて言われちまっている。これまでのやり方だけではダメなのだ。

〈もうちょっとだけ、「沈黙」や「質問」の比重を増やそう〉

わずかな変化や修正が、大きな差を生む。それが政界であり、世の中だ。岸が石橋に負けたのも、否、川島が石田博英に負けたのもそうだ。

〈あのときも、「一つ」や「一人」が勝敗を決めたのだ〉

参議院の閣僚ポスト。石田はそれを一つ増やすと言った。他方、川島は言わなかった。参院のドン・松野鶴平に対しても、渡すべきものを渡さなかった。

〈少しの差が、大きな差となる……だいたい、人間の能力に、地位や収入ほどの差なんて無い。政治家だって、本当に凄いのは数人しかいないじゃないか（笑）〉

川島は、ちょっといたずらっぽい表情となった。試すような顔、といったらよいか。で、ズボンのポケットに手を突っ込み、口笛を吹いた。

――ピュ～。

「川島さん、何か変わったな」

「ウン、何ていうか、前以上に、人を食ったというか、つかみどころが無いっていうか……」

「前からその気(け)はあったけど、近頃とみに飄々とした感じになってる」

「地位が人をつくるっていうけど……幹事長になって心境の変化でもあったんかい？」

……こんな声が、永田町界隈から聞かれ始めた。

川島が、微妙な変化を心がけ始めて、しばらく経った頃だ。

〈自分も変わったが、周囲の目も変わってきたな……〉

幹事長はほくそ笑む。

「変わった」といっても、その実、ほぼ前と変わらない。

ただ、少しだけ、態度や言い方を改めただけだ。

「フンフン」

「ホホウ……」

会話の中で、こういう言葉をちょっぴり増やした。

「君、これをどう思う？」

「君、大勢をどう見てる？」

こういう言葉もちょっぴり増やした。

どれも、かねて使っていたセリフだ。それを少し多くしただけだ。

〈ちょいと変えただけなのに、大きく変わったように見られてる（笑）〉

「明言」を減らし、なるべく聞き役に回る。先手をとって相手の意見を聞き、自分の肚は見せないようにする。それを前より意識しただけで、

——川島は人が変わった、別人になった。

との評が広まってきた。

〝オトボケ正次郎〟と言われ出したのもこのころで、その異名を知ったご当人がまたとぼけた。

「ナニ？　オトボケ？　〝ホトケ〟の間違いだろう？」

ということで、〝ホトケの正次郎〟も定着した。

川島のオトボケについては、〝ズル平〟の三男・松野頼三がオーラルヒストリー内で触れている。

松野ら若手が川島のもとを、お願いか何かで訪れた。

「ああ、そう、わかった、わかったよ」

オトボケ正次郎は了解したといって、何と小声で小唄を歌い出す。

「いや、川島さん、さっきの話はどうなんです？　僕らは別に歌を聴きに来たわけじゃないんですよ」

「ああ、そうか、そうだな、君たちと会ってあんまり気分がいいから、つい歌っちゃった」

「……（笑）」

松野頼三も、のちに〝妖刀〟と呼ばれるなど親譲りの寝業師だ。犬猿の仲だった田中角栄も、その知恵と切れ味を認めていた。されどそんな松野も川島に対しては、次のように兜を脱いでいる。

「あれぐらいになったら傑物だと思う」（『松野頼三オーラルヒストリー　上』）

しかも、「川島は変わった」との評判は、印象の変化にとどまらなかった。

やがて、以下の如き〝名声〟まで轟き出したのである。

――近頃川島は、急速に政治力を増した。

「力がある」との評価はそれ自体が力だ。川島の政治力、権力は、いつのまにか本当に増大してきた。

〈ついこの間まで「軽量」といわれてたのに……品定めなんて、いい加減なもんだ〉

川島は思ったが、幹事長職をこなすうち、なるほど力がついたと自覚したのも事実だった。

〈何より、党内がわかってきた〉

既述の通り、当時の自民党は、戦前派と戦後派、党人派と官僚派、自由党系と民主党系とが錯綜していた。川島は昭和三年組だから、戦前派はわかる。民主党系もわかる。党人派と官僚派と戦後派も、まあ民主党系ならわかる。が、自由党系のことは、表面上のことしかわからなかった。

それが幹事長となり、自由党系の政治家とも接触を深めるようになった。すると様々なことが呑み込めた。序列、横のつながり、過去のいきさつ……。

〈幹事長をやってると、大体のことはわかる。森さんも前田さんも、党内の色んな景色が見えてたんだろうな……〉

川島はさらに一計を案じた。「幅」を広げたのだ。

〈岸嫌いの連中にこそ、多めに会うようにしよう〉

ホトケの正次郎は、積極的に「反岸」派と面会した。彼らがなぜ岸に拒否反応を抱くのか、どういうわけがあるのか。裏があるのか。ある程度のことは把握した。

〈岸が抑えられない連中にも、多少の抑えが利くようになる〉

幹事長と話した連中の多くは、「岸は嫌だが、川島は良い」となった。これも計算済みだ。総裁がフォローできない部分を幹事長がフォローして、政権を助ける。ひいてはそれは、総裁と幹事長との「格差」を縮めることにつながる。

〈見物人が、花より格下ってわけじゃない……それに近くにいないと、花をいじれない〉

岸の威が及ばない一群に対し、顔が利く川島。幹事長ポストで日を重ねるにつれ、川島は〝岸派の参謀総長〟どころか〝大元帥〟の如き存在となったのである。

自民党の結党以来、川島は三代目の幹事長だ。初代は岸信介で、二代目が三木武夫。わけてもオトボケ正次郎は、前の二人より在任期間が長かった。岸と三木は一年かそれ以下で、幹事長の座を降りた。対して川島は、二年半以上、その座に居た。おかげで川島は、岸内閣の中盤頃には党内事情に最も通じた政治家へと成長したのである。

角栄、盤石の布石

川島が、ついに本領を発揮し始めた頃。

「一を聞いて十を知るし、二、三分で資料を全て記憶する……あの博覧強記は佐藤栄作さん以上だ」

「田中エンサイクロペディア……だな」

郵政省では、感嘆の声があがっていた。

むろん、新大臣に対してである。

しかも角栄は、他省庁との折衝も上手かった。

何かあると、すぐ自ら大蔵省に乗り込む。あるいは複数の役所の幹部を集め、それぞれが納得する形で話をまとめる。これまでの大臣とは全く違う手際のよさだった。

〈こんな能力を、どこで身につけたのか〉

官僚たちは新大臣の才腕に、度肝を抜かれるばかりである。

ところで、角栄のやり方に仰天したのは、官界だけではない。

政界にも、いた。

第二章で何度か登場してもらった福家俊一。この怪物も、郵政相の行動に驚いた一人だ。

昭和三十二年の暮れ、角栄から福家にお歳暮が届けられた。「三十万円」の包みだ。

「あの若造……なめてやがる！」

落選が多く当選回数は少ないが、福家は戦前派の代議士だ。加えて首相・岸の直系でもある。角栄の如き戦後派に、恵んでもらういわれはない。

福家は包みをわしづかみにして郵政省へと乗り込んだ。

「オイ！　返しに来たぜ。アンタからカネをもらう筋合いはない」

大臣室に入るや否や、テーブルに札束を叩きつける。

「まあ、まあ、まあ」

戦後派大臣は怒る戦前派をなだめつつ、深々と頭を下げた。

「福家先生！　誠に申し訳ありませんでした。この通り謝ります。でも、悪く思わないでほしいんです。実は、あなた一人に贈ったわけではなくて、この通り……」

角栄は上着のポケットから手帳を取り出して見せた。〝隠れ田中派〟のリストである。後年、田中派幹部となる政治家や、衆議院議長となる政治家など、十五、六人が載っていた。

「私は新潟の山奥の出身で学歴もない。そこで各派の尊敬できる先生方に、是非とも教えを乞い、一人前に導いてもらいたいと思って、みなさんにお渡ししてるんです。下心なんてありません！　指導料です。まあ、シャケ一匹のつもりで受け取ってくださいよ」

一気に言うと、新潟の山奥の出身者はまた頭を下げた。

「なるほどね、指導料ね……わかった、アンタの気持ちを素直に受けよう」

福家は結局、お歳暮を受け取った。角栄の口上が巧みだったせいなのか。もとよりもらうつもりであったが、借りにならないように一芝居打っただけなのか。あるいは上乗せを狙って凄んで見せたのか。それはわからない。

「あのリストが隠れ田中派の始まりだなあ」

福家はこう回想したが、実は角栄は、このずっと前、新人の頃から周囲にカネを配っていた。つまり初当選した段階で、本気で総理を目指し、その布石を打っていたわけだ。

「三十代で大臣、四十代で幹事長、五十代で総理大臣」

若き角栄が語ったとされるセリフだが、歴史はまさにその通り動いていくのである。

余談だが、福家と角栄がタッグを組んだことがある。ある法律を潰すためだ。

その法律とは――売春防止法である。

売防法が出来てまもない昭和三十五年、その実態についてもう一度審議しようという話になった。

――ザル法だ、かえって性病が蔓延した、こんな法律はぶっ潰せ！

自民党内のこんな声を背に、〝怪物コンビ〟が売春対策審議会へと突撃した。福家と角栄だ。

〈うわァ……またウルサ型がそろってる……〉

居並ぶ女性議員たちを前に、福家は内心おじけづく。が、蛮勇を振るって発言した。

「この法律が施行されて以来、多くの売春関係者が逮捕され、それなりの効果が上がっている反面、青少年の性犯罪も激増する一方であります。さらに困ったことに、性病が家庭内にまで入り込むという事態が生じています。もっとも、ここにおいでの婦人議員の皆様は、そうした心配はございませんでしょうが……」

　ここで、隣の角栄が吹き出した。

「ガハハッ！」

　下品な馬鹿笑いに勇気づけられた福家は、きっぱりと言った。

「はっきり申し上げて、公娼制度は復活させるべきです。むしろそれが国民の性道徳を高め、純潔教育を徹底させる方法だと思うのです」

　話が終わるや否や、金切り声で猛反撃が来た。

「福家委員、あなた本気でそう思ってるのですか！」

「それはあなた個人の意見ですか、自民党としてのお考えですか！」

　袋叩きにあう福家を、角栄が助太刀する。

「いや、我々は本気です！　これは党の考えです。私はこの審議会が公娼制度復活を決議するよう提言いたします」

　すると、ひときわ大きな声で、ヒステリックにわめいた女性がいる。

　かの有名な、市川房枝（いちかわふさえ）女史である。

「委員長！　福家、田中両委員の退席を要求します！　この二名は当審議会を侮辱しています！」

婦人運動の「旗手」は、続いて福家と角栄を睨み、凄んだ。

「覚悟しなさいよ！」

おののく二人に向け、市川はさらに脅しつけた。

「いいですか！　これから私たちはアンタたちの選挙区をくまなく回って、今日ここでアンタたちが述べたことを打ち明け、いかに女性の敵であるかを吹聴して歩きますからね！」

「ゲッ……！」

あわてた二人は顔を見合わせ、うなずき合う。

で、そろって立ち上がり、

「セーノ！」

テーブルに頭をこすりつけ、平謝りに謝った。

敗残兵たちは党に逃げ帰ったのち、審議委員を辞任。ヒステリックな女性の前には、福家と角栄の〝怪物タッグ〟も形無しだったわけだが、当時幹事長の川島も、

「どうもあの法律は、おばちゃん連中が怖いからね」

と漏らしたものだ。

福家も角栄も川島も、根っからのフェミニストだったようである。

昭和の妖怪がとった「政権譲渡の密約」

昭和三十三年五月、五五年体制下で初の衆院選が実施された日。

川島はご満悦だった。

「愉快でたまらない（笑）」

自民党は二八七議席であった。解散日は二九〇議席だったから、三議席減らした形だ。

それなのに、幹事長はなぜ浮かれていたのか。

実は選挙前の予想では、自民後退・社会躍進が一般的だったのだ。「自民党は二、三十議席減らし、社会党は二十議席は増やす」と見る向きさえあった。それが自民党は三議席減で踏みとどまる一方、社会党は八議席増の一六六にとどまった。

しかも自民は公認候補を絞っていた。そのため無所属の候補者が増えた。自民は選挙後、保守系無所属の当選者十一名を入党させ、二九八議席を確保する。

〈大きく減らすという声もあった中、上出来だ。選挙戦術も首尾よくいった〉

選挙結果を見た幹事長は、総裁にハッパをかけた。

「岸さん、これで充分というわけじゃない。もういっぺん総選挙をやらないと。吉田さんも二回目の選挙で大勝して、やっと党内が固まったんですから」

川島には論功行賞で、「衆議院議長にどうか」という話も出た。しかしご当人は、

「そういう噂もありがたいが、それよりも、せっかく当選してきた人たちの結束が第一だ。それには今少し自分が現職にとどまる方がよいのではないかと思ってる」

と一蹴、幹事長に留任した。

〈党務を離れるつもりなんぞありませんぜ。棚上げは御免ですよ……〉

さて、岸内閣の最重要課題といえば、安保改定だ。

それを成し遂げるためのカギは、「党内調整」にある——昭和の妖怪は、そう睨んでいた。

〈野党はどうせ反対する。極左のデモも所詮は一部のグループだ。党内さえきちんと固めれば、必ず成功する〉当時の自民党内は、八つの派閥に分かれていた。流動的な要素はあるものの、敢えて単純化すれば以下のような図式である。

岸を支持する主流派……岸派、佐藤派、河野派、大野派。

岸に批判的な反主流派や中間派……池田派、三木・松村派、石橋派、石井派。

これら「八個師団」をどう御（ぎょ）するか。それが岸と川島の課題であった。

衆院選後の内閣改造では、池田勇人を国務大臣に起用し、三木武夫を経企庁長官・科技庁長官に据えた。反主流の実力者を取り込む意図だ。特に池田を閣内に封じることは重要であった。

「何しろ奥の院、つまり吉田さんのご託宣の影響力なるものは絶大で、一切はこの奥の院の一挙手一投足にかかってるんだから手も足も出ないよ」

川島がこう嘆くほど、吉田学校の生徒たちは校長の意に左右されていた。佐藤は岸の実弟だからまだいい。だが池田は岸とウマが合わぬうえ、党内に勢力を持っている。財界や官界にも強い。

〈吉田に最も近いうえ、実力もある池田を野に放っておくのはまずい〉

そう見た岸は、吉田学校の総代を引き入れた。吉田一派を抑えておけば、党内の波風は大幅に静まる。ひいては安保改定が近づく。

が、「池田入閣」には副作用もあった。閣内から総務会長へと転じた闘将・河野一郎の反発だ。

〈総裁選のときからあれだけ応援してやったのに、岸は俺を幹事長にしなかった。しかも、元々は敵だった吉田一派なんかを重視してやがる。今回も、池田なんかに色目を使いやがって〉

じわじわ広がっていく岸と河野の距離。それを補ったのが川島である。

「佐藤君を別にすれば、岸政権で大事なのはやっぱり河野君だ。ただ、すでに同乗した列車は走り出したんだから、河野君も今さら不満を並び立ててはいかん」

戒めつつも河野に人一倍気を配り、その言動を注意深く見守っていた。

河野ほどではないが、主流派内にもう一人、厄介な存在がいた。副総裁・大野伴睦だ。大野は佐藤と犬猿の仲だった。総選挙後の改造で、岸が弟を蔵相に据えると、その敵意はますます強まった。

「岸君は近頃、一にも佐藤、二にも佐藤だ。これでは納得しかねる」

副総裁のなだめ役もまた幹事長だった。川島は大野にも何かと気を使い、岸政権の骨組みが崩れぬよう注意した。

川島が猛者たちを立てたのは、もとより政権維持のためである。総裁の名代として彼らと交わりつなぎとめる。そうした幹事長の職責を果たしたにすぎない。だから

〈岸は弟や吉田一派ばかり見てるが、川島は俺たちの味方だ〉

などと早とちりした大野と河野とは、同床異夢だった。それでも彼ら三人を、「党人トリオ」と呼ぶ向きも出てきたものだ。

兄弟で首相・蔵相を占めた〝ブラザーズ・カンパニー〟を、川島を媒介として大野と河野が嫌々支える……かいつまんでいえば、それが岸政権主流派の構図であった。

しかし昭和三十三年秋、岸政権の土台が揺れた。警職法改正問題だ。

岸は安保改定を目論むにあたって、多くの反対が起こると予期していた。

〈安保改定の前に警官の権限を拡大しといて、治安が保たれるようにしておかないといかん〉

警職法改正は、いわば安保の前哨戦だったのだ。

だがこの法案は、野党の猛反対で審議未了となってしまう。すると、それまでナリをひそめていた反主流派が、公然と岸批判を開始する。昭和三十三年十二月末には、国務相の池田、経企庁長官の三木、文相の灘尾弘吉がそろって辞任する事態にまで発展した。

〈ここは一旦、引いた方がいいだろう〉

年が明けた一月三日、地元千葉で競馬に興じていた川島は、持ち馬の勝利を見ながら思った。この日は大当たりであったが、警職法では大負けした。岸のみならず川島に対しても、党内の非難が集まっている。

——ゴホッ、ゴホッ。

持病の喘息も悪化した。ここいらが引き時だ。

〈なりたての頃は昔の幹事長のが大変だと思ったけど、そうでもなかったな（笑）。今のが仕事が多いし複雑だ〉

一週間後の党人事において、川島は幹事長を辞任した。後任は岸信介の秘蔵っ子・福田赳夫だ。総務会長の河野も含め、三役全員が交代した。

が、党役員を刷新したからといって、反主流派の攻勢は収まらない。来たる総裁選に向け、岸への突き上げはますます強まる一方だ。

「反主流派を政権に組み入れるべきじゃないか」

佐藤の進言をいれ、〝両岸〟が反主流派と妥協する姿勢を見せ始めると、今度は大野と河野が岸から離れる動きを見せた。そこで昭和の妖怪がとった手段が、第二章で述べた「政権譲渡の密約」である。

このカラ証文で大野と河野をつなぎとめた〝両岸〟は、一月下旬の総裁選で、松村謙三を破り再選される。だが勝敗度外視で出た松村も健闘した。岸の三二〇票に対し、一六六票を獲得したのだ。松村を推した池田や三木ら反主流派も、面目を保つ結果となった。

「岸三二〇、松村が一六〇か一七〇の間、一六五ってとこかなあ……」

公選前夜、こう予想し〝選挙の神様〟健在を誇示した川島は、次の人事を読んでいた。

〈まだ当選四回の福田君には、幹事長ポストは荷が重いだろう。適役は他にいないから、すぐ戻れるはずだ〉

事実、川島はすぐに戻った。

昭和三十四年六月の参院選で自民党が勝つと、岸は安保改定に向け、あらためて体制固めに入った。党役員と内閣の、大幅改造に踏み切ったのである。

〈いよいよ安保のための仕上げの布陣だ。幹事長はやはり福田じゃ若すぎたから、老練な川島をまた使おう。福田は政策通だから、経済閣僚に回そう〉

岸は〝ブラザーズ・カンパニー〟批判をかわすため、佐藤以外の実力者を入閣させようと目論んだ。つまり河野一郎と池田勇人だ。

〈一応、主流派だし、実行力は凄い。どちらかといえば河野だろう〉

そこで岸は、まず河野の入閣を狙った。しかし河野は幹事長ポストに固執した。

〈総理になるためには、幹事長をやらねば話にならない〉

と、閣内に入ることを了解しない。

だが昭和の妖怪は、河野を幹事長にする気などさらさら無かった。

〈君のような感情的な男に、幹事長がつとまるものか〉

と、見ていたのだ。党内の大勢も、「河野幹事長」には反対だった。

が、〝政界の横紙破り〟・河野一郎は、

〈池田は昨年末に大臣を辞任した手前、ここで入閣できるはずがない。だから岸は、最後は俺の言うことを聞かざるを得ない〉

と、高をくくってなかなか折れない。

〈そういう強引すぎる振る舞いが、幹事長になれない原因なんだよ河野君……〉

内々に幹事長を打診されていた川島は、河野の押し相撲を升席で楽しんだ。別に河野を好きではない。とはいえ、

〈こういう男がいた方が、政治は面白くなるだろう〉

そうは思った。

〈出来るヤツだが、花になるのは厳しいだろうな……しかし、もし河野君が野に下れば、かな

り面倒なことになる〉

こうも思った。一定の信奉者はいるものの、敵も反発も多すぎる。ただ、敵に回すと厄介だから、そこは気をつける必要がある。

結局、川島は幹事長に返り咲き、内閣は蔵相・佐藤栄作、外相・藤山愛一郎を除き総入れ替えとなった。大野伴睦は引き続き副総裁、福田赳夫は農相である。「絶対に入閣しない」と見られていた池田は通産相として入閣し、無役となった河野は反主流へと転じた。そのことは例の証文の破約を意味した。かの密約は「岸内閣に協力する」ことを前提としていたからだ。

池田勇人はこの入閣を機に岸への協力姿勢を見せ始め、既述のように一年後、ポスト岸の座をつかむ。「岸は一夜にして馬を乗りかえた」といわれたこの内閣改造は、河野と池田にとって、まさに運命の分かれ道だったのである。

捨て身で難題を解決していく

警職法問題や改造劇で、何度か中断していた安保改定交渉は、昭和三十四年十月になって、やっと総務会でまとまった。

そして翌昭和三十五年一月、ワシントンで日米新安保条約を調印。ここで昭和の妖怪の脳裏に、ある策が浮かんだ。

――新安保の是非を問うための、衆議院解散。

解散は事実上、総理の意で決まる。ゆえに「伝家の宝刀」と称される。

〈これで節目が変わった。またとない機会だ〉

今こそ刀を抜く時。岸はそう見た。

そこで選挙の神様を呼び、切り出した。

「ここいらでひとつ勝負したい。解散だ。今の安保と新安保と比べて、新条約がいかに日本にとって利益になるかを総選挙でナニしたい。マスコミは安保に反対してるが、声なき声というか、一般国民は賛成の者が多いと思うし、負けることはないはずだ」

川島は、ホホウ、といった調子で、答える。

「……今、解散の線で党内をまとめることは厳しいですな」

「どうして？　党議決定もしてるのに。そりゃ、騒ぐ連中はいるだろうけど……」

「いや、松村君、三木君あたりはどうなるかわかりませんぞ。それに河野君も、この前の改造以来、政権に不満タラタラです……おまけに我々の方も、総選挙となりますと資金のメドが立たない」

河野を切った張本人はギクリとしたが、反論する。

「でも、いざ選挙となったら、従わざるを得ないんじゃないか。我々は政権を持ってるんだし、カネの方は何とかなる。連中がナニしたところで、それこそ兵糧が苦しくなるだろう」

「いや……あたしゃ、大正の頃から選挙をやってますし見てきてますが、党内が不統一になったら勝ち目はないですぞ。幹事長としては、解散には反対せざるを得ませんな」

「………」

「大正の頃から」という言葉が妖怪に刺さった。川島は部下だ。が、政治家としては先輩なのだ。戦前来、三十年以上のキャリアがある。しかも岸政権が続く中、両者の格差は縮まってきている。

〈政党人としての経験や、選挙の読み……〉

そういう点では、悔しいけれど川島の方が上だ。

「自分の非を平気で認めるし、隠さない」（『松野頼三オーラルヒストリー　上』）という岸の美点が、勝負時での「遠慮」を誘った。

「そうか、どうしても反対か……」

眠れぬ夜を過ごした妖怪は、つまるところ、解散に踏み切れなった。で、後々まで、「あのとき解散すればよかった」と後悔し続けることになるのである。


ところで、岸が解散を断念したのは、ちょうど既述の福家・角栄タッグが結成された時期だ。売防法潰しに動いて敗れた角栄は、デモ発生の真因を、次の如き論理で看破していた。

「売春防止法なんてものを通したから若者が欲求不満になり、デモに出て暴走するんだ」

一方、この売春賛成派は、日々幹事長室に詰めていた。川島幹事長の下で、副幹事長を仰せつかっていたからだ。

〈党内を実によく知っている人だ〉

主流と反主流、自由党系と民主党系、党人と官僚……濃淡はあれ、様々なグループに顔が利き、情報をとれる。反主流派が集まると聞けば、

「そうかい、じゃ、こっちも……」

と、同じ日に戦前派議員を四十余名も招待して会合する。そんな恐ろしい真似を、平然とやってしまう。

〈縦軸と横軸が、それぞれ長い。広い地図で政治を見ている〉

幹事長に唸る副幹事長であったが、そこはさすがに角栄だ。逆に、川島を唸らせてもいる。

当時、国会議事堂周辺には、毎日のようにデモ隊が襲来していた。道を遮断され、議員の移動に支障が出ることもあった。そこで副幹事長は提案した。

「最近、会館から国会に行くとき、デモ隊が邪魔して通れないことがしょっちゅうあります。このままじゃ、いざっていうとき国会に入れない恐れもありますから、会館と議事堂とを、地下道で結んだらどうですか？」

「なるほど、地下道か……」

〈面白い発想をするし、積極的に意見を言うのもいい。やはり、花になる型だな〉

角栄の提案を聞いたとき、川島は思った。

〈岸の後に咲いていくのは池田君、佐藤君……河野君もゼロではないかもしれないが……石井君や藤山君は難しいだろう〉

角栄という花が咲くとしたら、その次か、そのまた次か。

〈いずれ、田中君が出てきても不思議じゃない〉

すでに安保改定は実現すると見て、次の段階に目をやっていた川島は、頭の中で蕾たちを並べた。

〈でもまあ、一寸先は闇だ〉

なお三年後、議員会館と議事堂は、角栄の提案通り地下道でつながれることになる。

二月に始まった新安保の国会審議は、五月十九日深夜から二十日未明にかけ、自民党単独で強行採決された。この抜き打ち的な可決は自民党内の反発も招き、石橋湛山、河野一郎、松村謙三、三木武夫らが欠席。さらにはデモ隊に対しても、火に油を注ぐ結果となった。

――しめた！　これはいける。大衆闘争が高まる！

院外闘争を指導していた総評事務局長の岩井章（いわいあきら）は、強行採決によってそう確信したという。

岩井は労働界のボスだ。のちに総評で出した『新週刊』なる雑誌で四億以上の赤字を出し、おまけに不正も指摘されたのに、「非民主的な運営をやってるというなら指摘しろ」と開き直ったこともある。

そんな「やり手」の力もあってか、安保反対運動はこれ以後加速。六月には学生の圧死事件も起き、アイゼンハワー大統領の訪日も中止された。

反対派の攻勢に対し、岸と川島は自衛隊出動という暴挙に出ようとした。川島は密かに防衛庁へ飛び、長官・赤城宗徳（あかぎむねのり）に切り出した。

「君、デモ隊鎮静のため、手を貸してくれないか」

しかし赤城は反対する。

「いや、自衛隊が発砲したら、かえって革命的様相になりますよ。武器無しで出動したら、これは警察より弱いです。そうなると今度は、『そんな弱い自衛隊はいらない』と自衛隊不要論が出てきてしまいます」

自衛隊の幹部連も、

「デモ隊の取り締まりなど訓練しておりませんし、警備なら警察の方が専門家です」

という意見で、結局、出動は見送られた。

「当時の私にはいささか思い詰めた面があった」

後年、川島はこう振り返っているが、もし自衛隊が出ていたら、大変な事態を招いたであろう。政権中枢の動揺ぶりが伝わってくるエピソードである。

第二章で詳述したように、岸内閣は安保条約批准を区切りに総辞職。その後の公選で、池田勇人が後継総裁に選出された。

〈これで、だいぶ目先が変わるだろう〉

ポスト岸の総裁選で〝主役〟を演じた川島は、池田内閣の発足を見て安堵した。

池田は「寛容と忍耐」を掲げ、〝高姿勢〟の岸とは打って変わって〝低姿勢〟を演出。政策面では「所得倍増計画」を唱え、高度成長時代の先頭に立った。

〈見事な転換だ。池田君、やるな……〉

昭和三十五年十一月の総選挙では、自民党が二九六議席を獲得して圧勝した。岸政権が騒擾の中退陣してから、たったの四カ月。池田政権の登場は、世論を一変させたのである。

〈池田君は、想像以上に立派な花になったな……でも、我々が安保で苦労したからこそ、経済の方に集中できるってことを忘れちゃ困るぜ（笑）〉

池田内閣の生みの親の一人である川島は、花の咲き具合に満足した。

「僕なんか刺身のツマですよ……まあ、あたしは党の方が心配だから、党と内閣の潤滑油になれるようにしますよ」

昭和三十六年七月、第二次池田改造内閣が発足。川島は行政管理庁長官・北海道開発庁長官として入閣した。佐藤栄作、河野一郎、三木武夫、藤山愛一郎も入閣し、「実力者内閣」と称された。派閥の領袖クラスがこぞって大臣となったのは、これまで無かったことである。そのせいか、記者からはこんな鋭い質問も出た。

「総理、猛犬を五匹も一つの檻に入れたら、しょっちゅう噛みつき合うんじゃないですか」

「なに、始終顔を合わせていたら、じゃれ合うようになるよ」

党三役は幹事長に前尾繁三郎、総務会長に赤城宗徳、そして政調会長には〝総理になるであろう男〟・田中角栄が就任。こちらは「軽量三役」と揶揄された。

〈見てろ、軽量なんていわせないようにしてやる……〉

郵政相時代、テレビ問題をわずか三月で処理した即断即決の男・角栄。この鬼才は政調会長になるや否や、再び怪腕を振るった。今度の獲物は「医療費」だ。

立ちはだかるは日本医師会会長・武見太郎。この〝ケンカ太郎〟は診療報酬三割引き上げを要求し、無理と見るや「保険医総辞退」「全国一斉休診」などと強硬手段で押してきた。交渉はこじれてまとまらない。

〈武見さんの懐に入るしかない〉

総辞退突入の前日に、角栄は切り札を出した。最後の部分に「右により総辞退は行わない」とだけ書いてある、白紙の紙だ。

〈角さん、見事なやり方だよ……〉

意気に感じたケンカ太郎は、敢えて抽象的に四つの条件を記した。

「具体的に記さなかったのは、田中さんを信頼できると思ったからだ」

四項目を呑んだ角栄は、直ちに渋る厚生省を説得。テレビの件を上回る、二週間足らずの速さで決着をつけたのである。

〈そういえば、特にワタクシを指して「軽量三役」なんておっしゃってた方がいたような……はて、気のせいでしたかな？〉

スピード「感」でなく、本物の速さ。捨て身で難題にぶつかっていく、ド根性。大震災、原発事故、コロナ禍……政治家のリーダーシップの欠如が露になるたびに、「角栄待望論」が沸くのも当然である。

新政調会長の早業には、川島も脱帽した。

〈田中君より仕事の早い政治家がどれだけいるか……ほとんどというか、河野一郎君くらいしかいないと言っていいんじゃないか〉

角栄が、他の党人政治家と一味違うのは、政策もわかるところである。

〈花になるにはやはり政策がわからにゃならん。その点、田中君は合格だ。政策や数字がわからなきゃ、主要ポストに就きにくいってこともわかってるんだろう。立派に咲くかどうかはまだわからんが……〉

ところで五匹の〝猛犬〟たちは、池田の思惑通り「じゃれ合う」とはいかなかった。改造早々、「格」をめぐって揉めた。ひな壇の席順だ。

〈党歴、当選回数、閣僚歴などを数学的、客観的に判定せねば……〉

官房長官・大平正芳が苦心の果てに順序を決めた。議長席に向かって左、池田の横は佐藤が座り、その隣に河野。向かって右の最上位には三木が座り、その隣に川島となった。三木が川島の上位となったのは意外だが、閣僚歴で上回っていたためだという。

――そんなくだらないことで、大臣同士が揉めるなんて情けない……。

そう思った方はまだ甘い。「地方議員のミニ集会」「サクラしか聞いていない街頭演説会」……そんなものの挨拶の順番でも、この種の争いは起こるのだ。ひな壇の席順で揉めるなど、まだマシな方である。

池田外遊の際、首相臨時代理を誰にするかでも、対立が起きた。川島にするか、佐藤にするかで割れたのだ。閣内では河野と藤山が、党では大野が川島を推したが、池田は佐藤を指名。川島は敗れた。

けれど。

〈こりゃ、まとまるいい機会だ〉

臨時代理の称号なんぞ、この寝業師は全くこだわっちゃいなかった。

では、なぜ神輿になったのか？

簡単だ。総裁選でのわだかまりを消すためだ。

〈大野君と河野君と、完全にヨリを戻す好機だ〉

敗北後、早速「お礼」名目で、大野、河野、藤山を料亭に招いた。これより先にも大野の主唱で、この四人はたまに集まってはいた。が、ここにあらためて、「党人派四者会談」がスタートした。これで川島は、大野、河野と再びよしみを結ぶことになったのである。

アメとムチが最もうまかった政治家とは

さて、岸内閣の退陣後、岸派は四人の幹部が中心となっていた。川島、椎名悦三郎、赤城宗徳、福田赳夫である。

殊に福田の台頭は著しかった。岸御大の寵を背景に、政調会長、幹事長、農相を歴任。池田の高度成長に対抗し、「安定成長」を唱え存在感を増していた。

「池田内閣の所得倍増、高度成長政策の結果、物質至上主義が前面を覆い、〝元禄調〟の世相が日本を支配している――」

かの有名な〝昭和元禄〟なる造語、あれはこのころ福田が案出したものである。

その岸の秘蔵っ子が、昭和三十七年五月、百人以上の議員を集め「党風刷新懇話会」を結成する。のちに「党風刷新連盟」と改称するこの会は、「派閥解消」などと掲げていたものの、実態は「反池田・親佐藤」の〝準派閥〟であった。

――池田をさっさと降ろして、早く弟の佐藤に政権を。

そう考える岸信介も、福田の後ろで影響力と存在感を発揮していた。

他方、かつて犬猿の仲だった池田と河野は、「実力者内閣」誕生後、急速に接近。

「総理、総理」

あの河野が池田を立てたかと思えば、

「河野は政治的力量がある。使える男だ。実行力は凄いもんだ」

と、池田も河野の実力を絶賛する。

「佐藤と河野を二つの焦点として、バランスをとることが必要だ」

官房長官・大平はそう見たが、今や池田内閣は、河野の比重が圧倒的に高くなっていた。

そうした情勢の中、昭和三十七年七月の総裁選を迎える。保利茂ら、派内に主戦論もあった佐藤は、結局出なかった。慎重論の中心は角栄だった。

「佐藤栄作と池田勇人というのは車の両輪です。同じ吉田学校の仲間じゃないですか、学校も同級生じゃないですか。両輪が争うのは絶対にいけない！」

「……」

「池田はもう一期やらないと納得しません。もう一期やれば、次は佐藤さん、あなたです！」

この、池田とは縁戚でもある佐藤派幹部は、必死にボスを止めた。

——池田と佐藤の真ん中に立つ。

これが角栄の戦略だ。二人が戦っちゃ困るのだ。

〈佐藤は出ても勝てないし、負けたらわが派はホサれる〉

けれども、事実上の信任投票となった対抗馬なしの公選は、池田の圧勝ではなかった。いや、圧勝といえば圧勝だ。が、池田の三九一票に対し、批判票が七五票も出た。その大部分は例の「党風刷新懇話会」が投じたものだ。

〈こりゃ、うちのムラも危ないぞ……〉

公選前、川島は危惧していた。岸派の内部が割れていたからだ。反池田で動く福田らに対し、池田を支持する川島ら。派は分裂の様相を呈してきたのだ。

〈福田君は調子に乗り過ぎだ。派閥解消なんて言ってるが、党風刷新だって派閥そのものじゃないか〉

実はこのころ、岸は福田と密議し、岸派の解散を決めていた。総裁選直前の七月四日、岸はそれを藤山に伝え、「岸派解散」が明らかにされた。

〈ちょいと待ってくれ。あたしゃ、何も聞いてませんぜ〉

翌五日の岸派総会で、ナンバーツーのはずの男は解散反対を唱えた。

「岸さんのおっしゃる派閥解消、岸派解散というのは、あくまで政治の理想を述べたものでしょう。理想としては立派なものだと思いますが、現実はそう上手くいかないんじゃありませんか」

「……」

岸は折れ、派閥解消論はいったん消えた。が、翌週の総会で、岸派は公選への対応を決められず、「自主投票」に落ち着いた。その結果、福田系が池田批判票へと流れたわけだが、岸派内の亀裂は日に日に深まっていった。

「これは何だ！　お前らの陰謀か！　これでは田中・大平内閣ではないか！」

官邸に乗り込んだ大野伴睦は怒鳴った。連れの河野一郎も激怒している。

その少し後ろには、川島正次郎もいた。

が、二人のように怒ってはいない。怒る二人と怒られる二人を、冷静に観察しているようだった。

〈これは田中君、ちょっとやりすぎたな……〉

昭和三十七年七月十八日、池田は内閣を再改造した。

実力者五人のうち、三人が閣外へと出た。佐藤と三木と藤山だ。川島と河野は引き続き残った。副総裁の大野も留任した。

が、組閣の目玉は別の所にあった。

何と、田中角栄が大蔵大臣、大平正芳が外務大臣に抜擢されたのだ。予想外の布陣には、「田中―大平ラインによるクーデター」との猛反発が起きた。その右代表が、官邸へと乗り込んだ大野と河野である。

池田自身、はじめは「田中蔵相」など頭に無かった。それを覆したのは大平だ。

「田中を大蔵に？　アレは車夫馬丁（しゃふばてい）の類じゃないか」

そう渋る池田を説得し、最後は納得させた。大蔵上がりの総理の方も、

〈角栄なら、俺の庭を荒らすまい〉

そういう思惑があったろう。大平はまた金品を包み、角栄に渡した。クーデター相乗りの〝お駄賃〟だ。かくして田中―大平ラインは、抱き合わせの形で内閣中枢を占めたのである。

〈いよいよ、天下を獲れるかもしれないぞ……〉

四十四歳、戦後最年少・歴代でも二番目に若い蔵相は、待ち受ける大秀才たちに先制パンチを食らわせた。伝説化している、あの就任挨拶だ。

「私が田中角栄だ。高等小学校卒業である。諸君は日本中の秀才だ。私は素人だが、トゲの多い門松をたくさんくぐってきて、いささか仕事のコツを知っている。誰でも遠慮なく大臣室に来てほしい。何でも言ってくれ。……できることはやる、できないことはやらない。しかし、全ての責任は、この田中角栄が負う。以上！」

実を言えば、就任時にはもう一つ、以下のような逸話がある。引継ぎを終えた後の出来事だ。

新蔵相は、局長たちを一人ずつ呼んで命令した。

「なにぶん新任なので、よくわからないことが多い。だから局の課題をまとめたレポートを提出してほしい。期限は明日までということで。何か事情があって遅れそうな場合は言ってほし

い」

ところが、レポートを提出した局長は二、三人。他の面々は梨のつぶてであった。

〈ナメやがって……。一発、かましてやるか〉

何日か経って、角栄は未提出の局長を一人呼びつけた。最もエリート然とした男だ。

「ところで、私が出した宿題はどうかね。君からは、まだレポートをもらっていない」

「はあ……」

小馬鹿にしたような態度の局長。すると若輩大臣は、年長の部下をにらみつけ、柔らかい口調で凄んだ。

「どうだい、君、資本金五百万か六百万の会社の社長になってみないか？　小なりといえども一つの企業を取り仕切ってみると、私の言うこともよくわかると思うよ」

「……は、はい、申し訳ございませんでした、レポートは必ず今日中に提出いたします……」

エリートは顔面蒼白となり、何度も頭を下げた。首にされかねないと焦ったのだ。

この話は大蔵省内を駆け巡り、角栄を馬鹿にする空気は失せた。

――あの大臣を軽く見ると、大変なことになるぞ。

一回の表からムチを振るった角栄。本気で仕事をする気なら、様々な手段を駆使すべきなのだ。近年、角栄の「アメ」の面ばかりが強調されているけれど、アメとムチを使い分けたというのが正解である。

新大臣は来客も多かった。一日百人は訪れた。のちには元彼女も訪ねてきたほどだ。

――こんなことは前代未聞だ。この分では色んなエピソードが生まれるのでは……。

就任して数日で、省内からこんな声があがったものである。

「ヨォ、〇〇クン、頼むぞッ」

また角栄は、役人たちの顔と名前を徹底的に覚えた。課長補佐クラスまで、いや新人職員まで記憶した。

盆暮れや冠婚葬祭時にはカネも配った。一回の表はムチであったが、二回、三回にはアメを与えたわけだ。実は池田勇人も配っていたのだが、後世ではなぜか、角栄だけが配ったことになっている。

ついでにいえば、「政治家夫人や官僚夫人の誕生日に花を贈る」という話も、角栄ならではのものではない。吉田茂もやっていた。というより、元使い走りがワンマンを真似たのであろう。なのにこれまた後世では、「角栄ならではの気配りだ」などとされている。不思議、というよりいい加減な話だ。

新蔵相は、人心掌握の面のみならず、仕事面でも意表を突いた。予備費に目をつけたのだ。

――角栄は隠し財源のカラクリを見破った。

後年、一部で囁かれた〝神話〟だが、これはおそらく予備費の話が膨らんだものだ。以下に記すのは、相沢英之(あいざわひでゆき)元大蔵事務次官が、生前筆者に教えてくれた逸話である。

「折衝の段階で、予算全体の数字を知るのは主計局長と総務課長、企画担当主計官の三人。予備費がいくらあるか、その時点では三人しか知らない。角さんは予備費に注目していて、『おい、なんぼ隠してある？　もうちょっといいだろ』とよく言っていた」（生前のインタビュー）

相沢元次官の話によれば、予備費に着目した大臣は、角栄しかいなかったらしい。されど本当の隠し財源は、角栄とて知らなかったということだ。

ところで少し脱線するが、蔵相時代の角栄は、ある人物と知り合っている。平成四、五年頃、竹下登（たけしたのぼる）の金脈がらみで世間を騒がせた、八重洲画廊の真部俊生（まなべとしなり）だ。例の金屏風事件のキーマンといわれた〝謎の画商〟である。

きっかけは、加治木俊道（かじきとしみち）という証券局長だった。

あるとき証券局長が、娘をモデルにして油絵を描いた。加治木は才人で、その絵も玄人はだしの出来栄えだった。同じく才人の大臣は、この絵に目を奪われた。隅に記された娘の名前が、「まきこ」であったからだ。

「実はウチの娘も真紀子という名でね……この絵、欲しいんだけど」

「額縁はつけられませんが、それでよろしければ……」

「額縁なんて自分でつけるよ。どこかいい店紹介してくれ」

そこで加治木が紹介したのが、大蔵省に出入りしていた八重洲画廊の真部だったのだ。

真部は角栄を媒介に、政界、金融界に手を伸ばしていく一方、目白への付け届けも欠かさなかった。サービス精神旺盛な角栄は、次のような形で真部の顔を立てたこともある。

昭和五十二年秋、日本橋の三越で、「梅原龍三郎(うめはらりゅうざぶろう)展」が開かれた。そこへ何と、露払い・真部の案内で、闇将軍が突然顔を出したのだ。

「ヨォ！」

「ゲッ！」

驚いた店員が店長を呼ぶ。が、恐縮する責任者を無視し、真部は角栄につきっきりで絵を解説。八重洲画廊の存在感は、否応なしに高まったのである。

金屏風事件が話題となっていた当時、角栄はすでに病床にあった。〝謎の画商〟と喧伝される真部を見て、三越での説明を思い出していたのだろうか。

「七十二歳川島丸」の船出

「岸さん、あなたが総理を辞めたことで、色々と十日会（岸派）の事情が変わったのは事実です。でも、みんなで結束すれば、大派閥として大きな力になるし、主導権だってとれるでしょう？　いずれまたウチのムラから総理を出すことだってできるでしょうし、団結して力を持ってれば、兵糧の方だってそう心配することはないんじゃないですか？」

「ウ～ン……君の言うこともわかるが……」

岸派の解消が取り沙汰されて以来、ナンバーツーはナンバーワンを説得し続けた。派閥を解散しないように、と。

が、岸は煮え切らない。

〈もう、完全に気持ちが福田君に傾いてるな……何とかなる……とはいきそうもない〉

川島の見る通り、妖怪は秘蔵っ子サイドに両足を突っ込んでいた。

焦点の福田は次のように読み、派の解消へと突き進む。

〈岸派を解散すれば、大勢は自分の方に来る。事実上、岸派を禅譲した形になる〉

昭和三十七年十一月、ついにその日が来た。岸派は解散となったのだ。突如とした解散で、番記者たちも前夜まで気づかなかったほどだったという。

最後の派閥総会で、派の大番頭は以下の如き大演説をぶった。川島には珍しく、感情のこもった演説である。

「岸さんが、十日会を解散したいという気持ちはわからないわけではない。しかし、一方的に解散すると言われても困る。

あなたを総理にするために努力し、総理になった後も、あなたを盛り立ててきた同志の諸君のことをどう考えておられるのか。あなたは領袖として、一度でも派の資金のことで苦労したのか。全て、我々があなたのためにおぜん立てしてやったものですよ。

岸さん、あなたは福田君の唱える党風刷新の趣旨に賛成して十日会を解散すると言いますが、これはちょっと、我々を見損なったやり方ではありませんか。

例えばこの私は、自分のことで一度でも要求したことがありますか？　一昨年の総裁選での大野君の件でも、大野君に次期総裁を約束して、色々協力させたのはあなただ。その義理を果たす役割を私にしろというから、私は手をつくしたんですよ。池田君に鞍替えしたときも、私は黙って裏切りの汚名をかぶりました。

全て、あなたを立てるためにやったことなんですよ。それを踏みにじって、用が済んだから解散するというのは、私には解せませんな」

「……」

陽気で飄々とした男の、いつにない物言いに青ざめる妖怪。そんな岸を憐れんだのか、川島は普段の調子に戻り、大演説を締めくくった。

「……しかし、離合集散は政界の常です。袂を分かちたい気持ちでいる人のもとに恋々とついていくのは、あたしもいさぎよしとしません。これできっぱり分かれましょう」

岸派の解散を受け、ある者は福田のもとへ行き、またある者は他派へと流れていった。

そして、ある者たちは、川島を担いだ。

口火を切ったのは元気者・荒船清十郎（あらふねせいじゅうろう）だ。

「川島、赤城、椎名の三人がそろえば、必ず相当の人数は集められる！」

荒船と川島は、戦前来の関係だ。当時の荒船は、山林を持つ大金持ちだった。荒船家は鎌倉時代から、代々「清十郎」を襲名する旧家である。この荒船は十六代目。ちなみに「荒船」の方は、元寇の頃、北条時宗が与えた名だそうだ。

若き富豪・荒船は、多額納税者として埼玉から貴族院議員に出ようとした。そこへある代議士が、粋な和服姿でやって来た。若手時代の川島だ。埼玉には前田米蔵系の現職がいたため、前田派の川島が止めに来たのである。

「荒船君、貴族院議員は一回やれば終わりだ。もっと長い方を選んだらどうだい。お互い若いんだから一緒にやろうや。僕も前田も応援するよ」

料理屋にて芸者をはべらせながらそう説得。十六代目は県議を経て、川島と一緒に衆院議員をやることになったのだ。

その荒船が、川島を突き上げた。

「オヤジさん、立ってください！」

しかし川島は、なかなか首を縦に振らない。資金や人間関係について、一抹の不安を抱いていたのだ。

「……」

だが十六代目・清十郎は、めげずに外堀を埋めにかかった。赤城宗徳、椎名悦三郎らに声をかけ、「川島派」結成へと突き進んだのだ。

荒船の奮闘について、筆者は元川島番記者の小畑氏に問うた。

――川島派をつくったときの荒船氏は、竹下氏が創政会をつくったときの梶山静六氏のような先鋒の役割か。

「そう、先鋒の役目」

〝先鋒〟は永田町の外にまで出張った。大映の永田雅一、北炭の萩原吉太郎らにも働きかけたのだ。

「椎名悦三郎……商工次官を務めた彼が、参加するかだな」

永田らは、椎名の参加がカギだと見た。官僚出身で、財界にも顔が利く。つまりキレイなカネを調達できる。その元次官が加わるかどうかが、コトの成否を決めると見たのだ。

――椎名さんは、同じ商工省の後輩だし、岸さんの方につくだろう。

されど周囲はこう見ていた。確かに椎名と川島の関係も古い。後藤新平の縁もある。とはいえ、まさか、岸と袂を分かつことはあるまい、と。

ところが、キーマンの本心は違った。

「岸に近い、近いと言われるがネ、私の岸観というのは満州時代に出来上がっていたんだ。人事や何かを通じてね。（中略）あの人の政治資金というものの考え方が、根本的にぐらついている。よく政治ゴロみたいな連中が、南平台の私邸をうろうろするのを見かけたが、（中略）そんなにおいが大嫌（ママ）なもんだから、次第に岸邸から足が遠のくようになってしまったんだ」（『椎名悦三郎秘録』）

長らく岸の腹心と見られていた椎名が、内心ではボスに違和感を抱いていた――意外、というより、よくある政治家同士の関係だ。

ともあれ、椎名は川島を選んだ。これで決まった。

〈派閥の領袖か……まあ、二十人から二十五人程度がちょうどいい。それくらいなら資金のメドも立つし、ポストもとれる。キャスティングボートも握れるだろう〉

事務所はパレスホテルに決め、荒船が名簿を発表した。「適正規模」の二十五名だ。

ところがどっこい、フタを開けてみたら十二人しか集まらなかった。

「オイオイ、どういうことだ……」

荒船は慌て、

「残念だが……そのうち増えるよ」

川島も落胆。あらためて〝先鋒〟らが奔走し、二週間後の昭和三十七年十一月二十六日、二十五名まで増やして「交友クラブ」を旗揚げした。

やがて小派閥ながら大派閥並みの力を発揮していく「川島派」は、ここに船出したのである。

〈川島さんが一国一城の主か、七十二歳だってのに、年々力を増していってるな……〉

交友クラブの結成を、角栄は凝視していた。

〈岸一派がまとまって佐藤にいくことはなくなったから、佐藤の総裁選にはマイナスだろう。しかし俺にとってはプラスだ〉

総理になれそうな男は、近い将来と遠い将来を目算した。

〈これで、川島さんは自由に動けるわけだ……岸一派がずっと一つのままなら、厄介だった〉

角栄はヒゲを触った。薄めでちょうどいい。

〈岸派が分裂しないで福田に禅譲されたら最悪だった。でもこれで、川島さんさえ押さえればいいことなる〉

異常に鋭い政治勘を持つ男は、すでに福田を、総裁の椅子を争うライバルだと見ている。

〈しかも川島さんたちは、福田に反発して派をつくったわけだから、俺より福田を選ぶ可能性はゼロに近い。よっぽどのことがない限り、福田以外の候補を推すだろう〉

ただ、江戸前フーシェは、一筋縄でいく男ではない。

〈完全に味方につけるのは難しいかもしれないが……ま、白に近いグレーゾーンに引き寄せとくことだな〉

グレーゾーン。すなわち中立。川島を好意的中立にしておけば、俺の天下布武は成就する。

若き大蔵大臣は、そう見た。

〈……〉

未来予想を終え、しばらく脳を休めていると、秘書官が来た。

「大臣、荒船先生が……」

〈噂をすれば影、でもないが……川島派の特攻隊長のお出ましか〉

実は角栄も、川島と等しく戦前から荒船と面識がある。土建屋時代の角栄が、荒船のもとに材木を買いに行ったことがあるのだ。そのとき川島派の先鋒は、まだ二十いくつの土建屋社長のエネルギーと計算の速さ、そして博識に、

「この若造は政治をやれば総理になる。金儲けをやらせたら三井、三菱くらいの大物になる」

と圧倒されたという。

その荒船が大臣室にやってきた。以下は川島番・角栄番を務めた小畑記者が教えてくれた話だ。

川島派の先鋒は、地元の支持者を四、五人連れ、角栄の部屋に入った。少し興奮している様子である。

「よお、角さん、いや大臣。実は今、ある件で銀行局長に陳情に行ったんだけどさ……なんか、ひどい対応でさ……ハイハイ、というか、木で鼻をくくったような感じなんだよ……で、らちが明かないから、こうして大臣の所に来ちまったわけさ」

「ナニ？　そりゃ申し訳ない。すぐ局長を呼ぶからそこにいてくれ」

くだんの銀行局長がやってきた。なぜ呼ばれたのか、わかっていない様子だ。

角栄が切り出した。

「君、もし大蔵省を辞めたら、どこか行きたい所はあるか？」

「……はい？」

「辞めたらどこに行きたいか、っていうことだよ」

「辞めろ」といわんばかりの大臣の顔を見て、局長は青ざめた。

「……私に何か……落ち度がありましたでしょうか……」

大臣は、荒船陳情団を見た後、局長に視線を戻して言った。

「荒船君の話をちゃんと聞いてやってくれたまえ！」

むろん、陳情は上手くいったとのことである。

ときに新派閥を立ち上げた川島は、池田内閣の大臣でもある。行政管理庁長官と、北海道開発庁長官の兼務だ。

「メザシの土光さん」――こんな言葉をご記憶の方もいるだろう。経団連会長だった土光敏夫（どこうとしお）が、メザシを好んで食べているとの「美談」だ。土光は第二臨調の会長も務めたが、その「臨調」、すなわち臨時行政調査会は、そもそも池田内閣時、川島の発案で設置されたものである。

川島はまた、二次再改造内閣の直前からは、五輪担当大臣も兼ねた。当時、国は昭和三十九年の東京オリンピックに備えていたが、縄張り争いで事務がなかなか進まない。そのため「池田総理の示唆」（川島）で、担当大臣を設けることになったのだ。

五輪準備が滞っていた元凶は、組織委員会だと見られた。今度の「二〇二〇（二一？）東京五輪」なるものと、同じ図式だ。

「もたつくオリンピック」「こんなことで東京オリンピックはできるのか」「目的の違う団体で、要職を兼任している者が多い」「組織委に派閥があって意志不統一」

昭和三十七年秋の新聞には、こんな活字が躍っている。令和の記事と見紛うばかりだ。わけても問題とされたのは、組織委会長の津島寿一（つしまじゅいち）と、事務総長の田畑政治（たばたまさじ）の不仲だ。両者はいずれもＪＯＣの役員も兼ねており、それがまた混乱に拍車をかけていた。再び当時の新聞を引くと、

「発言者がかわるたびに『あれは田畑派』『こんどは津島派』とささやきがもれる」「(両者は)記者会見も別々」「二人の色気が無責任体制を長引かせている」

などと散々だ。

担当相となった川島も、

「みんな意見が違って、僕のところへ言ってくることがバラバラ」

「津島君は最後の決断が下せない」

「田畑君があんまりやりすぎるものだから……そして津島君とケンカばかりしてる」

と呆れ、「責任体制の確立」を打ち出した。

結局、津島と田畑は辞任に追い込まれ、新体制で五輪を迎えることとなるのだが、これに関して気になる説が流布している。

――津島と田畑が辞めたのは、川島の謀略に引っかかったためだ。

というものだ。

両者が退く決め手となったのは、昭和三十七年八月、ジャカルタで開催されたアジア競技大会でのトラブルだ。

主催国のインドネシアが、政治的な思惑から台湾とイスラエルの参加を事実上拒否。これに対し、国際陸連は同大会を認めないと言い出した。五輪を控えるわが国は、逡巡のあげく参加したものの、大会終了後、「なぜ参加した」という声が出始めた。そのため津島と田畑は辞めざるを得なくなったのである。

で、「川島謀略説」とは次のようなものだ。

「川島は津島と田畑、特に後者の失脚を狙って参加責任論を焚きつけた。昭和三十四年の都知事選のしっぺ返しをしたのだ」

くだんの都知事選において、自民党はオリンピック協会会長の東龍太郎（あずまりょうたろう）を擁立。当選はしたものの、幹事長の川島はロクに動かなかった。東を応援していた田畑は怒り、選挙後川島に、面と向かって罵声を浴びせた。

「よくそれで幹事長が務まってるもんだ！」

これを根に持った川島が、田畑失脚を企んだというのである。

後年、田畑本人もその趣旨の話をしているし、田畑サイドに立った著書も同様の記述だ。未見だが、ＮＨＫの大河ドラマ「いだてん」も、その線で展開されたようである。

筆者はこの間の事情に通じているわけではない。だから滅多なことはいえない。だが、「川島謀略説」にはいくつか疑問があるので指摘しておく。

まず、昭和三十四年の都知事選の際、幹事長は川島ではない。福田赳夫だ。これは単に記録を調べれば、誰にでもすぐにわかることである。肩書すら知らず、田畑は川島と接していたのか。それとも記憶がこんがらがったのか。あるいは誰かの作り話なのか。

また、「謀略説」に立つ著作では、川島が津島寿一を「津島先生」と呼んでいたと書いてある。しかし実際は、「津島君」と呼んでいたのだ。そのことは資料からも確認できるし、小畑記者もそう話していた。

さらに、津島が川島を君付けし、指図していたかのような記述も見られるが、これも不自然である。津島も組織委の会長ではあるが、川島は政府・大臣だ。ましてや川島が議員になった頃、津島は大蔵官僚である。しかも津島はその後参院議員になっているから、政治家としては川島の後輩だ。役人時代、すでに議員であった人物に対し、しかも先輩政治家でもある大臣に対し、指図するような態度をとる……そんなことはまずない。

現に、くだんのアジア競技大会の際には、

「参加するか否か、政府に問い合わせなきゃ」

「君、政府はここにいるじゃないか。オリンピック担当相は、この僕だよ。君の言う政府は、僕だ。僕に決めてくれというなら、今決めてやる。ただちに選手を参加させろ」

と、ぐずつく津島を川島が一喝したとの話も残っているのである。

細かくいえばもう少しあるのだが、「謀略説」には考証に誤りや無理がある。もとより本書とて、創作を交えているので大きなことはいえないが……それでも基本的な事実や政治的慣習は、押さえたうえで書いているつもりだ。

とまれ「いだてん」では、川島が悪役として描写された模様である。しかも俳優の演技が上手かったらしく、それも相俟って「川島悪人説」が一部に定着しているようだ。そこで敢えて川島サイドの立場から、「謀略説」に疑義を呈した次第だが、最後に川島の田畑評を引用しておこう。『政界往来』昭和三十八年一月号からだ。

「田畑君などは、オリンピックとしちゃ、必要な人だと思うんです。熟練工ですよ、一種の。けれども性格が、人と相容れないものだから、こういうことがおこると一ぺんにやられてしまう。しかし彼の知識などは使いようによっては、実に立派なものだと思うナ」

第六章

男の価値——後ろ盾としての器量

佐藤栄作と池田勇人のパイプ役に田中角栄

さて、昭和三十八年七月の内閣改造で、川島は大臣を降りた。

〈これで、羽を伸ばせるな〉

特に感慨はないし、残念でもない。そんじょそこらの政治家とは異なって、大臣の椅子に執着しない。自由に動けるか否か。それが陽気な寝業師の最重要事項なのである。

〈このままいけば池田君の三選だろうが……佐藤君たちはどう出るか〉

当時、吉田学校を代表する二人は、悪い意味のライバル同士と化していた。

池田政権が出来た頃、支えていたのは佐藤たちだ。河野なんかは敵だった。脱党する、との話もあった。

それがいつのまにか入れ替わる。河野が池田を支え出し、池田も河野を頼る。

〈落第坊主の池田より、俺のが上だ。吉田学校にだって俺が先に入学したのだ。俺のが万事先輩なのだ〉

佐藤は池田に近親憎悪をつのらせ、ちくちく池田を批判する。その佐藤を担ぐのが、福田を中心とする党風刷新連盟だ。

池田は福田らの動きに対抗し、組織調査会を設置する。「党風刷新など一部の運動ではなく、全党的に党を近代化する」ためだ。会長となった三木武夫は昭和三十八年十月、派閥解消など「党近代化」を答申。これを受け、刷新連盟を含む主要派閥はみな解散する。

だが、「人が三人集まれば、二つの派閥ができる」（大平正芳）のが政界だ。いや世の中だ。

党風刷新連盟は、二カ月後の師走、早くも「人心一新・党近代化推進本部」として蘇り、再び「反池田・親佐藤」の牙城となった。頭目は変わらず福田赳夫で、その後ろに控えるのが岸信介だ。

昭和三十九年を迎えると、各派閥も公然と復活。「党近代化」を謳った三木答申は、金庫の奥に放置されてしまった。

桜が散る頃になると、もう自民党の辞書からは、「派閥解消」などという四字熟語の存在自体が消えた。党内の関心は、一斉に七月の総裁選に向かい始めたのである。

——池田は三選を狙うか、佐藤は今度こそ立つか。

これが総裁選の焦点だ。藤山愛一郎も出馬すると見られたが、耳目を集めたのはやはり吉田学校の優等生たちの去就だ。

〈まだ池田君が有利だろうが、予断は許さないだろう〉

主流派に身を置く川島は、党内を一望した。

〈池田君は出るだろう。国民の人気も悪くないし、三選できそうなのに自分から降りるはずがない〉

江戸前フーシェはフリーハンドだ。ただし、ちょっぴり池田の方を向いている。派内の多くも現職総裁支持だ。が、今後の展開次第では、佐藤の方へ向きを変えることも辞さない。池の字と佐の字、いずれも自民党員だ。さればどちらを推そうと、政党人として裏切りでも何でもない。

〈佐藤君も立つだろう。総理になりたいなら立つべきだし、立たざるを得ないだろう〉

とはいえ佐藤は、単独では池田にかなわない。誰かと連合を組まねば勝てない。

〈藤山君も出るだろうから、二、三位連合を組めるかどうかだな。石橋が岸を逆転したように……〉

激しい争いになりそうだ、と川島は嬉しそうだった。激しい争いそれ自体が面白い。それが陽気な寝業師の真骨頂だ。

〈まあ、佐藤君がどれだけ追い上げるかだろう〉

その佐藤は四月下旬、大磯へ出向いた。吉田茂のもとだ。人生の岐路での相談相手、スジを通さねばならない相手。それは佐藤にとって、やはり〝校長〟だ。

「……そろそろ池田君も交代の時期ですね」

池田も潮時では、という声は、大磯にも多々届いているらしい。加えて吉田は、教え子が河野と蜜月になっていることが気に入らない。だから「佐藤へ交代」とは本心だ。少し前に来た落選中の佐藤派幹部・保利茂にも、同趣旨の話をしている。

「ええ……池田君の方からも色々言ってきてはおりますが、このままでは三選は難しいと思います。私も今度は、と考えておりますが、池田君とぶつかるようなことは、お互いにとって良くないことだと……つきましては池田君にお話ししてくださるとありがたいのですが」

「ウン……いずれ池田君も来るだろうから話しておくが、直接池田君と話し合ってはどうか。それを勧めますよ」

「……はい。ご指示通り、池田君と二人で話してみます」

吉田は調整に逃げ腰だった。だが佐藤は校長と話して踏ん切りがついたのか、連休明けの佐藤派総会で出馬を匂わせた。

「党内の多数が推してくれれば、受けて立つ気持ちはある」

派内は主戦論が優勢だ。五月十六日の総会では、八十名以上のメンバーが佐藤に決断を迫り、気勢をあげた。

――〝別動隊〟の旧党風刷新連盟は全面協力、石井派も、おそらく味方。河野派、大野派は池田だが、一部は佐藤に来るだろう。三木派も三木自身は池田であるが、半分近くは佐藤。藤山派は藤山自身が出るだろうが、連携はできる。川島派は不明だが、どちらかといえば池田かもしれない。

幕僚たちはこう読んで、早くも水面下で動き始めていた。
が、決戦へ向け、幹部連が燃え始めたというのに。

〈まずい。このままでは本当にまずい……〉

汗だくになり、異様に焦っている男がいた。

佐藤と池田のパイプ役――田中角栄だ。

〈二人の激突なんて冗談じゃない。俺も返り血を浴びてしまう。派内の立場も悪くなる。十六日の総会で「佐藤決起」の声が続出したのは、池田に近い俺への突き上げでやってるヤツもいただろう〉

――池田内閣を長引かせ、佐藤内閣へつなぐ。その間自分も累進し、佐藤の次を頂戴する。これが角栄の企みだ。そしてそれは成功してきた。現に今、天下の大蔵大臣ではないか。だが、竜虎の死闘(デスマッチ)なんぞ始まってしまったら、戦略が崩れることになりかねない。

〈この前の感触では、池田は三選を狙うだろう。で、佐藤も立つ……〉

少し前、角栄は縁戚でもある池田と話した。思い切って〝五輪花道論〟も出してみた。五輪は総裁選の後である。五輪花道論に前向きなら、「三選に出る」ということだ。

「そろそろ花道を考えるときでは……総裁選は七月ですが、十月から始まるオリンピックを花道という手もあります」

率直な男が率直な男に言った。が、池田は答えなかった。

「……」

角栄はかまわずまくしたてる。

「総理は辞め時が一番難しいもんです。あの吉田さんさえ最後はボロボロでした。池田さんにはその轍を踏んでもらいたくないんですよ。池田内閣は実績も残したし、国民の支持も高い。だから辞め方が重要なんです。何かに失敗して、傷ついて辞めるのはよくない」

「……」

「……それで、佐藤に禅譲してもらいたいんです。同じ吉田学校の仲間に。学校だって同級生だったじゃないですか。お互い、色んな思いがあるとは思います。でも、何十年も前からの仲間じゃないですか。池田さん、いや総理、一度、佐藤と裸で話し合ってみてください。誤解はとけますよ」

「……わかった。一度、佐藤とじっくり話してみよう」

池田と別れた後、角栄は考えた。無二の政治勘をもってしても、〝正解〟は出なかった。出馬しそうだ、とは思う。が、絶対に出る、という強固な意志は無いように感じた。ただ、これだけはいえると思った。

〈三選に出なければ、佐藤をやるだろう〉

この池田との面談は佐藤にも伝えた。〝政界の団十郎〟は舞台に上がるつもりだ。されど「三選出馬・五輪花道退陣論」も、聞く余地はある。何より元同級生の肚の底を知りたい。

五月十八日、佐藤は角栄に切り出した。

「田中君、池田の方はどうなんだ？」

「あ、大丈夫だとは思いますが、まだ三選を狙うかどうかというのは……話し合い次第だと思います」

「じゃあ明日はどうだ？　君、ちょっと池田に電話してみてくれ」

「あ、は、はい。では……」

池田に電話するパイプ役を、団十郎がにらむ。

――お前、まさか池田に通じているわけじゃあるまいな？　パイプにとどまってるよな？　片足ならいいが、両足を向こうに突っ込んではいないよな？　俺と池田が対決したら、百パーセント俺をやるよな？

佐藤は目でそう言っている……と、角栄は感じた。保利茂が前年の選挙で不覚をとったため、今や派のナンバーツーではある。しかし角栄は、地位が上がるに比例して、佐藤を恐れ出していた。野心と警戒心のぶつかり合い、それは組織の宿命である。

「あ、あの、総理、先日お話した件ですが……次は佐藤だっていう……間違いないですよね？」

「何だ、電話で。……ははん、そこに佐藤がいるな？」

「ええ、いるんです。代わりますか？」

「いいよ、出すことない。出さんでいいよ」

「わかりました……で、この前の、二人で話し合うっていう件ですけど、明日あたりどうでしょう？　佐藤の方は都合がいいみたいですけど」

「明日？　明日はまだ早いだろ。まだ五月だからそんな時期じゃないだろ」

「そうですか……ではまた改めて……あ、あの、次は佐藤で大丈夫ですよね？」

「お前、そんなの、俺がウソつくか？」

「いやいや……わかりました、ではまた……」

受話器を置いた角栄を、団十郎はにらみ続ける。

――オイ、池田は俺を推さず、三選に出る気なんじゃないのか？

そんな目だ。自分と佐藤を共に落ち着かせるために、パイプ役は口を開いた。

「今晩、池田の所に行って、もう一回押してみます」

「ウン、そうしてくれ……」

その夜、角栄は池田邸に乗り込んだ。主人は要件を察知している。だから機嫌がよくはない。

角栄は意を決した。

〈佐藤は池田の三選に協力する。その代わり、池田は佐藤に必ず禅譲する――これでいこう〉

これは当時、一部で流れていた妥協案だ。それに乗った。佐藤の了解は得ていない。が、角栄は敢えて独走を決めた。

〈激突を避ける道はこれしかない――〉

天賦の政治勘がそう働いた。

「池田さん、いや総理、昼間も話したけど、佐藤が会いたいと言ってます。一度、お時間とってくれませんか」

「いや、時期が早いっていっただろ、今、まだそんなことはすべきじゃない」

「佐藤は三選に協力します。俺が約束します。だから、佐藤へ必ず禅譲すると約束してください」

「……」

「同級生同士が争っても、何もいいことありませんよ。大磯も悲しみます。吉田さんはずっとお二人のことを気にかけてますからね」

「……」

「会うのがどうしても難しいなら、佐藤に電話してやってくれませんか？　そこで総理から、禅譲を確約したうえで、三選の協力を頼んで欲しいんです」

「……わかった、電話しよう」

池田は佐藤へ電話をかけたが、先方は出なかった。入浴中だったのだ。

佐藤から折り返すということで、首相と蔵相は晩酌を始めた。二人ともイケる口だ。なかなか電話が来ないので、杯を重ねた。池田が出来上がった頃、電話が鳴った。佐藤からだ。

〈ずいぶん長風呂だったな……池田は酔ってきたけど大丈夫かな〉

角栄の不安をよそに、池田はオウオウと言って立ち上がる。

酔いが回った総理は機嫌良く、受話器をとった。

「やあ」

普段通りの口調だ。が、佐藤は違った。いきなり内角高めに速球を投げ込んできたのだ。

「今度の総裁選に俺は立候補する。今回は俺を応援してもらいたい」

「!!」

カチンときた池田は打ち返した。ピッチャー返しだ。

「俺だって出るつもりだ」

「何だ、俺に譲ってくれるんじゃなかったのか」

「政権を私議するなんて、できるわけないだろう」

「……そうか、そりゃ困った。しかしこっちは今言った通りだ。そう思っていてもらいたい」

酔いと興奮が回った総理は機嫌悪く、受話器を置いた。

〈佐藤の長風呂……池田の酒……せっかく話し合いのとば口までできたとこだったのに……〉

角栄は絶望したが、気を取り直して池田に言った。

「これで私の肚も決まりました。あなたがハッキリ言われたのはよかった。残念ですが、正々堂々とやりましょう」

翌日、池田支持の河野一郎は、佐藤を見るなりジャブを放った。

「なかなか派手だな」

昨夜の話をもう知っていた。すでに総裁選は「密かに」ではなく露骨に始まっていたのである。

現ナマが飛び交う

「日の本の政に明け暮れ　七十年」

池田・佐藤の〝電話対決〟から約十日が経った五月二十九日、自民党内に波紋を投じる事態が起きた。

かねて入院中だった副総裁・大野伴睦が逝去したのである。

先の俳句は死の二日前に詠まれた遺作だ。ただ、本人作なのかは定かでないらしい。

党人派の巨頭であった伴ちゃんは、人も知る大の佐藤嫌い。そして池田支持派の柱の一人だ。その死は総裁選に影響すると見られた。

仇敵だった佐藤は、

「俺に運が向いてきたなあ」

と漏らしたそうだが、

「ポスト大野の副総裁」と囁かれ出した川島は、次のように発言した。

「大野派の動向が問題になるな」

というのも、大野派内には様々な意見があったからだ。伴ちゃん自身は確かに池田支持だった。だが派内には、一定数の親佐藤がいた。それゆえ川島のみならず、

「親分あっての大野派だ。はたして大野亡き後まとまっていけるのか？」

との声があがった。実際、死去当日から以下の如き情報が行き交った。

――出馬確実の佐藤陣営と、少し前に事実上の立候補表明をした藤山陣営が、大野派を抱き込もうと工作開始。

だが大野派も速かった。翌朝、総会を開き「故人の遺志通り池田支持」と決定。連判状をつくって大野の霊前に捧げた。それでも一部は佐藤に流れ、のちに派は分裂することになる。ちなみに連判を無視し佐藤に投票した一人が、先に触れた「田中角栄と並ぶ政界随一の博識」・綱島正興である。

ともあれ、大野伴睦の永眠で、総裁選の幕は完全に切って落とされた。先制したのは追う側・佐藤陣営だ。

六月一日、大野の通夜の後、佐藤栄作は密かに石井光次郎と会う。石井派は、全体としては佐藤寄りだが、池田支持派もいる。逢瀬の効果はあったようで、団十郎はギョロ目を輝かせて

「予期した以上に好結果」と日記に記した。この密会は、やがて石井の仲立ちによる佐藤・藤山連合へとつながっていくのである。

佐藤派は参議院にも工作を仕掛けた。この当時の参院は、衆院ほど派閥の色分けが明確ではない。それゆえ

「参院は草刈り場だ」

「大票田の参院からどれだけ取れるか」

と見られていたのだ。

しかも前年の改造で、池田は参院自民党の反発を買っていた。参院側の要求を無視し、側近の参院議員・宮沢喜一（みやざわきいち）を経企庁長官に留任させたからだ。

区分けが曖昧で、しかも池田とギクシャクしている……佐藤派にとり、参議院は格好のターゲットだったのである。

福田ら旧党風刷新連盟も、ヒルトンホテルに陣取って、池田支持派の切り崩しに奔走する。彼らは佐藤派の別動隊として行動し、新戦術まで編み出した。

その作戦とは〝忍者部隊〟——すなわち池田三選派の中に、密かに忍者＝佐藤支持者を潜ませるのだ。で、その忍者たちが佐藤陣営と連携し、池田支持派を一人ずつ買収する〝一本釣り〟を仕掛けるのである。忍びの者たちの合言葉、それは「池田陣営を各個撃破」だ。

わけても三木派の早川崇グループ十数名は、忍者として大暴れした。既述した如く、三木武

夫は昨秋、組織調査会会長として「派閥解消」を答申した張本人だ。だから派閥の締め付けは、表立ってはやりにくい。そのため佐藤一派に狙われたのだ。

対する池田陣営には、はじめ余裕があった。池田自身、圧勝すると確信し、以下の吉田茂の書簡をも、「不賛成」と一蹴した。

「出馬をやめて佐藤君に譲るか、五輪まで任期を延長して引退すべし」

それが佐藤陣営の猛攻を受け、にわかに狼狽し始める。忍者部隊を防ぐため、「味方」に向けて実弾を発射。これは〝防弾チョッキ〟と呼ばれ、きちんと従った者は〝灘の生一本〟といわれたものだ。さらには派を一括して買収する〝トロール漁法〟も駆使し、佐藤陣営へ反転攻勢をかけたのである。

この間の消息を伝える話が、当時の院内紙に出たので概略を紹介しよう。

……池田派幹部のSが、秘書に「河野派のK議員を呼べ。本人が不在なら秘書でもいい」と命じた。SはKの池田支持を確実にするために、現ナマを与えようとしたのだ。

しばらくするとKの秘書が来た。SはKの秘書に「K君は近く外遊するらしいが、これは餞別だ」と言って二百万渡し、「名刺に受け取りと書いてくれ」と言った。Kの秘書がその旨書いて名刺を渡すと、Sは驚愕。「餞別は間違いだった」と釈明しつつ二百万を引っ込めた。

実は、この秘書は、同姓である佐藤派のKの秘書だったのだ。はじめSの秘書が電話したとき、河野派のKと佐藤派のKを間違えて連絡してしまったのである。

選挙の神様同士をつなぐ〝黒子〟

ちなみにこの話を載せた院内紙の主幹は、のちに奇怪な死を遂げている。

〈こりゃ、これまでの総裁選より凄い。今のうち、手を打っておいた方がいい〉

はじめ川島は、総裁選が過熱していく様子を楽しんでいた。が、各派の動きが予想以上に激化していくのを見て、警戒し始めた。

〈下手したら、ウチも草刈り場になる〉

総裁候補を持たない派閥は、各陣営から狙われる。最悪の場合、タガが緩んで四分五裂することになりかねない。

そこでカミソリ正次郎は先手を打った。

――交友クラブは一致団結して行動する。

六月三日、川島派はこう決議し、派が乱れるのを事前に防いだ。

〈他派が割れている中で、ウチがまとまっていれば、価値は上がるしキャスティングボートを握れる〉

実際、総裁選後、「川島派は忍者部隊に切り崩されなかった」と評価されたものである（若干名、危ないメンバーもいたようだが）。

六月九日、その川島に対し、佐藤が面会を求めてきた。口実はオリンピックだが、真意はむろん、協力要請だ。

「まだ国会会期中なのでアレですが……私が総裁選に立候補した場合、川島先生にもぜひ協力をお願いしたい」

「ああ、それでね、この前ウチが一致団結の決議を出した件だけど……君の所というか、福田君たちが、『各個撃破』なんて物騒なことを口にするから、防衛する意味でやったんですよ、あれは」

「……行き過ぎがあったかもしれません……申し訳ありません」

いきなりかまされた佐藤は、頭を下げた。川島は飄々として話を続ける。

「あたしたちは今のところ、態度未定です。ただ、今決めるとなれば、池田君の方に近いかもしれません。……藤山君は、あたしゃ、好意は持ってますけど、ちょっと勝ち目が無いからね。これはやりません」

「……」

「でね、一番重要なことは、党を割らないことだと思うんですよ。佐藤君、池田君といった実力者がぶつかって、もし割れちゃったら大変だ。例えばだけど、吉田さんあたりに、二人を仲介するようには頼めないもんかね」

「……党を割らないことは全面的に賛成です。ただ、吉田さんの方は、私からは何とも……」

「そうかい。ま、あたしの方も近く岸さんに会いますよ。それで色んな意見を聞いて、態度を決めるつもりです」

佐藤は翌日の日記に「川島派は池田支持に傾く」と記述。小畑記者によれば、後々まで佐藤は、川島が自分をやらなかったことを根に持っていたという。

ところで佐藤派内部には、不穏な空気が流れていた。

「田中はけしからん。わが派の事務所にちっとも来ないじゃないか」

「田中はどうした？　やっぱり、ヤツの現住所は池田派なんじゃないか？」

こんな声が飛び交っていたのである。

発信地は落選中の大幹部・保利茂や角栄の同期・松野頼三たちだ。池田政権下で累進した角栄に対し、彼らはもともと含むところを持っている。総裁選の戦いと、佐藤派内の戦い……この二つは重なる面があったのだ。

〈俺の苦労も知らず……だいたい、ウチで池田と口が利けるのは俺だけじゃねえか。口も利かずにいきなりドンパチって、そんなのが政治かよ〉

しかも角栄は、確かに佐藤で動いていた。先の〝池田・佐藤電話対決〟後、再び現職総理に会ってこんな交渉までしている。

「池田さん、いや総理。もしあなたが公選で勝っても、途中で佐藤に譲る。オリンピック……

いや、来年の五月あたりで……どうですか？」

「……まあ、君の立場も苦労もわかる。考えておこう」

ただ突進するだけではない。「保険」――本当に実行されるかどうかはわからぬが――までかけて、二段構えで参戦しているのである。団十郎自身、「田中君の動き活発」「田中蔵相と今後の運び方を相談」と日記に書き、角栄の尽力を是としている。

なるほど佐藤派事務所には、ほとんど顔を出していない。だがそれは、池田への遠慮も当然あるが、現職蔵相という立場もあるからだ。何より自分が前面に立てば、池田と佐藤を結ぶただ一つの線が、ぷつりと切れることにもなりかねない。そうなれば、佐藤にとっても派にとっても、著しくマイナスだ。

〈俺のためとムラのために、カネの配り方だって工夫してんだ〉

そのやり方とはこうだ。

「今回は佐藤を頼むよ」

「いや、実は、池田をやろうと思ってて……」

「いや、いいって、いいって！　カネはこんなときにもらっておくもんだよ。そうザラにある機会じゃないいんだから。佐藤に入れる、入れないはどっちでもいいんだよ。受け取っておきなよ」

……というふうに、相手の態度に関係なく、カネを置いてくるのである。

〈強引に佐藤を頼めば逆効果だし、池田の方から反発も出る。それにこのやり方なら、相手に負担を与えない。佐藤に入れなくたって、裏切ったことにはならないんだから〉

ここで角栄の目がギラついた。団十郎のギョロ目以上の迫力だった。

〈……何よりこうやれば、俺のプラスになる。今後も俺からのカネを受け取りやすくなる。好意的中立を広げられる。池田や佐藤には悪いが、これは俺の総裁選でもあるのだ〉

事実、角栄はこの公選で〝隠れ田中派〟を増やした。例の忍者部隊とかぶるメンバーも、そうでないメンバーもいる。

〈あいつらは俺が総裁選に出るとき、俺の忍者となるだろう〉

この公選と、佐藤派内の争いと、未来の総裁選……三つの戦(いくさ)を串刺しにして、一気に平らげようとする角栄。

〈ただ、この総裁選は読みにくい……池田がハナ差で勝っているとは思うが……〉

馬主でもある選挙の神様は、頭の中で馬を走らせた。池田が先頭で、佐藤が続く。大幅に遅れて藤山だ。それはわかる。が、一位と二位の差が、数センチなのか十数センチなのか、そこがわからなかった。

〈俺と同等に票が読める政治家といったら……〉

角栄の頭に、ある政治家の顔が浮かんだ。

——もう一人の、馬主兼選挙の神様。

あの人がどう読んでいるか、それが知りたい。そこで選ばれたのが、川島番兼角栄番の小畑記者である。

ちなみに小畑記者が「目白も担当する」と告げたとき、川島は

「田中君は将来、総理・総裁も狙える男だ。君にとっても勉強になるだろう」

と、角栄に対し〝好意以上〟の感情を見せたという。

で、その〝総理・総裁も狙える男〟は、小畑記者に声をかけた。

「君、派閥表を持ってるか」

「持ってますが、私が取材した○×の記号が書き込んでありますので……」

「いや、そのほうがいい。どれどれ」

若い方の選挙の神様は、やおら立ち上がり、赤鉛筆を取り出した。

「これは、こっちか。これは向こうだな」

なんて言いながら、自分でも書き加え始めた。

「まあ、大体合ってるようだ。ところで、川島さんは大勢をどう見ているかな」

「……川島自身、まだどっちにつくとも言っていないものですから」

「よろしい、時々、情勢を知らせてくれたまえ。川島さんによろしく」

小畑記者はこの日から、選挙の神様同士をつなぐ〝黒子〟の役割を担うことになったのである。

「命をいただく」

川島は、なかなかハラを明かさない。

——おそらくは池田につくだろう。

周囲はそう見ているが、相変わらず飄々と、情報収集ばかりしている。しかも必ず、まず相手の意見を聞きにかかる。

「現時点での情勢を、君はどう思う?」

相手の意見をフンフンと聞き、「川島さんはどう思うのか」と聞かれれば、

「僕はまだ、誰にするかは決めていない」

と答え、こう続ける。

「ただ、色々聞いてみると、情勢は池田君の方が有利だという話だよ」

実はこれ、川島流の池田三選工作なのだ。

「池田君が有利らしいよ」と川島が言えば、言われた方はこう感じる。

——党内きっての情報通、選挙通である川島が、「池田有利」と見ている……池田についた方が得か。

あるいはこう感じる。

——常に勝敗を見極め、勝ち馬に乗る川島が、「池田有利」と見ている……池田が勝つとい

うことか。

聞き手がこのように感じ、それを周りに話すということも、計算に入れている。実弾が飛び交う戦場で、情報戦と心理戦を仕掛けていたのである。

〈戦争っていうのは、大砲だけ使っても勝てませんぜ〉

サイバーその他、武力を使わぬ戦争の比重が高まっている今日、江戸前フーシェならどういう策を講じるか。興味の湧くところである。六月二十日、川島は岸と会談した。午前十一時、岸事務所で刃を交えた両カミソリ。実はこのひと月前にも、両者は話し合っている。その際は、次のようにヨイショとオトボケに終始した。

「岸さん、あと六年で新安保の期限が切れる。そのときは大変な情勢になるでしょう。だから六年後は、あなたにもう一度出てもらうほかない。しかし今度の総裁選は、コップの中の争いだ。あなたは大事な人なんだから、今回は一切黙っててほしい」

「いや、このまま池田君が続けたら、六年後どころかもっと早く大変なことになるよ。そうったら、たとえ俺がナニしたって（笑）、もう遅い。だから今度の総裁選は、一番大事なんだ。それより大野君が入院してる以上、誰が政権をとっても川島君が副総裁になるべきじゃないか。弟にもそう言ってある」

旧ナンバーワンツーは、この日も合致しなかった。

「川島君、やはり今度の公選は、党内の実力者が話し合いで調整していくのがいいんじゃないか。ちょっと激しい動きになりすぎてる」

「確かに調整がつくに越したことはないですが……ただ、ここまでくると、難しい情勢でしょうな。調整っていうのは」

元親分との話を終えた川島は、上着のポケットに手を突っ込み、口笛を吹いた。

——ピュ～。

〈岸に仁義を切った形は出来たし、ここいらが潮時だろう〉

その日午後、川島は態度を明らかにする。やはり「池田」だった。

「今の党内情勢では候補者を絞ることは難しい。下手すると、党の分裂を招く恐れさえある。池田三選によって党内を固めるべきでしょう」

川島の態度表明を聞き、角栄は思った。

〈川島さんは、もう池田有利は揺るがないと読んだな……まあその通りだろう〉

小畑記者は毎朝目白に来た。早朝なら、主人とサシで会えるからだ。他方、川島は、昼夜を問わず取り巻きがいる。それゆえ田中情報を伝えるのに苦労したそうだ。

若き選挙の神様が、番記者の派閥表を見る。それには印がつけてある。㋑が池田、㋚が佐藤、㋫が藤山だ。

「これ、㋑とあるけど……㋚だな」

角栄は言う。

――川島さんは池田寄りと見ているようだが、実は俺の方で買収済みだ。つまり佐藤。という意味だ。

「池田対佐藤のとき、角栄は池田支持だった」（松野頼三）との意見もある。だが実際は、この通り自ら買収するほど「佐藤」で動いていたのである。

また角栄は、こんなことも言う。

「ここの所……これ以上無理しないでくれと、川島さんに伝えてくれ」

これは次のような合図だ。

――コイツは俺がすでに買収してあるから、手を出してもムダ。

〝現代版・関ヶ原〟ともいうべき池田・佐藤決戦。その裏では参謀たちによる、こんなやりとりがあったのである。

黒子を務めた小畑記者は、

〈自分のやっていることは、記者の枠を超えている……〉

という葛藤があったそうだ。されど筆者は俗物のせいか、この〝歴史の証言〟を聞いたとき、

〈川島正次郎と田中角栄の黒子を務めるなんて羨ましい……〉

と、よだれが出たものである。

さて、六月二十六日に国会が終わると、自民党内は七月十日の総裁選一色となった。

翌二十七日、佐藤栄作と藤山愛一郎が正式に立候補を表明。三十日には現職の池田勇人も「一回目で過半数を取るよ。『取れない』という言葉は、私の辞書にはありません」と、ナポレオンをもじって出馬表明した。

〈三人出そろったら、ウチも発表しよう〉

池田が立候補を表明した日、川島派も派として正式に「池田支持」を決議。その際選挙の神様は、

「今後、公選まで宴会は一切お断り。各自は常に所在を明らかにし、火の玉となって流動する情勢に備えよう」

と〝禁足令〟を出した。川島派は比較的、まとまりの良い派閥と評される。それでもこんな指令を出さざるを得ないほど、総裁選は荒れていたのである。

実弾の発射数も日ごとに増えていた。各陣営が手当たり次第乱射した。撃たれた方もそれをガッチリ受け止めた。

二派から貰うのを〝ニッカ〟、三派から貰うのを〝サントリー〟、各派から貰ってどこにも入れずパーにするのは〝オールドパー〟……こんな隠語が生まれたほどである。

投票権を持つ、地方代議員へも各派は攻勢をかけた。彼らの上京前から工作を進め、上京後はホテルに〝缶詰め〟にする。で、カネと色との「おもてなし」攻勢。それを〝缶切り〟と称して切り崩す……。代議員——その多くは地方議員——の中には早めに上京し、各派から漏れ

なく接待を受けた豪傑までいたという。

池田は依然、やや優勢と見られたが、なにぶん現職総理である。佐藤や藤山の如く、自由に動ける立場にない。代わりに動いたのが闘将・河野一郎だ。

「相手が汚い手段に出ている以上、こちらも上品なことばかり言っておれませんぞ。わが方も対抗しようではありませんか」

池田にこう耳打ちし、河野派、池田派以外の全ての派閥に実弾を放った。実弾製造者は河野のスポンサー・大映の永田雅一だ。

「総裁選のため、関西にあった私の土地を売って二億円を用意し、河野に渡した」

のちに〝ラッパ〟はこう振り返ったものである。

池田陣営の幹部二人が山王の日枝神社で早朝に密会し、カバンに入った億単位の現ナマを分け合ったとの話もある。ちなみに両者は人気（ひとけ）が無いにもかかわらず、大木の陰に隠れて作業したそうだ。

選挙の神様たちの黒子を演じていた小畑記者も、そのころ荒船清十郎の叫びを聞いたという。場所はさる料亭だ。

「向こうは一人口説くのに二千万らしいよ！」

荒船は川島派、つまり池田陣営だ。だから「向こう」というのは佐藤陣営を指す。同じく川島派の椎名悦三郎は、加熱する戦いを、

「草競馬のわりには掛け金が高いなあ」

と皮肉ったそうだ。さすがは〝賢人〟である。

数々の隠語が生み出されるほど放たれる実弾……しかし乱れ飛んだのは、札束だけではない。二十数種（公選後の分も含めればそれ以上！）と見られる〝紙爆弾〟も飛び交った。二通ほど、代表的な怪文書を概説してみよう。ちなみに筆者の認識では、この中にはまぎれもない真実も含まれている。

……ある候補者には赤坂の芸者との間に男子がいる。その候補者の側近議員にも、新橋の芸妓との間に女子がいる。側近議員が酒席で「あの娘は候補者の庶子と結婚させる」と放言し、候補者に一喝された。

……ある陣営の幹部（新橋の芸者に女子を生ませた「側近議員」と同一人物）が役人らと共に、日本銀行から現金を持ち出した。ハトロン包装で、数箱分あった。おそらく数億円だろう。これが実弾として使われた。

怪文書だけでなく、

……池田三選に反対するヤツはいただきだ。近く上京する。

という脅迫状までバラ撒かれた。「いただく」とはヤクザ用語で「命をいただく」との意味だそうである。

なお、脅迫文と関係あるのか知らないが、公選後、池田三選派・反対派の双方から死者が出た。それも尋常ではない死に方だった。いずれも議員ではないが、内から、外から、戦に関与した人物だ。一人は先の怪文書の中に、実名で登場している。昨今のぬるい総裁選とは、様々な意味で次元の異なる大激戦だったことがわかるだろう。

池田総理、ガンによって退陣

七月三日、池田陣営は決起大会を開いた。支持派を引き締めるためだ。代理や名刺出席を含め二三七名が出席。だが本人出席は、二百人以下にとどまった。しかもその中には〝忍者〟たちもいた。

〈佐藤君はだいぶ迫ってきたな……〉

川島は、膝についていた糸くずをはらった。戦場にいても粋人なのだ。

〈池田君の勝ちは間違いないだろうが、こりゃかなりの僅差になるな〉

川島派に対しては、往年のツテで岸信介らが切り崩しにきている。防いではいるものの、佐藤の追い上げをひしひしと感じた。

七月四日、藤山が石井光次郎を訪問し、続いて佐藤も石井と会談。佐藤・藤山連合の気運が高まる。ただ、個人的には池田と近く佐藤と疎遠な藤山が、連合にあまり乗り気でなかった。そのためまだ調整が必要だった。

同じ日、大磯の吉田茂が角栄を呼ぶ。教え子たちの喧嘩を憂う校長は、使い走りに命じた。

「池田君と佐藤君、どちらが勝ってもしこりが残って上手く協力できなければ、国のため、党のためにマイナスだ。争いの後に協力関係に戻れば、二人はさらに成長する。私も池田君と佐藤君の協力体制が回復するよう力を尽くすけど、二人と特に親しいあなたも協力してほしい」

「ハハッ、全く同感です。これまでも池田さんと佐藤さんの間に立って努力してきましたが、選挙後はさらに全力をあげます」

決戦前、竜虎の激突に頭を抱えた角栄。しかしいざ戦いが始まると、「佐藤」にかこつけて〝隠れ田中派〟を増殖させた。おまけにワンマンとのパイプまで、太くしてしまったのである。

「今に見ろ、あの田中角栄は天下をとるぞ」

かつて吉田の御意見番・町野武馬は断言した。そして笑われた。あれから十年くらい経ち、誰も町野を笑えなくなっていた。同じセリフを発する者まで現れた。それもむべなるかなである。

七月七日、公選三日前。

川島と角栄は、この段階で「終戦」と見た模様だ。小畑記者は両者の最終的な票読みを聞いている。

川島の読みはこうだった。

「池田君の勝ちだが、おそらく十票以内の差……七票から一〇票といったところじゃないかね」

角栄の読みはこうだった。

「佐藤さんは負けるかもしれない。たぶん十票以下の僅差、まあ七票から一〇票の差で、池田さんの勝ちになるだろう。この後の佐藤さんのことは、なにぶんよろしく頼むと川島さんに伝えてくれ」

はかったように、両者の読みが一致――小畑記者は驚いたそうだが、公選当日、再び驚くことになる。

投票日を待たず、選挙の神様たちは「終戦」を悟った。が、〝人類〟(?)たちは、まだそのことに気づかない。

「選挙は最後の五分間」

第四コーナーを回った各陣営は、格言通りラストスパートをかけた。

七月八日、石井光次郎の立ち合いのもと、佐藤と藤山が二、三位連合の盟約を交わした。石橋湛山が石井光次郎と連合し、決選投票で岸信介を逆転した総裁選――あの昭和三十一年の夢よ再びだ。

「ナポレオンにはセントヘレナへ行ってもらう」

出馬表明にてナポレオンをもじった池田。それをあてこすった佐藤は、その日の日記に「勝算漸く歴然たり」と記述。いよいよ勝利を確信した。

——池田は本当に危ないかもしれない。

公選前夜の七月九日、池田陣営は慌て出し、各派が内部締め付けに走る。河野は派内に特殊のボールペンを配り、投票の際はこれで書けと命じた。裏切り者が出ないようにするためだ。川島派と大野派は、記名を見せ合う方法を決めた。忍者部隊の巣窟だった三木派など、「派閥解消」の看板をかなぐり捨て、㋚と見られた議員を軟禁して説得。三木御大にいたっては、態度不明の若手と入浴・就寝を共にしたほどである。

七月十日、合戦の日が来た。

——投票用紙が強奪される可能性がある。

前夜、こういう危険性が指摘され、党職員は用紙を持って旅館に泊まった。まさに戦争だ。

「四十票の差をつけて、俺が勝つ——」

池田はそう豪語した。丸四年、総裁を務め、党内のことは知り尽くしているとの自負があった。何より現職のこの俺が、負けるはずがない。

「反池田票を集合し、俺が勝つ——」

佐藤もそう信じていた。二、三位連合を成功させるため、佐藤陣営から藤山へ「三五票」回した。準備は万端だ。

川島は飄々としていた。勝敗の行方でなく、選挙後の体制について考えていた。

〈池田君は支持派に義理を果たすか、佐藤君をどう扱うか……〉

角栄は、池田と佐藤をどう和解させるかについて考えていた。

〈このまま二人が分かれたままなら、俺も引き裂かれちまう〉

これから開戦する現代の関ヶ原。その戦場にいるというのに、両将軍は冷静だった。あまりに先が見えてしまうと、時に場の雰囲気を味わえない。推理小説を読む前に、犯人を知ってしまったようなものだ。ある意味では、不幸な二人である。

さて、投票結果が出た。

無効票が三票、名乗りを上げていない灘尾弘吉にも一票入った。で、各候補の得票は――。

池田勇人　　二四二

佐藤栄作　　一六〇

藤山愛一郎　　七二

過半数を上回ること四票。佐藤と藤山の票を足すと、池田と一〇票差であった。

「七票から一〇票の差で池田君の勝ち」（川島）

「七票から一〇票の差で池田さんの勝ち」（角栄）

神様たちの予言通りだった。三日前に「結果」を聞いた小畑記者も、あらためて両者の腕に驚いたそうだ。

「四〇票差」と見ていた池田は、「一〇票差」の前に一言だけ発した。

「危なかったな」

敗れた佐藤は皮肉った。

「池田君は五十一点の総裁だ。学校でも六十点以下は落第じゃないかね」

池田を担いだ松村謙三は、辛勝をこう総括した。

「一輪咲いても花は花」

余談だが、無効票の中に、

「富士山（フジヤマ）は日本一（フダ）」

と書かれた票があった。

――藤山派の誰かが、各派からカネをもらってしまい、良心の呵責に苛まれて〝オールドパー〟を選択したのだ。

と、解説されたものである。

「副総裁といってもアクセサリーみたいなものだよ。そう大したことはないよ……でも、あたしも党人だし、頑張りますよ」

三選後の第三次内閣で、池田は「義理」を果たした。

池田を推した川島を、副総裁に起用したのである。

初当選から三十六年、七十四歳。自らも〝遅咲きの花〟は、特等席で花を見物するに至ったのである。

〈でも、池田君はあたしが中心になって咲かせた花ではない。まだまだだ〉

とはいえ、もはや川島は、名実ともに党内五指に入る実力者となった。かつて学んだ両先達、森恪と前田米蔵をも超えた。いや、恩師の後藤新平と比べても、さして遜色ない存在にまでなったのである。

おまけに川島派は約二十人の中小派閥でありながら、二名の閣僚ポストも確保した。

「派閥の適正人数は二十名〜二十五名」

今に伝わる川島の名言だ。実際、交友クラブは大した人数もいないのに、「入閣率ナンバーワン派閥」の座を維持していくのである。

「川島派が取り過ぎだ」

と不満を漏らした河野一郎は、五輪担当の国務相、三木武夫は幹事長に就任。田中角栄は蔵相に留任した。ちなみに角栄は、総裁選直後、吉田茂の言いつけを守り池田・佐藤会談を実現させている。完全に「和解」とはいかなかったようだが……。

〈党人派をまとめ直さないと〉

党のナンバーツーとなった川島は、早速動いた。党人派の結集だ。大野伴睦の死で中断していた党人派四者会談を、川島派、河野派、藤山派、船田中派（旧大野派）の幹部が集まる形へ再編成したのだ。毎月二十八日に例会ということで、「二八会」と命名。早くもポスト池田に備え、手を打ち始めたのである。

〈池田君の四選はない。今期で終わりだ。もうポスト池田の戦いは始まっている〉

そして〝戦い〟は、予想外に早く始まった。

池田が退陣したからだ。

三選から二カ月も経たぬ九月九日、吉田学校の総代は入院。癌だった。

池田は十月十日のオリンピック開会式には出席したものの、十月二十五日、辞意を表明。十一月九日、つまり臨時国会冒頭までに、話し合いで後継を決めることになったのである。

ちなみに川島は、「池田辞任」を発表前夜に小畑記者へ伝えている。ところが、池田と懇意の新聞社社長の配慮により、せっかくの特ダネは紙面に載らなかった。

各社が、ギリギリで情報を察知したことで、逆に産経だけが特オチの形になってしまったという。

川島にすり寄る首相候補たち

さて、後継選考役は、副総裁の川島と、幹事長の三木が務める次第となった。両者が党内を調整し、候補者を一本化。池田がこれを指名する――という段取りだ。

選考対象は三人だった。佐藤栄作、河野一郎、藤山愛一郎だ。

――財界の支持がある、無難な佐藤が先頭。政財界に敵は多いが、人気と実行力では党内随一の河野が続く。場合によっては藤山も……。

政界スズメたちはこう見ていた。

（ゆっくりと、柿の実が落ちるのを待つ……だな）

カミソリ正次郎はポケットに手を突っ込んだ。で、ひと吹き。

――ピュ～。

三木の方は、池田政治を踏襲する人を後継に、と考えていたという。が、この〝バルカン政治家〟には、

〈俺は選考役ではなく、候補者になってもおかしくない〉

との自負もあったらしい。

〈この機に川島さんと近づいておけば、俺が勝負するとき……〉

と、期待していたかもしれないが、小畑記者によれば、川島は三木をこう評していたそうで

ある。

「三木君はダメだ。為替がわからない。これからの首相は、国際経済がわからないとダメだ」

「政策」を重視する寝業師の目には、三木は物足りないタマに映っていたようだ。

で、川島の選考基準は次のようなものだった。

――話し合いでなく公選した場合、誰が選ばれるか。

一説によると、川島は最初から「佐藤」と決めていたという。なるほど公選をやれば、佐藤が有利と見られた。先の総裁選でも一六〇票を獲得し、二位となっている。

〈それに佐藤君は手堅い。特に政策通というわけでもないが、一通りのことはこなせる。河野君は、ある面では凄いが、安定してない。党内に摩擦も起こす〉

だが川島は、すぐに選ぶことはせず、焦らし戦術に出た。

「人事の秘訣は、最初はゆっくり、終わりは脱兎の如しだよ。まあ、見ていたまえ」

二人の調整役は、まず元総裁ら七人の長老たちの意見を聞いた。そのうち四人が佐藤を支持。河野支持が一人いて、藤山支持はいなかった。河野に対しては、批判も出た。

〈こういうのは消去法で決めるもの……「誰が良いか」でなく「誰がダメか」……自然と外堀が埋まっていくものですよ〉

吉田茂は聞き取りの際、誰も推薦しなかったものの、最後に「ああそうだ」と急に思い出したかのように言った。

「前にパーティーで、池田君が佐藤君に『どうせ次は君だから』と言っていたよ」

オトボケ正次郎はこの話を披露することで、暗に自分のハラを明かしたわけだ。

――僕も吉田さんと同じだよ。

が、それに気づいた者は、ごく一部しかいなかった模様である。

十月三十日、川島と三木は、三候補と順番に会った。

陽気な寝業師は、三人それぞれに対し、意味深に述べた。

「仮に誰が指名されても……だよ、わが党がまとまって政治を運営する必要があると思う。だから君にも、そういう気持ちで、挙党一致で協力し合うことをお願いしたいが……どうかな?」

誰も反対できない大義名分だ。なおかつ「君に決まったら、挙党一致で頼む」といわんばかりの物言いだ。

――こりゃ、俺に来そうだ。

三人が三人、そう勘違いしても不思議ではない。いや、むしろ、勘違いするように誘導している。「君を指名する」なんて、一言もいっていないのに。

しかも、「誰が指名されても挙党一致で」との川島提案を受け入れるということは、裏を返せば次のような意味となる。

「誰が指名されても文句はありません。協力します」――。

つまり、三候補は、川島に対し、いつの間にか〝白紙委任状〟を出した形になってしまったのである。

藤山はともかく佐藤、河野といった古強者をも手玉に取る……やはり恐るべき〝魔術師〟だ。

小畑記者によれば、川島派の椎名悦三郎は、魔術師の手腕を以下の如く評したという。

「三人とも川島にいいようにやられている……まさに神業だね」

長老と候補者の意見聴取がひとまず終わると、川島と三木は、意見が熟するのを待った。

どう待ったのか？

三木夫人によれば、何と両者はホテルにこもり、三食フルコースの料理を食べていたというのだ。

朝食を済ませ、昼頃まで新聞を読む。昼また食べて、雑談をする。夜も全品平らげる。その間(かん)たまに外へ出て、記者団と喋ったり、何人かの議員と会ったりする……ざっとこんな調子で日々過ごし、選考の話などしなかったというのである。

〈川島さんは党人派だから、河野を推すに違いない。いずれ「河野」と言い出すだろうから、どう対応しようか〉

三木はそう思っていたが、川島は「河野」とも「佐藤」とも、もちろん「藤山」とも言わない。誰の名前も口にせず、池田の意向を聞こうともしない。ただひたすら、熟柿が落ちるのを待っていたのである。ちなみに七十四の川島は、六十前の三木よりも、多くの皿を召し上がっていたらしい。

〈もう、佐藤で決まってるんだから、余計なことはしないでくれよ……〉

川島らがのんびり調整する一方、角栄は焦っていた。

〈実弾なんか撃って、池田の気が変わったら全てがおじゃんになっちまう〉

この佐藤派幹部は少し前、入院中の総理を見舞っていた。その頃池田は、まだ辞任表明していない。そこでこんなやりとりがあった。

「田中君、後任は誰にするつもりだ」

〈池田さんは辞意を決めたのか……〉

一瞬、ドキッとした角栄は、患者の目を直視して答えた。

「……それは佐藤栄作です」

池田も角栄の目を見て応じた。

「……ウン」

しばらく沈黙が流れた後、総裁が口を開いた。

「ただ、約束してくれ。一つ、運動してはならない。二つ、カネは絶対使ってはならない。三つ、党内での飲み食いも一切禁ずる。……いいな?」

「わかりました。絶対に守りますし、守らせます。……このことは大平君にだけ伝えてください」

翌日角栄は、この件を佐藤に伝達。佐藤も田中―大平ラインに身を委ねた。

〈川島さんたちが誰を推挙しようと、池田を押さえたらこっちのもんだ。指名するのは池田自身なんだから〉

俺と池田の仲、吉田学校の縁、病室に出入りできる数少ない存在である盟友・大平……川島と三木を通り越し、直に本丸を攻めた角栄は、「佐藤指名」を確信していた。

〈あの病床での「約束」は生きている。池田は必ず佐藤を指名する。だからこちらも、池田との約束を守って、妙な動きをしちゃダメなんだ〉

長老たちの大勢が「佐藤」だとわかり、財界からも「佐藤、佐藤」と聞こえてくる。これに対して河野と藤山も巻き返しに出た。

「とりあえず佐藤はダメだ。我々どっちでもいいから助け合っていこうじゃないか」

両者は〝反佐藤〟で手を組み、十一月四日、

「河野、藤山のいずれかが選定されるよう強く要望いたします」

という内容の盟約書を作成。病床の池田、そして調整役の川島に提出した。そのときの副総裁の様子を、藤山は次のように回顧している。

「川島さんは受け取って黙って目を通していたが、『ふふん』とせせら笑うような言葉を発しただけだった」(『政治わが道』)

例によって、藤山に冷たい川島。こんなものを渡されて、何か一言発しようものなら、その言葉が独り歩きしてしまう。だから嘲笑するしかなかったのかもしれないが……。

ともあれ、佐藤支持派と反佐藤派とが、それぞれ一つの塊のようになってきた。すると、いずれにも与しない、総裁候補を持たない派閥が注目され出した。足せば百八十名を数える池田派、川島派、三木派、船田派の中間四派である。

「我々中間四派は川島さん、三木さんの調整を全面的にバックアップする。この四派の動向は無視できない」

「中間四派は無言の圧力を持っている。党内の大勢づくりにキャスティングボートを握っている。話し合い選出とはいえ党内の多数意見を無視できないだろう」

佐藤支持勢力、反佐藤勢力、中間派の三つ巴。これは川島の思うツボだった。

〈ほら、待っていれば、こうして勝手にあたしたちの価値を高めてくれる……あんまり早く佐藤君で固まったら、調整の意味もなくなっちまう。河野君が跳ね上がって脱党する可能性だって無くはない〉

川島はフルコースに加え、〝三国志〟も楽しんだ。料理もウマいが、政局はもっとウマい。ましてや、〝花〟を選ぶとは、最高のメニューではないか。

「俺は絶対に河野だ」

「吉田学校の流れを変えなきゃいかん」

「世間の常識の線（つまり佐藤）は崩されるもんじゃないよ」

……調整工作の間、オトボケ正次郎が語ったとされるセリフだ。聞き手の主観や先入観、意図的な着色も多々混じっていようが、あちこちに球を投げ、反応を見ている様がうかがえる。

池田派もまた、〝三国志〟を歓迎・扇動していた。

「誰かが突出してしまったら、池田がそれを追認した形になっちゃう。三人が拮抗している方がいい」

「三候補が横並びでないと、池田の裁断が無意味になる」

もっとも池田派も、様々な思惑と人間関係が錯綜し、内部が〝三国志〟になっていたようだ。

他方、まな板の上の三匹は、イライラを募らせる。わけても佐藤は、連日に渡って川島への憤懣を日記にぶちまけている。

「川島の態度不明なり」（十一月五日）

「愈々(いよいよ)川島の態度不明」（十一月六日）

「川島の態度色々不明」（十一月七日）

佐藤は高校同期を通じ、池田と密かにやり取りする一方、角栄に例のやりとりを確認している。

「オイ、田中君、調整が始まる前、君が池田と約束した件、間違いないだろうね？」

団十郎のギョロ目はいつも以上に怖かった。射抜くどころか、貫通して後ろの壁に突き刺さりそうな眼光だった。

——ジワァ……。

角栄は一瞬で汗だくとなった。怖い佐藤。が、これほどまでに恐ろしい団十郎は初めてだ。

「……はい、間違うはずがありません」

勇気を振り絞って応じたが、佐藤は納得しない。

「大平君に念を押してくれ」

〈大平を疑うことになる……〉

角栄は躊躇した。が、ギョロ目の圧力には抗し得ず、受話器を取った。

「失礼なことだが……佐藤さんが今、君に変わったことはないか電話で念を押してくれと言われてね」

「アー、変わったことは全くない」

大平は、例の「アーウー」ではあるが、明確に答えた。角栄は佐藤の方を向く。

「変わったところは全くないそうです……あなたが直接、電話口に出ますか」

「いや、結構だ」

団十郎はそう言って、窓際の方へ歩いて行った。

「失礼した。いずれ……」

角栄は受話器を置いたが、恥をかかされた怒りが全身を支配した。

〈佐藤が総理になったところで、大平との仲にヒビが入ったら元も子もない……〉

角栄はその日のうちに大平と会い、釈明した。電光石火の早業だった。

〈佐藤は総理になったら、俺を使いつつ押さえにかかるだろう。大平との横のつながりはますます重要になる〉

総裁の座を争っているのは佐藤だけではない。三候補だけでもない。候補者ではない田中角栄も、「次の次」を射るために、この水面下の総裁選を戦っているのである。


〈川島さん、本心は佐藤なんだな……〉

三木はホテルで川島と過ごすうち、そう思い始めた。

〈いつまでたっても「河野」と言わない。それどころか「河野だけはダメだ」という声が出そろうのを待っているフシさえある〉

タイムリミットがあと二日に迫った十一月七日、川島と三木の立ち合いのもと、佐藤・河野会談と、佐藤・藤山会談が行われる。ここでも江戸前フーシェは選ぶ気配を見せない。

「誰に決まっても、脱党はしないでほしい」

「規律を乱さず協調してほしい」

飄々と、そう話すのみだ。

〈川島の野郎、俺たちをお手玉にして遊んでやがる〉

のらりくらりに佐藤は内心業を煮やしていたが、これは親の心子知らず、であろう。川島の真意は「白紙一任」の確認に加え、「佐藤」になっても他の二人に不満を言わせないためなのだ。とりわけ河野に対しては、党内外の一部から、

――事と次第によっては、自民党を割って出るのでは？

との指摘も出ている。用心するに越したことはない。

いよいよ期限前日の十一月八日。されど調整役たちは、まだゆったりと構えていた。

〈まあ、佐藤君で問題ないだろう〉

陽気な寝業師は、そう感じてはいた。それなのに、まだ言わない。午前中は創価学会の文化祭に顔を出し、午後は知人の結婚式に出席した。

片割れの三木も、等しく沈黙を貫いていた。が、日が沈んだ頃、チキンレースに耐え切れなくなった。ついに名前を出したのだ。

「党内の大勢は『佐藤』だと思いますが……」

「いや、どうかな……河野君の支持勢力も佐藤君とそう変わらないと思うし、河野君は池田内閣の閣僚で、池田路線を継ぐのに相応しいという意見もあるからね。まだ少し時間はあるから、佐藤君か河野君か、もうちょっと様子を見た方がいいね」

「……しかし、もう明日ですから、これから池田総理の所へ行き、候補者を絞ったらどうですか」

「いや、それはまずいな。人事は事前に漏れると必ず失敗する。明日の朝でいいよ」

焦る三木をよそに、川島は飄々としていた。

〈もうちょっとしたら、あたしの手で花を咲かせてごらんにいれますよ……〉

夜九時半になって、川島、三木ら党四役と、三候補との会談がもたれた。だが、ここでも結論は出ず、

——池田総裁と、川島・三木両調整役に任せる。明朝七時、川島と三木が病床の池田を訪ね、最終的な裁断を求める。

という次第になった。

そして、三候補との会談を終えた後。

——ドスン！

オトボケ正次郎の耳に、柿が落ちる音が聞こえた。

〈そろそろいいでしょう〉

川島はようやく、意中の人物の名を出した。

「あたしゃ、佐藤君がいいと思いますよ」

もうほとんど、期限当日の午前零時になりかけていた。あらためて十一月九日朝七時、川島と三木は、副幹事長の大平を伴い池田のもとを訪れた。三人とも一致して、「佐藤栄作」を推薦。

「河野君には気の毒だが……後継には佐藤君が妥当だ」

と、池田は佐藤を指名し、十時からの両院議員総会で、川島が首相書簡を読み上げた。

「首班候補者として、佐藤栄作君を推薦いたします……」

のちに三木は、〝魔術師〟の焦らし戦術を、

「やはり川島さんのやり方がよかった。河野君が党を割らなかったのも、川島さんのやり方が上手かったからだろう」

と述懐している。対して河野は、

「川島にやられたよ……」

と漏らした。この静かな戦いは、振り返れば〝怪物〟が総理になる最後のチャンスであった。

評価が真っ二つに分かれた川島は、総会終了後、総裁選出劇を振り返った。

「段取りは計画的にいったよ……はじめはゆっくり、しまいにはピシャッとやる。〝はじめダラダラ、終わりは急〟が人事の秘訣ですよ」

で、右手をズボンのポケットに突っ込み、口笛を吹いた。

——ピュ〜。

角栄の覚悟

〈池田の退陣表明前、俺が池田と話したとき……全てはあのとき決まっていたんだ！〉

十一月だというのに、角栄は扇子をパタパタさせた。興奮で汗が飛び散っていた。

〈俺と池田の約束、それが崩れぬよう慎重に橋を渡った俺と大平の連係プレー……川島さんや三木には悪いが、本当の調整は俺と大平がやったんだ〉

池田と佐藤をつなぐ男は、池田を押さえておけば「佐藤」に来ると確信していた。川島と三木が、仮に「河野」を推挙していても、池田は必ず「いや、佐藤だ」と言ったであろうと。

〈ただ、やはり川島さんの手練手管は尋常じゃない……俺だって先を読んで色々布石を打ってはいるが……ああいう持久戦の運び方はちょっとできない。誰に決まっても不満の出ないようにじわじわやる……ああいうまとめ方も、あの人ならではだ〉

角栄はヒゲを触った。

何本か、伸び過ぎのような気がする。

〈佐藤政権は、はじめは居抜きだとしても、早々に改造するだろう。そのとき、俺は……〉

幹事長。政党人最高のポストである。

〈保利が落選している今、幹事長に相応しいのは俺しかいない。少なくとも佐藤派には。だいたい、ウチのムラで大蔵と幹事長が両方務まるのは俺しかいない〉

保利茂、橋本登美三郎、愛知揆一、松野頼三……居並ぶ佐藤派幹部のうち、なるほど党務、政策、いずれにも強いのは田中角栄しかいない。

〈大蔵と幹事長は、天下を獲るための「合わせて一本」……つまり、佐藤派で総理に相応しい

のは俺だけだってことだ。まあ、幹事長はまず固いとして……〉

問題は、ライバルだ。世の戦いなるものは、その多くが自分との戦いだ。が、宰相の椅子は違う。一つしかないのだ。「順番に座ればいい」なんて悠長なことを言っていれば、すぐさま割り込まれてしまう。他人を押しのけてでも座らねばならない。

〈要警戒は福田赳夫だ。池田の後は前尾繁三郎、大平と続くだろうが、これは押さえられる。三木も勢力が弱い。岸が背後にいる福田が問題だ。佐藤も岸と一緒に、俺ではなく福田を推すだろう〉

岸・佐藤の長州閥。角栄は彼らを「敵」と見た。佐藤派の大幹部でありながら。

〈長州閥、官僚閥との戦いだ。佐藤は当面、俺を利用するだろう。その間に、もっともっと力をつけていかねば……〉

この戦いは長期戦になる。そうも見た。

〈佐藤は俺と福田を二本立てで使うだろう。福田も力をつけていくだろうが、それはいい。ヤツではなく後ろの岸と佐藤が問題なのだ。長州閥を倒すのは、短期では無理だ。一日でも佐藤内閣を続けさせ、庇（ひさし）を借りて母屋を乗っ取るのだ。それに福田は俺より十三歳も上だから、時間が経てば経つほど総理の座は遠のいていく〉

ただ、一人で彼らに勝てるはずがない。

〈横は大平がいるが、問題は縦だ。下はいるが上が淋しい。福田における岸のような後見人

……それが俺にも欲しい〉

角栄の後ろ盾が務まるほどの政治力の持ち主。そんな政治家、一人しかいない。

〈あの人が俺をバックアップしてくれたら心強いんだが……〉

あの人――むろん、川島正次郎である。

〈川島さんを完全に味方にできるかが、俺の将来にとって一つのカギになろう。あの手腕に加え、福田とよくない。岸とも微妙だろう。しかも今度の総裁選出で、佐藤も川島さんには遠慮せざるを得なくなった〉

角栄の「敵」たちと、少し距離のある川島。この副総裁の動向が、天下獲りのポイントとなる。

〈ただ、個人的には親しいが、一筋縄でいく人じゃないからな……俺の後ろに立ってはくれても、しっかり座ってくれるかどうか……〉

大野伴睦を泣かせたあの豹変、今度の総裁選びでの熟柿戦法……変幻自在な遊泳術は、角栄すら読めない部分もある。それだけに、不安も感じる。

〈まあとにかく、人生は五十歳までに勝負が決まる。で、今俺は、四十六歳……〉

五十までに云々――四十過ぎからしばしば口にした、この男の人生訓だ。

〈残る四年で、どれだけ力を伸ばせるか、後ろ盾を得られるか……俺の人生を決める四年間が来る〉

――ピシャッ！

角栄は、扇子を力強く閉じた。

第七章　影の総理——冴える凄腕正次郎

佐藤栄作の〝一強〟体制

「この内閣は短命だろう」

佐藤政権が船出した頃、こう見る向きが多かった。

というのも——。

新総理はほぼ全て、前政権の布陣を引き継いだ。官房長官のみ、鈴木善幸から橋本登美三郎に代えた。ゆえに池田の影を引きずって、佐藤カラーを打ち出せない。また、佐藤個人の人気も低いうえ、公選の洗礼も受けていない。そのため「不安定な政権」と見られたのだ。

佐藤自身にしてからが、

「はたして二年持つかな……よくて三年ぐらいかな」

と、漏らしていたほどである。

ところが、昭和四十年二月――。

〝遠山の金さん〟が、世間様に抗うように、こんなタンカを切った。

「佐藤内閣は八年持つ……！」

遠山の金さん――田中角栄のことだ。当時、一部でそう呼ばれていたのだ。

――佐藤政権をできるだけ長く続けさせる。その間に力を蓄える。

内閣発足から約三カ月。早くもこの戦略を、実行に移し始めたのである。

〈こんなこと言えば反発も起きるだろう。だけど佐藤は、俺の戦略、いや魂胆を知りつつ、その気になっていくだろう〉

古今東西、権力者は居座りたがるのが常だ。実績を残した吉田茂や池田勇人でさえそうだった。

〈佐藤は、一日でも長く首相の椅子に座っていたいに決まっている。だから、長期政権を狙うため、「長期政権論者」の俺を使う。で、俺は、その間に勢力を拡大していく……気づいたときはもう遅い、というわけだ〉

勢力を拡大するための最適のポスト、それは幹事長だ。

〈佐藤が自前の体制をつくるとき……ここが第一ラウンドだ〉

四月末、自民党内にこんな放送が流れる。近く行われると見られた佐藤新体制の「組閣案」だ。

——川島副総裁は留任だが、三役は総入れ替え。幹事長は佐藤派から。つまり田中角栄。内閣は蔵相に福田赳夫。外相は三木武夫が有力だが、椎名悦三郎の留任の線も残っている。川島派は少人数なのに二閣僚取っているので、これは減ることになるだろう。

このいわゆる「田中メモ」は、角栄が佐藤と相談したうえで上げたアドバルーンだった。

「田中君、今度、君には党の方を頼みたい。川島は野に放つと面倒だから据え置くが、三役は一新だ。内閣の方は、河野に振り回されちゃかなわんから、福田君を柱にする。重要閣僚には留任もあるが、基本は入れ替え。派の均衡も保つ。……この線で、ひとつ君の方で反応を見てみてくれ」

「……はい。私のことについてはありがたくお受けします……。少し踏み込んだ形で、党内の空気も確かめてみます……」

古来しばしばいわれるように、私欲で結ばれた同盟は強い。なぜなら人間は、殊に政治家は忘恩だからだ。恩を与えた者よりも、利害の一致を見た者や、自分を利用しようとしている者の方が信用できるのだ。

〈田中、お前は出来る男だ。だけど総理はやめとけ〉

〈いつまでも、俺を押さえられると思ったら大間違いだ〉

……肚の底ではそうつぶやき合っている、佐藤派の山頂と九合目。

されど、「佐藤長期政権」という最も重要な一点において、両者の利害はぴたりと一致していたのである。

〈田中君、佐藤君の意を受けてのことだろうが……それにしても、ちょっと調子に乗り過ぎじゃないかい？〉

この佐藤と角栄の仕掛けに対しては、翌五月、早速牽制球が投げつけられた。

投手はほかならぬ、カミソリ正次郎だ。

「本人が望めばの話だが、幹事長は三木君の留任が一番良い。七月に参院選もあるから、選挙態勢の継続という意味もある」

川島発言を耳にした角栄は、少し焦った。

〈俺の幹事長がダメということなのか、筋論としての三木留任なのか……しかし「川島派は閣僚ポストを取り過ぎ」だの「椎名外相は変わる可能性がある」だの、ちょっと言い過ぎたか……折を見て釈明せねば、俺の将来にかかわる……〉

後ろ盾候補を怒らせてはまずい、と気を揉む角栄。が、川島は、「田中幹事長」それ自体に反対しているわけではない。その真意は次のようなものだった。

〈田中君がいずれ幹事長に就くことに異存はない。でも、まだ政権出帆から一年も経ってない。ここは佐藤内閣の生みの親の一人である三木君の留任が筋じゃないか。それに佐藤君は官僚なんだから、党の方は党人派の派閥に任せるのがバランスってものだろう。椎名君を代えるとか、ウチのポストを減らすとかっていうのも、まずあたしに一言あって然るべきでないかい？〉

実際、三木と共に佐藤政権の産婆役を担った副総裁は、

〈佐藤君は、このぐらいは自分の進言を聞くだろう〉

と考えていた。

〈あたしゃ党人なのに、同じ党人派の河野君でなく、官僚派の佐藤君を推したんだから〉

と自負していたからだ。

しかし佐藤は、川島の「要望」を蹴った。

昭和四十年六月の内閣改造において、三木を通産相に回し、幹事長には予定通り角栄を起用。さらには川島派の入閣も、二名から一名へと減らされたのである。

「わが派からは椎名君の外相留任に加え、新人を一人お願いしたい」

「いや、私は総理総裁として、大所高所から人事を考えています……申し訳ありませんが、今回は椎名外相一人ということでご納得いただきたい」

とはいえ、そこは〝政界のやり手ババア〟と〝人事の佐藤〟だ。川島本人は副総裁に留任し、川島派の幹部・赤城宗徳も政調会長に就任。党四役のうち、実に二つを川島派が占めるという形で、総裁と副総裁とは折り合いをつけた。

「いや……今回ほど苦労した人事はありません」

佐藤政権の「初人事」の後、こう述懐した川島。その言葉通り、佐藤の思わぬ増長には手を焼いた。

〈佐藤君はあたしを外すタイミングを狙ってるな……〉

現に佐藤は、今度の新体制から一人の実力者を外した。

党人派の一方の雄・河野一郎だ。

河野は自派の入閣者をめぐって佐藤と対立。

「じゃあ、俺は内閣に残らない……」

と凄んだものの、団十郎は「待ってました」とばかりに決めゼリフを放った。

「そうか、それは残念だな」

で、あっさり〝敵役〟を切ったのである。

その河野一郎は、改造から一カ月後に急死してしまう。高い国民的人気を誇り、「一度は総理をさせてみたい男」といわれた〝梟雄（残忍で強い人）〟（死去の日の『佐藤栄作日記』より）。突貫工事で都内の水不足を解消させた等、無双の実行力の持ち主も、ついに天下は奪えぬまま逝った。息子の洋平もまた、自民党総裁にはなったが総理にはなれず引退。そして今、孫の河野太郎が「三代目の正直」を狙っている模様だ。

ちなみに河野の死因は動脈の破裂だが、その腹に大きなコブができていたことを、〝早耳の栄作〟はマッサージ師から聞いて知っていたという。

「こんなことで死んでたまるか」――かの有名な最期の言葉は、実際には言っていないそうだ。

河野急逝のひと月後、今度は池田勇人が亡くなった。昨夏の総裁選では血で血を洗う抗争を演じたが、池田と佐藤は高校受験の日からの関係だ。池田の後継指名を機に、両者の仲は復活。死去の際、佐藤は閣議を中座して、旧友のもとへ駆けつけたものである。

〈大野君も昨年亡くなったし、今度は河野君と池田君が相次いで死去……これで佐藤君を脅かす者はいなくなったな〉

河野と池田の逝去を受け、川島はそう見た。

犬猿の仲で、かつ佐藤と並ぶ実力者であった大野伴睦と河野一郎。ヨリを戻したとはいえ、舅的存在ともいえた池田勇人。彼らの死は、なるほど佐藤のライバルたちが消え去ったことを意味した。

〈池田君の後を継いだ前尾君、それに三木君や藤山君たちは、佐藤君とは格が違う。田中君と福田君は次の世代だ。となると、今や佐藤君が遠慮する存在は、岸信介と……まあ、あたしくらいか（笑）〉

総裁の目の上のタンコブは、苦笑いした。

事実、強敵だった河野の死は、佐藤〝一強〟体制が、名実ともに確立していく狼煙であった。総裁候補とされる前尾、三木、藤山の三者には、河野ほどの力量はない。彼らが総裁選に出たところで、佐藤が負ける心配はない。

――つまり「強くはない総裁候補たち」だ。

また、親分亡き後の旧大野派と旧河野派は、のちにいずれも分裂。その裏には、分断を目論む佐藤の工作も存在した。両派は個々の勢力としては少数となり、佐藤幕府はますます安泰となったのだ。

――つまり「強くはない他派閥」だ。

しかも佐藤は、政権内では角栄と福田を張り合わせ、その上に乗っかった。さらに派内では、角栄と保利茂を張り合わせた。福田を「後継者」と見立ててはいたが、突出しないよう角栄をぶつける。その角栄には福田寄りの保利をぶつける。三者の力は均衡するが、三者と佐藤との差は縮まらない。理想的な君臣の関係だ。

――つまり「強い後継者をつくらぬよう分割統治」だ。

おまけに野党も、外から佐藤を「助けて」いた。当時の野党第一党・社会党の委員長は〝寝業のササコー〟こと佐々木更三。ズーズー弁で大衆的だが、国民的な人気は無い。政権担当の意志も無い。一方で、社会党には人気も多少（？）の意志もある江田三郎がいた。佐藤と角栄は、「江田が委員長になったら怖い」と口をそろえていたものだ。が、内紛と嫉妬により、〝江田ビジョン〟の提唱者が委員長になることはついに無かった。

――つまり「弱い野党」だ。

強くはない総裁候補たち、強くはない他派閥、強い後継者をつくらぬよう分割統治、弱い野党……こうしてみると、佐藤〝一強〟体制は、どこかで見たような景色ではないか。そう、安倍〝一強〟といわれる現在と、重なる部分が多いのである。

国民的な人気は高いが党内基盤が弱かったり、あるいは「優柔不断」と言われたりする総裁候補たち、麻生太郎と菅義偉の組み合わせ、後継者は育てない、弱い野党……安倍は佐藤をお手本に、長期政権を実現させたかのようだ。ただし佐藤は、長いばかりでなく、領土を取り戻すという素晴らしい実績を残している。

ともあれ、発足後一年を待たずに盤石となった佐藤幕府。

その枠の外というか、斜め上あたりに位置するのが副総裁の川島だ。今の政界でいえば、二階俊博が近い存在といえようか。

岸信介も枠外にいるが、こちらは兄なのでやむを得ない。殿様が煙たいのは、何といってもやり手の大老・川島である。

〈佐藤君は、どういうやり方であたしを外しにくるか……まあ、議長に棚上げってとこか。世間体はいいし、あたしの力もそこそこ利用できる……〉

川島はここでニヤリとした。

〈でも、まだ棚上げされるのは御免ですぜ〉

佐藤との暗闘が、楽しみでしょうがない、という顔だった。

“いざなぎ景気”を後押しした角栄の決断力

さて、念願の幹事長となった角栄。

扇子をあおぎながら、何やら勝ち誇ったような顔をしている。

憧れのポストに就いた満足感……だけではないようだ。

〈大蔵大臣として、有終の美を飾れたことは大きかったな……俺の幹事長就任に、いちゃもんを付けにくい雰囲気にもなった〉

有終の美――蔵相としての最後の仕事となった、山一證券問題である。幹事長時代へ進むのは、いかにも角栄らしいこの話を記してからにしよう。

昭和四十年五月下旬、山一證券の経営不振が表面化。続いて他の証券会社の経営行き詰まりも報じられ、兜町にはにわかに不穏な空気が漂った。

〈こりゃ大変だ、山一には解約を求めて客が行列をつくるだろう……すぐ動かなきゃとんでもないことになる〉

角栄は、報道が出た日の昼に談話を発表。投資家に「不安を与えることはない」と呼び掛けると共に、「必要があれば、日本銀行も配慮する」と言及した。早くも最悪の事態を想定し、日銀特融を示唆したのだ。

〈証券は経済の柱の一つだ。折れたら家全体が傾いちまう〉

はたして、山一證券には普段の六、七倍もの客が殺到。

――次はあそこの証券会社が危ない。あっちも潰れるかもしれない。

という噂が飛び交うようになり、「証券恐慌」を危惧する声も出始めた。

〈いよいよ、日銀が動くしかない〉

蔵相は、日銀総裁・宇佐美洵（うさみまこと）――池田対佐藤の総裁選にもその名はちらつく――とも話し、腹を決めた。

だが、日銀特融に対しては、反対意見も強かった。「自由主義経済なのに、国が私企業を救済するのはどうか」というわけだ。また、融資は市中銀行を通じてなされる。けれど、山一のメインバンクは融資に及び腰だった。

最終的な決断は、政府・金融界による極秘会議の場で下された。密議の出席者は大蔵省、日銀、メインバンクの首脳たち。議論がなかなか煮詰まらない中、三菱銀行頭取・田実渉（たじつわたる）が導火線に火を付けた。田実は池田大作（いけだだいさく）に近いことで知られ、「池田先生でしたら、無担保で三百億までお貸し致します」と言明したことさえある。一新興宗教にそれだけ気前がいいなら日銀特融にも前向き……ではなかった。頭取は大臣らにこう言った。

「どうですか……少しの間、証券取引所を閉めて、様子を見ながらゆっくり方策を考えたらいかがですか」

すると、角栄は、鬼神と化し、

「それでもお前は都市銀行の頭取か！　もしこれが銀行のことだったらどうするんだ！」

と田実を一喝。

――大臣とはいえ年少の角栄が、年長の銀行家をお前呼ばわりして怒鳴った……！

場の空気は一変し、経営危機報道から一週間、山一證券への日銀特融は決まった。昭和六年の金融恐慌以来、三十四年ぶりの措置だった。

直後の記者会見で、角栄は、

「これは無担保無制限融資だ」

と強調した。

〈これは一企業でなく証券界、ひいては日本経済を助けるための融資なのだ。制限を設けて、不安を抱かせたら意味がなくなる〉

結局、山一證券は二百八十二億の融資を受け、四年で完済。わが国の経済の方も、「証券恐慌」どころか空前の好況・〝いざなぎ景気〟が始まることになったのである。

ともあれ、テレビや医療費に続く、この角栄の決断力。そして速さ。なおかつ、私企業の危機を国全体の問題と捉える大局観。制限を設定しない思い切りの良さ。さらには、ナントカ主義に捉われず、現実を重視する姿勢。

鬼神と化した角栄を目の当たりにした大蔵省財務調査官・加治木俊道（前出の、角栄に「まきこ」の油絵を贈呈した官僚）は、次の如く振り返ったものである。

「専門家でもないのに、とっさにああいう判断ができる田中さんという人を見直しました」

翻って、今の政治家たちのコロナ禍への対応はどうか。「スピード感」はお題目にすぎぬうえ、「粗利補償をしないともたないような会社は潰す」「ゾンビ企業は退場」などと無責任な

「自己責任論」を振りかざす、無用の長物たちまでいる。

角栄は常に凄かった、などという気は毛頭ない。首相時代は狂乱物価を招いたし、石油危機への対応も誤った。だが、蔵相や幹事長の頃の角栄が、令和の御代にタイムマシンで乗り付けてきたら、おそらく鬼神と化してこう怒鳴るだろう。

「それでもお前たちは政治家か！　今ここに、苦しんでる国民がたくさんいるんだ！　それを救えないで何が政治家か！　秘書官や役所のせいにするな！　……今すぐ思い切った財政出動をしろ。何が自己責任だ。無理やり休ませたのはお前たちだろうが。給付金もケチるな。消費税も下げろ。今さえ乗り越えれば必ず日本は復活する。そのために今すぐ手を打つんだ。責任は俺がとる！」


……ということで、幹事長時代の話を始めよう。

国会運営、党内の調整、人事の決定、資金の調達……多岐に渡る幹事長の役目だが、わけても重要なのが選挙の采配である。

〝神様〟だけあって、新幹事長が一番燃える仕事も選挙だ。

〈すぐ、最初の勝負が始まる〉

最初の勝負——翌月に迫った、昭和四十年七月の参議院選挙である。佐藤内閣成立後、初の国政選だ。

〈逆風下だが、何としても踏ん張らねば……〉

逆風――それは都議会の不祥事が招いたものだ。春以降、贈収賄等で十七名もの自民党都議が起訴される事態が発生。しかも都議たちは、反省も自浄能力もゼロだった。全都議辞職による出直し選挙が画策され、副総裁の川島まで説得にあたったが、効果なし。

「君、もう政治的な問題になってるんだよ。ここは潔く、いったん辞職したまえ」

「ヤダッ！　俺は悪いことはしてない。絶対辞めない！」

駄々っ子たちには常識も、政治の筋も理解不能だ。やむなく国会が成立させた特例法により、都議会が解散される次第となった。

そして都議会解散から一カ月後、参院選の日が来た。自民は改選議席を微減させ、東京では擁立した二名がいずれも落選。佐藤と角栄にとって、敗北とまではいえないが、不満の残る結果に終わった。近年と等しく、都議たちの愚行が、自民党全体に悪影響をもたらしたのである。

「都連がやっているのは草野球。我々はプロ野球をやっているんだ」

令和二年、都知事選での小池百合子(こいけゆりこ)支援をめぐる、幹事長・二階俊博の発言だ。幹事長としての初陣に、水をさされた昭和四十年の角栄も、同じセリフを吐きたかったであろう。

ついでに指摘しておくと、都議会自民党の小池批判はポーズの面も多分にある。

――平成二十九年の都議選で、都議会自民党は小池人気の前に惨敗した。だから小池に対しては、恨み骨髄に徹している。令和三年の都議選で、また小池にやられることも警戒している。

こんな見方がなされているが、話はそう単純ではない。というのも、都議会自民党の本質は、近親憎悪であるからだ。

仲良さげに見える連中が、裏へ回れば互いの評判を貶め合う。むしろそちらが本業で、たまの議会は副業だ。元同僚の区議が都議になるのを邪魔するため、当該選挙区の定数減らしに暗躍する食わせ者までいるのだ（結局失敗したが）。

だから都議会自民党が、小池旋風の前に激減したときも、運よく当選できた都議の中には

——小池のおかげでアイツが落ちた。ざまあ見やがれ。

と、内心万歳三唱した者もいただろう。自分さえ当選できればいい。「仲間」の不幸・悪評は蜜の味。今回も表面上、アンチ小池のフリをしていても、肚の底では

——小池よ、次の都議選でもまたアイツを落としてくれ。この前は当選しちゃった別のアイツも落としてくれ。

などと念じている無風区の都議もいるに違いない。

川島は角栄を〝花になれる蕾〟と見た

話を戻す。

最初の勝負・参院選では白星をあげられず、グレーの△にとどまった新幹事長。

二回戦は国会だ。いわゆる「日韓国会」である。

日本と韓国との国交正常化交渉は、昭和二十六年以来、断続的に続けられてきた。佐藤内閣もこの懸案に着手し、昭和四十年二月に仮調印、六月には正式調印へとこぎつけた。十月の臨時国会は、この日韓条約批准が焦点となった。

〈社会党は参議院選挙で伸ばした。だから強気で来るだろう〉

角栄は警戒した。現に社会党は、「南北分断を固定化させる」等の理由で日韓条約に猛反対。「安保闘争並みの運動を展開する」などと豪語する幹部もいた。

〈自民党内にも「佐藤は日韓でつまずく」なんて見る奴らがいるから、失敗は許されない……川島さんに相談しよう〉

川島は執行部の一員たる副総裁だ。日韓条約にも責任があるし、佐藤政権がぐらつくことも望まぬ立場だ。

〈それに、ちょくちょく相談しておけば、じわじわ距離は縮まっていく……〉

後ろ盾候補の川島とは、確かに親しい。だが、角栄と川島は、あくまで次のような関係だ。

——川島は、佐藤官僚政権を支える党人派の代表。角栄は、佐藤の番頭。近しくはあっても、所属は違うし、利害が重なるとも限らない。薄くはあるものの、両者の間には壁がある。

その壁がなくなったとき——川島は角栄の、後ろ盾となる。

個人的野心も秘めながら、幹事長は副総裁に切り出した。

「日韓は硬軟両面で行きたいと思いますが……どうですかね？」

「それで問題ないと思うよ。せっかくウチの椎名外相が、懸案を調印にまで持ち込んだんだ。絶対に批准させなきゃ国の信用にもかかわるし、ここは綺麗事じゃなく、批准のためにはどうすればよいかを第一に考えるべきだ。ほら、安保のときと同じだよ、君も副幹事長だったろ（笑）」

元幹事長は現幹事長に笑いかけ、続けた。

「場合によっちゃねぇ……ま、佐藤君がどう考えるかわからんけど、〝勝負〟することも視野に入れとくべきだと思うよ。この前は今一つだったが、あれは都議会のとばっちりだ。もうほとぼりは冷めてる」

「わかりました（笑）。〝勝負〟も視野に、多少は強引にやりますわ！」

〝勝負〟とはむろん、衆院解散だ。右ポケットに強行採決、左ポケットに解散で、角栄は出陣した。

案の定、日韓国会は荒れる。社会党は牛歩戦術や演壇占拠に加え、議長や関係閣僚らに不信任案を連発。安保騒動ほどではないが、議事堂の外にはデモ隊が溢れた。佐藤の秘蔵っ子・竹下登も「本気の殴り合いみたいなもの」と振り返る、〝ガチンコ〟国会だった。

〈徹夜国会の連続……いつまでもぐずついてちゃしょうがない〉

角栄は右のポケットをまさぐった。例のブツの出番だ。昭和四十年十一月に衆議院、十二月には参議院で、日韓条約批准は強行採決。衆院では、わずか一、二分の早業だった。

〈手荒といえば手荒だが、決まらないよりはいいだろう〉

二回戦は、楕円形だが○を刻んだ角栄。けれど、混乱の責任をとり、衆議院の正副議長・船田中と田中伊三次（たなかいさじ）は辞任せざるを得なくなった。

ここで身構えたのが川島だ。

〈佐藤君は、あたしに議長を持ってくるだろう〉

読み通りだった。殿様は大老に、立法府の長になるよう持ち掛けてきたのである。

「いやぁ、ちょっと荒っぽいことをした後だし、今後の国会も相当厳しいことになりそうですからね……船田君の後は、ぜひあなたになってもらって、今度は国会の方から助けてもらいたいんですよ。私は総裁として、ぜひ、議長をお願いしたい」

「いや……あたしは党人ですから、やはり党の方で協力致したいですな。国会の方は自信がありません」

「いや、あなたが自信ないなんてご冗談を（笑）。船田君も、後任にはやり手のあなたが座ることを希望してるんですよ。私も総裁として同じ思いだ。ぜひ頼みます」

「お気持ちはありがたく頂戴しますが、あたしゃ、三権の長になるようなガラじゃないスよ……山口喜久一郎（やまぐちきくいちろう）君なんかどうです？　経歴は申し分ないし、実力もありますよ。あたしは党の方をしっかりやりたいと思います」

結局、川島は副総裁のままで、山口が議長となった。棚上げはかわした。が、心の準備をしていたとはいえ、実際に「棚上げ」を画策されるとカチンとくる。

「議長は遠慮するよ。僕はまだそこまで偉くない。……しかし近頃、佐藤君は、二言目には『私は総裁として』って言うねえ。やっぱり地位が人をつくるというか、それだけ責任感を持ってるっていうことなんだろうねえ」

飄々とした男には珍しく、こう皮肉っぽく語ったものである。

だが、そこは〝陽気な寝業師〟であり〝江戸前フーシェ〟だ。すぐに頭を切り替えた。次の展開へ、だ。

――副総裁という、この座り心地のいい座布団に座って花を見続けるにはどうしたらよいか。今回のように座布団がずれたら、どう座り直したらよいか。

〈重要なのは田中君……だろうな〉

佐藤派のナンバーツー。なおかつ党のナンバースリー。その角栄は、間違いなく川島に好意を持っている。敬意も表している。

〈あたしと田中君がガッチリ組めば、佐藤君への牽制になるだろう。あたしのカードが増えることにもなる〉

が、角栄は佐藤派の一員だ。国会答弁にて「私の片腕」と言い切るなど、佐藤も角栄を信頼している様子である。

〈田中君も野心があるから、いずれ佐藤君とぶつかるだろうが……しばらくは片腕路線で行く

んだろう〉

先読みの達人も、運命の糸が結ばれることをまだ知らない。

「なにィ……」

昭和四十一年初夏、角栄は噂を聞いて思わずうめいた。

その噂とは、以下の如きもの。

――佐藤は来たる内閣改造で、田中を官房長官に据えるつもりだ。

少し解説が必要だろう。

現在、官房長官は、閣内ナンバーツーとも言い得る超重要閣僚だ。「総理への登竜門」ともいわれ、事実、安倍晋三などは官房長官のみの大臣歴で首相となっている。

けれども、当時は違った。総理の腹心が就く、重要ポストではある。だが今のような格はない。閣僚ですらない（この直後から「国務大臣」となった）。従って、幹事長から官房長官へと転じるのは、「左遷」と見て間違いないことだったのだ。

〈俺を監視しようっていうのか……〉

しかも官房長官になると、日夜、総理と顔を合わせる。記者会見もある。つまり幹事長に比べ、動きが制限されかねないのだ。「次」へ向けての多数派工作に、支障が出ることもあり得る。

〈こりゃ、逃げるしかないな……〉

とはいえ、総裁と幹事長の関係だ。佐藤と角栄はしばしば席を共にする。だからサシにならないように努め、運悪くそうなったら

「その件はそういうことで……。では、私は次がありますので！」

と、要件が終わるや否や立ち去った。

〈しかし……。俺に、そう落ち度は無いはずだが……〉

「長期政権」の一点で、思惑が一致していた佐藤と角栄。それなのに、はやくも〝利害同盟〟の解消へ動くとは。

〈さては、岸だな……「福田内閣」のためか〉

角栄のにらんだ通り、「田中官房長官」の端緒は岸信介の〝説教〟だった。

「佐藤内閣は日韓など懸案を片付けてるのに、世論の方は芳しくない。こりゃ、側近の田中君や橋本登美三郎君の責任だ。特に田中は色々噂もあるし、党を任せるのは危ないんじゃないか」

岸は佐藤にこう吹き込んだ。その心はつぎのようなものだった。

〈田中が幹事長を続け、あまり力を付けすぎるとまずい。福田君にとって厄介な存在になる〉

佐藤もこれに同調した。

〈確かに田中は野心家過ぎて危険だ。分をわきまえてない男だ。ただ、あれほど使えるヤツも

いないから、身近には置いておきたい。いっそ官房長官に……〉

改造前、佐藤は腹案を川島に話した。副総裁が了解すれば、この話は一気に進む。

「いや、実は……今回は田中君を官房長官にしたいんですよ。彼のバイタリティと若さを、内閣の方で発揮してもらおうと思ってね……。で、後任の幹事長は、あなたにお願いしたいんですよ。今副総裁なんで、恐縮ですが」

「田中君を官房長官？　そりゃ、本気ですか？　……いや、田中君が自ら望んでるならともかく、私は反対ですな。田中君に問題があるとは思えないし、むしろ懸案を処理してったのは彼の手腕ですよ。それをいきなり官房長官に持ってったら、あまり世間体もよくないんじゃありませんか？」

「……では、あなたは反対ですか？」

「ええ、それに総理にとっても、特に落ち度のない田中君を格下げしたら、色々勘繰られてつまらんことになるんじゃありませんか？」

「……」

「総理もおっしゃってたでしょう、『田中君は片腕』って。片腕なら、あさっての方向へ持ってくんじゃなくて、そのまま腕としてうんと使えばよろしいんじゃないですか」

「……わかりました。ご忠告通り、この話は白紙にしましょう。官房長官については、また改めて考えます」

佐藤は観念したように、〝サプライズ人事〟の撤回を宣言した。

〈川島の言う通り、落ち度もないのに強引に変えたら、無用の火種を生む可能性がある……田中は危険だが、何か問題が起こるまではこのまま幹事長で使おう〉

さすがの川島も、「田中官房長官」には驚いたらしい。佐藤と会談した直後、帰りの車中で小畑記者とこんなやりとりをしている。

「田中君は佐藤君とあまりうまくいってないのかね？　今、佐藤君は、『田中を官房長官にするから、アンタは幹事長をやってくれ』っていうんだ」

「エッ！　まさか……」

「いや本当だとも。もちろん僕は反対したし、その通りにはならんけどね。……でも、佐藤君のところも色々あるんだね。僕は、田中君と佐藤君はピッタリいってるとばかり思っていたよ……田中君も、佐藤政権のためによくやってるのに気の毒だね」

佐藤と角栄が、そのうち衝突するとは思っていた。が、内閣発足から一年半と少しで、角栄更迭を謀るとは。

〈田中君は佐藤君と上手くいってない……思ったより事態は早く進んでるな〉

党内事情は一通り把握している……そう思っていた。が、佐藤派の大将と副将とが、早くもギクシャクし始めているとは気づかなかった。そうなるのは先のことだと見ていた。

〈岸と自分もずっと一枚岩というわけではなかったし、結局、福田君が絡んで分かれることに

なった……。ただ岸は、自分を外すような真似はしなかった。佐藤君と田中君は相当深刻だな〉

とまれ総裁と幹事長の冷戦は、副総裁にとっては好ましい展開だ。二対一が、一対一対一になる。場合によっては一対二になる。佐藤と角栄との距離が広がれば、逆に川島と角栄との距離は縮まる。

〈田中君もだいぶ焦ってるだろうな……。で、どう出てくるか〉

川島は角栄を気に入ってはいる。〝花になれる蕾(つぼみ)〟と見てもいる。だけれども、サシで込み入った話をするほどの関係ではない。また、他派閥の政治家に、積極的に肩入れする趣味もない。だからまず、角栄の出方を待った。

〈なんにせよ、面白くなってきた……久々に、『原敬日記』でも読み返すか〉

なぜか口笛を吹く気にならず、時折ひもとく〝虎の巻〟を想起した。

角栄を、原敬のような立派な花にしようと思ったから……かどうかはわからない。

天啓にうたれた

昭和四十一年七月下旬、佐藤は内閣改造の準備に入った。まずは党役員人事だ。

真っ先に決まったのが、幹事長ポスト。

角栄の留任だ。

〈やむを得ない。田中にはフル回転してもらう〉

で、佐藤は角栄を、早速使った。

「田中君、総務会長の前尾君は、今度、入閣してもらいたいと思ってる。ちょっと話してきてほしい」

角栄は前尾を口説いた。池田勇人の後釜は、はじめ入閣を固辞したが、最後は折れた。となると、三役ポストが空く。政調会長・赤城宗徳も交代する方向だったから、二つ空席ができる。

〈ここは、大平を三役に入れたい。政調会長だな〉

盟友を三役に入れようと、意気込む幹事長。田中—大平ラインで三分の二を占めれば、俄然、党内における角栄の力は増してくる。

「佐藤派と池田派の系統は、元をただせば同根だ。政調会長には前尾派の大平がいい」

が、角栄がこう漏らすや否や、

——田中は大平と組んで執行部を牛耳ろうとしている。

——田中の留任はともかく、「大平政調会長」はダメだ。

と、反対意見が噴出した。主な出所は、角栄と対峙する福田派と、佐藤派内の保利茂系だ。さらには前尾派からも反発が起きた。同派は微妙な軋み(きし)が存在した。前尾繁三郎系と、大平正芳系の対立だ。「大平政調会長」に対しても、前者が難色を示したのだ。

〈前尾派は三役に入れたいが、田中と大平を組ませちゃロクなことにならない〉

と、佐藤も大平を退けた。振り向けば、角栄の後ろには誰もいなかったのだ。

しかも佐藤は、「大平政調会長」に反対する一方で、角栄をけしかける。

「おい田中君、大平君以外で、前尾派から誰か入れられんのか？」

「……はい。何とか……」

角栄は前尾に直談判する。だが〝暗闇の牛〟は煮え切らない。

「前尾さん、どなたかぜひ、三役に推薦していただきたいんですが……」

「……いや、ウチも色んな意見があってね……私から誰か、というのはちょっとね……君には悪いが……」

角栄は焦った。「大平政調会長」でフライングをやらかした後だ。

〈ここで前尾派から誰か入れなきゃ、俺の顔は潰れる〉

とはいえ、会長の前尾が×印を出している。どうすればいいのか。

〈……〉

改造の日は目の前だ。党人事はそれより前の予定ゆえ、残された時間はわずか一日、二日しかない。

〈…………〉

角栄は扇子を取り出した。汗だくなのに忘れていたのだ。

〈これを忘れるなんて……（笑）。落ち着け、落ち着け〉

――パタパタパタ……。

いつものスタイルで風を浴びる。

すると。

――そうだ！

天啓にうたれた。

〈川島さんに頼もう。川島さんから前尾さんを口説いてもらおう。俺と川島さんの二人から言われれば、前尾さんも三役を出さざるを得ないだろう。それに……〉

扇子をあおぐ速度が増した。

〈俺が直接出向いて川島さんに頭を下げて、腹を割って話せば、俺と川島さんとの距離は一挙に縮まる。前尾の件がもしダメでも、それを補って余りあるプラスになる〉

これはピンチでなくチャンスなのだ、後ろ盾を得るまたとない機会なのだ。

――ピシャッ！

角栄は扇子を力強く閉じた。

〈密かに行くなら早朝か……いや、タイミングがずれたら時間切れになる。今晩遅くに行こう〉

その夜角栄は、不意に川島のもとを訪れた。大森駅から約十分、歩道橋近くの横道を、少し入った場所にある川島邸。目白の田中御殿と違って、豪邸ではない。少し大きい程度の古い家屋だ。

ちなみに現在その地には、新しい住宅が建っている。川島家とはゆかりが無いようだ。付近も政治臭の全くしない、閑静な住宅地。交番を含む何人かに尋ねても、「川島正次郎」を知る人はいなかった。

つわものどもが夢の跡。しかし、昭和三十〜四十年代、その静かな住宅街の一角に、日本政治を動かす〝秘密基地〟があったのだ。

「……どうしたんだ、田中君、こんな遅くに……」

「はい、夜分申し訳ありません……実は、折り入ってご相談したいことが……」

運よく誰もいなかった。記者や側近は、みな帰った後だった。日の出の勢いの男には、必ず運が味方する。否、運が味方するから日の出の勢いの男になるのか。とまれかくまれ角栄は、この古い家屋の主と向き合った。サシで会うのは数あれど、こういう形で会うのは初めてだ。

〈正直に、本心を話すことだ。つまらん駆け引きが通用する相手じゃない。それに後ろ盾になってもらおうというのに、隠し事なんかしちゃ意味が無い〉

角栄は切り出した。

「いや、今度の三役の件、ご承知だと思いますが、私は大平君を政調会長に、と思っていました。大平君が三役に入れば、私としてもやりやすいし、お互いの将来のためにもなると思ったからです」

「……ウン」

〝将来〟という言葉を聞いたとき、川島は

〈こりゃ、何か決意してきたな〉

と感じた。客の話は続く。

「しかし、大平君の政調会長には思いのほか反対の声があがりました。佐藤さんも大平君はダメということですが、三役に前尾派を入れたいという気持ちは持っています。ところが肝心の前尾さんが、なかなかウンと言ってくれず、私としてもなかなか立つ瀬がない状況でして……。そこで、勝手なお願いなのですが、川島先生の方からも、前尾さんを口説いて頂けるとありがたいのですが……」

「……そうかい、そんなことならお安い御用だよ。僕だって執行部の一員だしね、明日にも前尾君に会って、頼んでみるよ」

「ありがとうございます！　大先輩の川島先生から言われたら、前尾さんもイヤとは言いにくいでしょう（笑）。いや、助かります」

角栄は、ここで、出されていた茶を飲んだ。グイ、とやった。

「…………」

両者が沈黙する中、客は扇子をパタつかせた。下を向いたまま、顔を上げない。家主はその様を見る、というより観察している。

——パタパタパタ……。

扇子の音だけが響く、奇妙な静寂。

それを川島が破った。

「……君、こんな遅くに、わざわざ一人で来たんだ。まだ何か、僕に話があるんじゃないのかい」

角栄はパッと顔を上げ、慌てながら扇子を閉じた。

「あ、いや、実はそのォ……大平君の政調会長が潰れた件ですが……よそのムラはまあ置いといて、わが派の反発は、大平君でなく、推した私に対する反発です。保利君や松野頼三君あたりは、日の当たる場所に居続けてる私に、面白くない気持ちを持ってます」

「ウン……」

「……率直に言いまして、佐藤さんも私を警戒してます。私も佐藤さんに色んな思いがあります。佐藤派の台所の面倒も見てきましたし、佐藤さんと池田さんが、完全に決裂しないようにも務めてきたつもりです。もちろん私のためということもありますが、それが佐藤さんのためにもなると思ったからです。しかし……」

角栄は、ここで唾を呑んだ。

「佐藤さんは、どうやら私より福田君の方が可愛いようです。岸さんの影響もあるんでしょう。だから私が出過ぎると、頭を押さえてきます。……だけど、私にも志があります。将来のわが国に対する、自分なりの考えもあります……」

「……」

「私が今日あるのは佐藤さんのおかげでもあります。今回も、色々あってもまた幹事長にしてくれました。佐藤政権が続く限り、私は何があっても佐藤さんを支えます。……でも、その後は、佐藤さんはやはり私を押さえにくるでしょう」

川島は、うなずきもせず、黙って客の目を見ている。

「福田君には岸さんがいます。佐藤さんも、私と福田君では、福田君の方を選ぶでしょう。……今、党内を見渡して、私が頼れる人は、川島先生、あなたをおいて他にいません」

ここで座り直し、後をつなぐ。

「……これからは、副総裁と幹事長という関係でなしに、私個人をご指導していただけませんでしょうか。……お願い致します」

角栄は頭を下げた。

「…………」

また沈黙が訪れた。扇子の音もない、完全な静寂だ。

それを破ったのも、また川島だった。

「……田中君、とりあえず頭を上げなよ」

「はい……」

「で、佐藤君が総理の間は、佐藤君を支える気なんだね？」

「はい」

「佐藤君が降りるって決めてから、自分のことを考える、と？」

「……はい」

「そうかい、佐藤君に筋を通したうえで、自分のことを考えるというのは立派な心掛けだ。まあ、政界は、一寸先は闇だから、色んな事が起こるだろうけどね（笑）。君も、筋を通すなんて言ってられなくなることもあるだろうが（笑）。でも、そういう思いは大切だ。僕も岸政権の幹事長のときは、岸を支えることを一番に考えていたもんだよ。……君の気持はよくわかった。あたしみたいなヨソの人間に、本心を話してくれたというのも嬉しいよ。ま、これからは、意見や立場が食い違うこともあるだろうけど、根っこでは手を組んで、一緒に頑張っていこうじゃないか」

稀代の政治力の持ち主たちの間に、一本の太い線が引かれた。

「川島―田中ライン」の誕生だ。

角栄は満面の笑みで応える。

「ありがとうございます……ぜひ、ご指導くださいッ！」

再び頭を下げた。川島は柔和な表情で、口を開いた。

「昔、駆け出しの頃だけど、前田米蔵さんが教えてくれたもんだよ。『二番手でいろ』って。

僕流の言い方をすれば、政治家には花になる人と、花を見る人とがいるんだ。僕は二番手の見る方だが、君は明らかに一番手、花になる人だ。立派な花になって、あたしを楽しませてくれよ（笑）」

「いやいや（笑）」

「そういえば、君は森恪に似てるって言われてるらしいじゃないか。僕は前田さんの他に、森さんにも世話になったもんだよ。確かにカンの鋭さや行動力は、君と似てるよ。ちょっと暴走しそうなとこもな（笑）」

「いえいえ（笑）。森恪だなんてそんな……あんな凄腕じゃないですよ」

「ま、君がこうして来てくれて、本音を話してくれたことはよかった。前尾君の方は、明日、早速話してみる。佐藤君も妙に自信をつけて、ちょっと厄介なことになってるが、佐藤内閣が続くことは君のためにもなる……そうだろう？」

「……はい。おっしゃる通りです」

「佐藤君が続けば、君には準備する時間が増える。それに福田君は年をとる……君と福田君は十以上違うよな？」

「はい、私のが十三歳下です」

「じゃあ佐藤君が居座るほど、若い君は有利になるわけだ。それに官僚政権が続くほど、党人派の君はさらに有利になる」

「……はい、その通りです」

「あたしも党人だから、いずれ党人の花が見たいという気もある。党人から誰かってなると、どのみち君しかいない。だから君の勝負は、あたしの勝負でもあるんだ。ま、とりあえず、佐藤君に長くやってもらおう。あたしたちのために（笑）」

「はい、そうですね（笑）」

「じゃあ前尾君の件はまた連絡するから」

……会談を終えた後、川島は。

〈直接訪ねてくるとは……やはり田中君はただ者じゃない。ここぞと見たら本音をぶつけてくるのもいい。あの野心に賭けてみようと思わせる、何かがある。政局の読みもあたしとぴたりと一致している。田中君を森恪と比べる人もいるけど、田中君のが森さんよりさらに上手だろう〉

嬉しいし感心した。

で、着替えながら口笛を吹いた。

——ピュ〜。

「川島——田中ライン」がスタート

一方、角栄は。

〈これでやっと、後ろ盾ができた……直接出向いて正解だった。これで横には大平、上には川島さんだ。下をもっと増やしたいが、まあ選挙をやれば自然に増える。後ろに誰も座っていないのが、一番の問題だったんだ〉

嬉しいし安心した。

で、帰宅して、愛読する『国会便覧』をパラパラ眺めた。

やはり川島と同格以上の政治家は、岸・佐藤の兄弟しかいない。

〈なんか、体がデカくなったような気がするな……〉

その夜はぐっすり眠れた。久々の安眠だった。

さて、「川島―田中ライン」結成の翌日。

川島は、約束通り前尾を口説いた。幹事長に続き、副総裁からも説得された前尾はついに降参。前尾派から福永健司（ふくながけんじ）が総務会長として三役入りした。

「おかげさまで……これで私の顔も立ちました」

「ウン、でもまだ内閣の方があるからね。こちらも色々不穏な動きがあるみたいだからね」

不穏な動き。それは佐藤が宮沢喜一を官房長官に、保利茂を農相に、それぞれ起用しようとしたことだ。宮沢は参院から衆院へ鞍替えする途中で、当時は非議員。保利は落選中だった。

――なぜノーバッジを？

両者の入閣には反発が湧き、川島と角栄も反対した。殊に「保利農相」を警戒した。

「田中君、党内じゃ、『議席無しで、しかも前尾派じゃないか。なんで佐藤派から出さないんだ』といって、宮沢君の官房長官に反対が凄い。でも、君にとっては、どちらが危険かわかってるね？」

「はい、保利さんが閣内に入ったら、福田君と組んで面倒なことになります」

「その通りだよ。この件はワンセットだ。『ノーバッジはダメだ』っていうことで押そう」

バッジさえあれば、農相はおろか幹事長になってもおかしくない男。それが謀将・保利茂だ。角栄とは微妙な仲だが、その源流は吉田時代までさかのぼる。保利は池田、佐藤と肩を並べる存在で、使い走りのチョビ髭を、「ウチの若い衆」と見下していた。それが池田時代に入り、立場が逆転。重要ポストを歴任する角栄に対し、保利は一度三役に入っただけだった。しかも昭和三十八年衆院選で、謀将は落選。角栄と決定的な差がついたのである。その頃田中は、ウロチョロ〈自分は戦前から議員だし、吉田内閣の頃から大臣をやっていた。その頃田中は、ウロチョロしてただけじゃないか〉

角栄への反感もあり、保利は福田に接近していく。そんな謀将を
〈保利は田中のように、俺を脅かす存在ではない〉

と、佐藤も信頼。参謀として、かつ角栄を牽制する駒として使っていた。

結局、昭和四十一年八月初頭の内閣改造において、宮沢と保利の入閣は流れる。川島―田中

ラインのみならず、党内の大勢が反対したからだ。

「保利君の入閣は阻止できたが、これで保利君は、ますます福田君の方へ行くだろうな。彼もやり手だから、次の選挙で戻ってきたら、ちょっと厄介になるだろうね」

「ええ、しかし閣内で色々やられるよりはマシです……ところで荒船清十郎運輸相の誕生、おめでとうございます（笑）」

「え、いやいや（笑）。ま、荒船君には頑張ってもらわないと」

中小派閥でありながら、常に複数の大臣・党役員ポストを確保してきた川島派。とはいえ新人の入閣は、実に三年ぶりである。それに荒船は、川島が組閣のたび推していた男だ。角栄とのタッグ結成も含め、川島にとって満足のいく改造劇となった。

だが好事魔多しである。

組閣からひと月後、その荒船が、自分の選挙区に無理やり急行を停車させたことが明るみに出たのだ。

しかも新大臣は居直った。

「一つくらい、いいじゃねえか」

国鉄総裁もまた、次のように珍答弁。

「理屈では断るべきだったが、情において認めた。武士の情けだ」

おまけに荒船は、他にも複数の職権乱用が発覚した。こうなると、野党はむろん世論も収まらなくなってくる。

「総理、まことに申し訳ないことをいたしやした……私は信念をもってやったのですが、それが内閣のマイナスになるなら私のクビを……」

荒船は佐藤に陳謝した。が、団十郎はパッと手を出し

「よしわかった。そこまで言うな」

と遮る。問題閣僚を切らなかったのだ。

〈荒船の親分は川島……やり方を誤ると面倒なことになる〉

来たる十二月、佐藤は総裁選を控えていた。また、衆議院の任期も残り一年と少しで、解散も視野に入れている。そういう時期に川島と揉めたら損だ。

〈すぐ更迭首切りするのはまずい。川島と話し合ったうえでないと〉

そこで佐藤は川島を招いた。

「荒船君の件ですがね……手荒なことはしたくありませんが、ここまで問題になると、このまっていうわけにはいきませんから……。で、ここは荒船君に引いてもらって、後任はあなたのところの藤枝泉介（ふじえだせんすけ）君あたりでどうですか？　藤枝君なら手堅い」

「いや、総理、お言葉ですが、荒船君は刑事責任を問われてるわけじゃない。辞めさせたら野党が勢いづいて、他の大臣に飛び火するかもしれません。荒船君を切ったら終わり、とは限りませんよ」

「……まあ、そうかもしれませんが……」

「荒船君を切るのも、後を藤枝君にするのも異存はありません。ただ、総裁選も総選挙も控えてるから慎重に、ということです。また何か出たら別ですが、もう少し静観してはどうですか」

「……」

総裁の説得は不調に終わった。しかし、連日メディアと野党が騒ぐうち、自民党内からもこんな声が上がり始める。

――川島は、荒船を推薦した張本人なのに、辞職を勧めるどころか慰留工作をしている。佐藤も川島には何も言えないのか。

そして騒動発覚から一カ月が過ぎて、「また何か」が出た。荒船は韓国での経済会議に、会議と無関係の業者を同行させていたのだ。

心労か、高熱を出し入院中だった佐藤も、

〈もうダメだ。川島には、田中を派遣しておこう〉

と、ついに荒船更迭を決断。後釜には予定通り、川島派の藤枝を任命した。

「やはり野におけレンゲ草」――荒船がクビになった後、川島が吐いた名言である。

佐藤の命でフォローに参じた角栄は、後ろ盾をなだめた。

「川島先生、今回はやむを得ないでしょう。ま、総裁選も総選挙も近いことですし、出直しましょうや」

「ウン、だけど僕はケジメをつけるつもりだよ。荒船君だけ辞めて、推薦した僕がこのままというんじゃ筋が通らない。副総裁を辞めるつもりだ」

「えっ⁉　いや、そこまでする必要は……おっしゃってたように、別に荒船君は刑事事件を起こしたわけでもないわけですから」

「いや、ここで先手を打って辞めとけば、党内も多少は静かになる。僕も佐藤君に切られるよりは、自分からクビを差し出した方がいい」

「しかし……」

「それより君まで辞める必要ないからね。福田君や保利君は『人心一新』なんていって、僕と君をまとめて辞めさせようとしてるが、君は残るべきだよ。第一、君が辞めたら次は『福田幹事長』になるよ。後ろにいる岸さんがそれを狙ってるんだから（笑）。……僕としても、君が幹事長でいたほうが、情報はとれるし影響力も行使できるから（笑）。好都合だ」

「……そうですか、わかりました。まあ私の幹事長もどうなるか……。ところで総裁選の方は……大丈夫ですよね？」

「安心しな（笑）。副総裁は辞める気でも、佐藤君の再選はやるよ。僕は佐藤君を総裁に推薦した責任もあるし、何だかんだいって無難に務めてる。藤山君がやる気だが、彼はやはりまだ未熟だ」

「赤城宗徳さんがだいぶ佐藤さんにご不満のようですが……」

「赤城君ね、確かに不満はあるようだが、わが派はみんな自由な立場で色々言うけど、まとまるときにはまとまるからね。それに赤城君が騒げば、佐藤君もピリッとするんじゃないかね（笑）」

「なるほど、そういうことでしたか、よくわかりました（笑）。まあ、佐藤さんも、いつまでも先生を遊ばせておくわけにはいかないでしょうから、復帰の際はよろしく（笑）。そのとき私は幹事長かどうかわかりませんが（笑）」

その実、角栄は「幹事長更迭」を覚悟していた。

〈俺も辞めざるを得なくなるだろう。岸の圧力は凄いし、佐藤も同調するだろう〉

岸信介は佐藤にこう吹き込んでいた。

「そろそろ福田君を、蔵相から幹事長に回したらどうか。このまま幹事長を続けさせたら、田中は福田君を抜きかねないぞ。……近頃は川島あたりと妙に親しいし、ますます危険な存在になっとる。川島は福田君と悪いうえ、人一倍先が見える。あれが田中とくっついたら、お前もうかうかしてられなくなるぞ。ちょうど川島も辞意表明してんだから、田中も一蓮托生にすればいい」

弟は兄の指摘をもっともだと思った。加えて別の思惑もあった。

〈党内のバランスを考えても、田中の力だけが伸びるのはよくない。福田君の力が少しだけ上

回るような形で、二人が並ぶのが望ましい〉

で、両者の上に俺が座る。それが長期政権のための要諦だ。

〈福田君を幹事長にして選挙をやらせる。そうすれば田中とまた差がつく。その後再び田中を幹事長に就ける……〉

「長期政権実現」のため田中の野心を利用する……佐藤は角栄の更迭を決めたが、〝利害同盟〟を破棄するつもりはない。

調整力とリーダーシップの極意

ときに佐藤政権の不祥事は、荒船問題だけではなかった。それと前後して、防衛庁長官の公私混同事件等、続々とスキャンダルが明らかになった。一連の問題は、政界の〝黒い霧〟と呼ばれたものだ。

「黒い霧は佐藤の人事の失敗のせいだ」――こんな声が、野党のみならず自民党内からも上がった。彼らは「粛党派」と称し、藤山愛一郎を総裁選で担いだ。

昭和四十一年十二月の公選では、佐藤と藤山のほか、野田聖子(のだせいこ)の祖父である野田卯一(のだういち)が立候補。佐藤は難なく再選されたが、得票は二八九票にとどまり、藤山の八九票を含め批判票が三分の一に及んだ。

〈三一五……悪くとも三〇〇は固いはずだったが……〉

角栄は慌て、佐藤にわびた。

「申し訳ありませんでした。ロクに運動できなかったもので……」

「……」

団十郎は、ギョロ目で幹事長をひと睨みした。三百切りは誰よりも佐藤にとってショックだ。

〈強敵もいないのに……それでも幹事長か！〉

実は佐藤は、公選の数日前、福田赳夫を自宅に招き人事構想を練っていた。その軸はむろん、「福田幹事長」だ。そのことは大々的に報じられ、角栄も知っている。さらにその数日前には、佐藤が記者会見で「田中切り」を匂わせるという一幕もあった。角栄には事前に一言も無い、不意打ちだった。

〈切られるよりは、自分から辞める方がマシだ。川島さんに倣おう〉

幹事長はわびた後、総裁に切り出した。

「それで今後のことですが……川島副総裁も身を引くことですし、私も一連の問題の責任をとりたいと思います」

「……そうか、わかった。君の今後のことは考えておく……幹事長として一年半か、ご苦労だった」

「……はい。ではこれで……」

角栄は一礼して下がったが、翌日、泣きながらこうぶちまけたという。

「戦国時代なら俺は閉門、蟄居、切腹の身なんだぞ！　俺をハメたヤツは誰かわかっている！」

たかが党人事で大袈裟な……というなかれ。田中角栄は、これほどの執念をもって権力闘争に、そして政治に取り組んでいたのである。当今、こんなセリフを吐く政治家がいるのだろうか。

さて、再選された佐藤は、構想通り福田を幹事長に据えた。川島辞任後の副総裁は誰も置かず、空席とした。

〈福田君はこれで、また田中君に一歩先んじたな。田中君は辞める必要はなかったのに……〉

特等席から少し下がって花を見るようになった川島は、角福交代劇を嘆いた。〝江戸前フーシェ〟〝政界風見鶏〟〝向日性の策士〟と評される男ゆえ、特定の政治家に入れ込むことはまずない。

――今、相応しいのは誰か。

という観点で識見・力量を見、例えば経済が問題なら池田勇人、といった具合に適任者を推す。この男を総理に、と早くから決めていた政治家は、これまで一人だけ。昭和の妖怪だ。

その川島が、先般の自宅訪問以来、角栄を〝花〟にしようと本気になっている。

〈田中君なら政策も強いし、久々の党人宰相になれる。テレビの件といい、山一証券を救った件といい、並みの政治家にできることじゃない。総理の器だ。福田君は確かに政策通だし安定感もあるが、ちょっと物足りない〉

比較対象が角栄ゆえ、どうしてもパワーや物語性に乏しいと見られてしまう損な男・福田赳夫。しかしこの〝昭和の黄門〟も、また魅力的な政治家である。一高・東大・大蔵省の大秀才でありながら、庶民性も豊かだ。おまけに「昭和元禄」「狂乱物価」といった造語の名人でもある。昨今、人口に膾炙(かいしゃ)した造語といえば「三密」があるけれど、福田ならどう表現したであろうか。

で、その福田と川島の因縁は、岸派の時代にさかのぼる。

戦前からの知己であった川島らを差し置き、岸は戦後派の福田を「後継者」とした。おかげで派は割れた。池田内閣下でも川島は主流派、福田は反主流派として対峙。総裁選でも敵味方に分かれた。

〈「福田内閣」は勘弁だ。だいたい、天ぷらも食えないような男に総理ができるか〉

天ぷらの食えない男。一部でこれは「肉も食えない男」と伝わっているが、川島を大叔父に持つ平山秀善氏によると、以下が本当のところだそうだ。

ある日、川島と福田が神田のやぶそばに行った。川島はかけそばと天ぷらを注文。粋人ゆえ、「天ぷらそば」といった種物は頼まない。かけそばと一品、といった形で頼むのだ。しかし福田は胃が悪いのか何なのか、天ぷらを食べられず残したという。

〈それに福田君じゃ、佐藤君と代わり映えしない。終戦から二十年経ったんだから、そろそろ田中君のような、いかにも戦後的な総理が出てもいい。戦前の延長みたいな総理では、有権者

にも飽きられる〉

個人的な評価のみならず、時代を読み、党の行く末も読み、そのうえで角栄を〝花になれる人〟と見た川島。目先の利害だけで立ち位置を決める、凡百の寝業師たちとはスケールが違う。

〈しかし田中君を押し立てていくと、佐藤君というより岸が敵になるな……お互い手の内を知ってるだけに、やりにくいわ（笑）〉

そう思いながらも嬉しそうな川島。相手が強いほど、楽しみが増す。角栄とはまた違った意味で、この男も真剣に戦っているのだ。しかもこの男の場合、角栄には無い余裕がある。

〈ま、あたしも田中君も、自由な時間が出来たともいえるわけだ。敵は強いが……何とかなるさ〉

昭和四十一年十二月、新執行部で国会に臨んだ佐藤政権は、いきなりつまずいた。冒頭から、野党がボイコットの姿勢を見せたのだ。〝黒い霧〟をとらえ、解散に追い込もうという魂胆である。

従来なら、ここで野党と太いパイプを持つ川島―田中ラインが動き、妥協を成立させるところだ。が、福田執行部にそんなパイプは無く、手練れでもなかった。

――福田君のお手並み拝見。

とばかりに川島―田中ラインも事態を傍観。とどのつまり一切の議事が野党欠席のまま進められ、佐藤内閣は解散せざるを得なくなった。いわゆる「黒い霧解散」である。

昭和四十二年一月末の総選挙の結果、自民党は定数が十九増えたにもかかわらず、前回を六議席下回る二七七議席にとどまった。ただ、二七〇を切るとの予測もあったため、なぜか「自民が勝った」と喧伝された。この選挙では公明党がはじめて衆院に進出し、一挙に二十五議席を獲得。落選中だった保利茂も復活し、めでたくバッジを付けている。

〈福田君は勝敗ラインを低めに設定したもんだな……だから官僚的だっていわれちゃうんだよ〉

選挙前、福田は二七〇とれれば勝ち、と予防線を張っていた。年長の方の選挙の神様は、そこが気になった。

〈総裁になる要件の一つが、「選挙に勝てる」ってことなのに、あんな弱気じゃ「福田じゃ選挙に勝てない」って思われるぞ（笑）〉

とはいえ、自民が「六議席減少で政権維持」という結果は、川島にとって好ましい展開だ。あまり勝ってしまうと佐藤と福田の力が増すことになる。

〈今後のカギは中間派だな……〉

中間派とは、有力な総裁候補を持たない中小派閥のことだ。川島派、旧大野派が分裂した船田派と村上派、旧河野派が分裂した中曽根派と森派（のちに園田派）、石井派、藤山派の七派を指す。

〈あの連中をまとめれば、佐藤君や福田君、その後ろにいる妖怪さんたちへの牽制になる〉

個々は中小規模の中間派も、足せば約百名の一大勢力だ。それを束ねれば、政局のキャスティングボートを握れる。今の政治に無理やりたとえるると、公明党とのパイプが力となるようなイメージだろうか。

とはいえ公明党は、池田大作健在時ほどではないようだが、一応は一枚岩の政党だ。他方、中間七派は放っておけばバラバラである。それを一つにまとめる方が、公明党を抑えるよりも難しい。そんな芸当ができる政治家は、川島正次郎しかいない。

「政治はネ、メシを食うことだよ」

川島は中間派の面々と、努めてメシを食った。

「メシ食ったか」——田中角栄の〝決めゼリフ〟として知られるが、川島も似たようなことを言っているのだ。

「佐藤君が三選するにしてもしないにしても、ひとつ我々はまとまって行動しようじゃないか。もちろんそれぞれのムラの事情があるから、タガにはめるようなことはしないで、ネ。ゆるいまとまりでも、それが一つになれば強いもんだ。みんなでまとまっていけるように、色々と意見交換していこう」

川島は呼び掛けた。が、もとより同床異夢の集団だ。また中小派閥といっても、一騎当千のつわもののも少なくない。

──まとまるのはいいが、何で、川島に主導権を握られなきゃならんのだ？

──川島は俺たちを利用して、佐藤に対抗する気か？　それとも自分を高く売りつける気か？

──川島は俺たちを利用して、自分の存在感を高めたいんだろう。ならば逆に利用して、川島を窓口に何か仕掛けていくのも面白いかもしれない。

──川島と同一行動をとれば、必ず主流派になれるから、日の当たるポストに就けるかもしれない。

と、中間派内も様々な思惑が錯綜。そうすんなり一つの塊にはならない。

〈まあ焦ることはない。意見交換していくうちに、徐々に出来上がっていくもんさ〉

七派を糾合するために、川島は飄々と、しかし粘り強く動いた。メシを食うばかりでなく、公職追放時に覚えた麻雀もやった。

「こうしてみんなでちょくちょく会ってると、佐藤君なり何なり、手を出しにくくなるだろうね。特に総裁選になると、どうしても中間派は草刈り場になりやすいし、引き抜きもあるからね」

「……まあ確かに、そういう面はあるでしょうな……」

多くはないが実弾も放った。川島は背広の胸ポケットに、常に百万の札束を用意していた。

小畑記者の話では、川島は毎朝、信頼するお手伝いさんを銀行に行かせ、新札を用意させてい

たという。ちなみに小畑記者は川島に、

「秋田の黄八丈という織物で、百万入る財布をつくってくれ」

と頼まれたことがあるそうだ。

メシ、麻雀、実弾……そうこうするうちに、中間七派のメンバーの間に「顔を合わすのが当たり前」といった雰囲気が醸成され始める。

〈こうなれば、もう塊は出来たも同然だ〉

案の定、はじめそれぞれ勝手に走っていた七頭の馬は、いつの間にかカワシマ号を先頭に、よそ見しつつも隊列を組むようになったのである。

〈派閥は人事、人事はほとんどが感情だよ……つまり政治は、感情の問題さえクリアできれば、何とかなるもんだよ〉

総裁選など政局の節目で、中間派が一致協力してコトに当たる。これは〝集団安保体制〟ともいわれ、それを作り上げた川島に対しては、〝政治の芸術家〟の称号が与えられたものだ。

川島には角栄のような、快刀乱麻を断つリーダーシップは無い。その代わり、じわじわ外堀を埋めていくような、卓越した調整力がある。

七つの派閥をまとめ上げた川島と、のちには百名を超す大派閥を率いた角栄。

現代の悲劇は、この二人に匹敵する調整力やリーダーシップの持ち主が、見当たらないことである。

佐藤四選をあえて仕掛けた本音

ところで幹事長を外された角栄は、歌っていた。

〽唄声すぎゆき　足音ひびけど　いずこにたずねん……

フランク永井の『君恋し』だ。角栄といえば小唄で、同類の前尾繁三郎と共にホールで披露したこともある。されどレパートリーは歌謡曲にも及ぶのだ。

退任直後には、二階堂進ら佐藤派田中系を集め、「今後のための戦略会議」も開いた。いくつか出た諫言のうち、前幹事長に最も刺さったのは次の二つである。

「人の話をよく聞かないという批判があるから、その落ち着きのない性格を直すべき」

「黒い霧の噂を立てられているから、身をもって潔白を証明すべき」

……いずれも最期まで直らなかったようだ。

しかし、そんな落ち着きのない無役の男にも、声をかける者がいた。坂田道太と原田憲だ。後年、坂田は衆院議長となり、原田は田中派の一員となる。二人はこう口をそろえた。

「角さんを遊ばせておくのはもったいない」——。

ということで、昭和四十二年三月、角栄は新設の都市政策調査会の会長に就任した。文字通り、地価高騰、交通難といった都市政策を議論するこの調査会の成果は、一年三カ月後、『都市政策大綱（中間報告）』として書籍化される。これをたたき台として、かの『日本列島改造論』が誕生するのである。

〈禍を転じて福となす……だ。これで俺にも、総裁選に打って出るときの幟が出来た。幹事長時代なら、忙しくてこんなものはつくれなかった〉

「川島、田中と並ぶのは、ちょっとどうかなあ」

幹事長の福田は、あてつけるように言った。カチンときた角栄は、

「今さらそんなことを……じゃあ俺は総務会長にならなくていい！　川島副総裁だけ実現してくれ。それができなきゃ何のための党内対策だよ！」

と一気にまくしたて、席を蹴った。昭和四十二年十一月、内閣改造前夜の話だ。

この人事では、「田中総務会長」が既定路線となっていた。佐藤は「田中君をいつまでも遊ばせてはおかない」と総務会長就任を匂わせ、川島も「僕は『田中総務』で頑張るつもりだよ」と述べていた。土壇場で水をさした福の字も、つい先頃までは「角さん、これからはホテルや旅館じゃなくて、党本部で会うようにしよう」と、角の字の三役入りに乗り気であった。

角栄自身も「総務会長には俺しかいない」などと公言。すっかりその気になっていた。

ところがギリギリの段階で、福田が先のような不満を言い出す。総裁と幹事長の最終協議で、佐藤も「田中外し」を決めた。その心はこうだ。

〈田中は「総務会長は俺」なんて言い回り、人事権者のつもりでいやがる。それに福田の言う通り、田中と川島を並べるのは危険だ。しかも今回は、田中に近い大平も三役に入れるから、

福田が執行部で孤立して、角福のバランスが崩れる〉

結局、総務会長には橋本登美三郎が就任。幹事長は福田が留任し、政調会長には大平正芳という布陣となった。

角栄がはじかれた一方、保利茂は建設相に就任。川島は副総裁に復帰した。とはいえ団十郎は、はじめ陽気な寝業師を、何と入閣させる気だったという。しかしあっさり断られ、〝定位置〟に戻さざるを得なくなったのだ。ただ、佐藤は、どんな形であれ川島を政権内に入れようとはしていた。そのわけは、信頼、あるいは好意を寄せていたからではない。

何よりも、不安を感じたからだ。

〈川島を野に放っておくのは危険だ。いつの間にか中間派をまとめてボスにおさまってるし、何を企むかわからん。内側に取り込んで、俺の利害とヤツの利害が一致するようにしといた方が得策だ〉

もう一つ、長期政権実現のためだ。

〈それに川島は反福田だから、「福田政権」を防ぐため、俺の内閣を長引かせようと動くだろう。総裁三選のためにも、ヤツは見える所に置いといた方がいい〉

佐藤と角栄の間には、「長期政権」という一致点がある。居座りを図る宰相は、川島との間にも、〝利害同盟〟が成立するよう目論んだ。けれど、川島には、角栄と違って「次を狙う」という野心が無い。配下でもない。それどころか先輩で、一応は内閣の「産婆」でもある。

〈しかし川島は、田中みたいに俺を恐れていないし、地位に執着しない。田中より扱いにくい〉

目の上のタンコブを、外に置くと不安だから内に入れたのに、入れたら入れたで不安になる団十郎であった。

ここで、佐藤内閣最大の業績「沖縄返還」に触れておこう。

昭和四十年八月、佐藤は幹事長の角栄を連れ、沖縄を訪問。戦後の首相としては初めてのことだった。その際佐藤は次の如く述べ、返還に並々ならぬ決意を見せる。

「沖縄の祖国復帰が実現しない限り、わが国の戦後は終わらない」

佐藤はまた小笠原諸島の返還にも尽力。就任後初の日米首脳会談で、米大統領ジョンソンに、沖縄と共に小笠原の施政権復帰も求めている。

佐藤は〝待ちの政治家〟らしく、慎重に交渉を進めた。公式のみならず、非公式のチャンネルも駆使した。後者が大きな役割を果たしたことは、様々な形で伝えられている。

そして昭和四十二年十一月、日米両首脳は「沖縄は両三年以内、小笠原諸島は一年以内に返還する」ことで合意した。団十郎が沖縄の地を踏んでから、二年と少しの月日が経っていた。

川島が副総裁に復帰し、角栄の総務会長がまぼろしとなった改造は、この合意の直後に行われたものである。

川島や角栄は、沖縄返還交渉に、直接は関与していない。だが、末裔の平山秀善氏によると、川島は水面下でアメリカ側に返還を呼び掛けていたそうだ。

「三越に買い物に出かけたら、ふと姿を消し、三時間後にふらりと国会に現れたこともある」（平山氏）という忍者の如き川島だけに、側面から密かに動いたのだろうか。

ちなみに川島は、幅広く議員外交を展開しており、欧米、アジア、中東等をしばしば訪れた。わけてもインドネシア大統領のスカルノとは、肝胆相照らす仲だった。昭和四十年にはスカルノの仲立ちで、中共の周恩来とも会談している。

「久々の日中実力者による会談」

「（当時冷え込んでいた）日中関係改善なるか」

と、メディアの反応は上々だったが、情報機関の受けは悪かった模様だ。内閣情報調査室の報告書に、こんなことを書かれてしまっている。

「日本政治裏での裏芸、腹芸の達人でも、世界の大国、米ソを相手に裏芸、腹芸における海千山千の周恩来には角力にならない。（中略）世界政治の上での日本にとっては大きなマイナスとなったことを免れ得ないのではないであろうか」（『秘録戦後史5』・原文のまま）

ともあれ川島は、その後も日中問題に力を入れた。昭和四十七年になって、角栄の手で「日中国交正常化」がなされたことは周知の通りである。

さて、悲願の沖縄返還に道筋をつけた佐藤。次の狙いはむろん、三選だ。

〈これから沖縄返還の詰めの作業があるんだ。俺がやるのが当然だろう〉

「長期政権」で〝利害同盟〟を組む角栄も、また然りだ。

〈佐藤に三選させて、俺は幹事長に復帰する〉

総裁選は昭和四十三年十一月の予定だ。両者は早くから、三選に向け動き出していた。

ところが総裁選が近づいてきた八月、川島がクセ球を投げてくる。

「総裁選には対立候補が出た方がよい。党発展のためにも批判勢力があるのは当然のことだ。だから私は候補者を一本化しようとは思わない。仮定の話なので誰を支持するかは白紙だが、中間派とよく相談して結束を強めていきたい」

記者会見でこう話し、そのまま南米・アメリカ訪問へと飛びだった。しかも外遊には、川島派内の反佐藤派・赤城宗徳を同行させたのである。

――川島は佐藤色を消し、フリーハンドを狙うつもりか？

川島発言に対しては、党内からはこんな声が上がった。

〈あの野郎、また何か仕掛けてくるつもりか……〉

佐藤も焦り、角栄も川島の意図をいぶかしんだ。

〈川島さん、結局は佐藤をやるだろうが……やはり、簡単にはいかない人だ〉

実は川島は出発前、中間各派に次のように呼び掛けている。

「公選には佐藤君はもちろん、三木君や前尾君も出るだろう。彼らはどのみち中間派の一〇〇票が無ければ過半数をとれない。だからあたしたちは結束してキャスティングボートを握ろう。軽々に動かず、あたしが帰国するのを待っていてほしい」

また三木にも以下の如く囁いている。

「君がやるなら僕も真剣に考えよう。問題は土台となる三木票の読みだ。いずれにせよ、帰国したら相談し合って決めよう。それまで出馬するしないを決めないように」（『政界一寸先は闇』）

一石を投じ、波紋の広がり具合を見るわけだ。そのうえで、事態の収拾に動いて主導権を握る。三木が川島の忠告を無視し、早々に出馬の意向を表明したことで、必ずしもその思惑通りにコトが進んだわけではない。だがこの発言で、陽気な寝業師の価値はあらためて高まった。布石、牽制、マッチポンプ……多様なワザを駆使する政治家は、今やほとんどいなくなってしまっている。

「いやぁ、川島先生、例の発言には驚きましたよ（笑）。でも何だかんだいっても、安心していいんですよね？」

「君、まだ僕は誰をやるとも言ってないよ（笑）。ただ、現状を分析すれば、三木君はちと弱い。中間派の一〇〇票を足しても、過半数は厳しいだろうね。前尾君もとんとんってとこだ。佐藤君の方は、君のが詳しいだろう（笑）」

「いえいえ（笑）。ところで中間派ですが……私の方も自由にやらせてもらいたいと思ってるんですが……」

「いや、君が動くのを止める権利はないが、あんまり荒っぽくはやってもらいたくないね。こちらも苦労して、ゆるいけど一つの塊をつくったんだから（笑）」

角栄は後ろ盾に仁義を切り、佐藤三選へと突進した。

〈これは俺の総裁選の予行演習だ。いくら配っても前金になるから死に金にはならない。それに幹事長に戻れば元はとれる〉

川島の読み通り、公選には三木と前尾が名乗りを上げた。されば狙うは中間七派と、もうひとつ。

自派である、佐藤派だ。

〈これは俺の総裁選なんだから、足元を固めないでどうすんだ〉

角栄は総裁選にかこつけて、佐藤派内にも実弾を発射した。寝返り封じでなく、自分のためだ。佐藤派を「田中派」にするためだ。

〈しかし公選はいいもんだ（笑）。佐藤の目を気にせず人に会えるし、アンタのためだっていう言い訳もできる（笑）〉

川島は公選二日前、佐藤支持を表明。中間派も村上派をのぞき、佐藤支持を決めた。

〈まあ、最後は佐藤君につくっていうのが常識の線だったが、田中君もだいぶ暴れたもんだ（笑）。あちこちで田中君の匂いがするわ。まあ、彼の幹事長は固いだろう〉

総裁選の結果、佐藤は二四九票を獲得。一発で三選が決まった。三位と見られた三木は一〇七票で二位、前尾は伸びず九五票にとどまった。

〈兵糧をまかなって、前線にも出た俺を幹事長にしないわけにはいかないよなぁ？〉

公選後、選挙の神様同士は会談し、新人事の原案を練った。

「君、今回はだいぶあちこちに手を突っ込んだ様子だな……中間派にも「田中派」みたいなのが出来たようじゃないか（笑）」

「いや、お騒がせしまして……選挙となるとどうしても、血が騒いでしまうものですから（笑）」

「それはご同病だよ（笑）。まあ佐藤君は、君の幹事長を認めざるを得ないだろう。岸さんや福田君は、君を官房長官にしたいようだがね。佐藤君だって馬鹿じゃないから、そんなことはしないだろうし、しようとしたってできない。……福田君はまた大蔵に回してバランスをとるってとこか。保利君をどうするかだな」

「ところで川島先生、副総裁を辞めるとかいう噂がありますけど、続けてくれますよね？」

「まあ佐藤君次第だけどね、受けてもいいとは思ってる。福田君や、その後ろにいる妖怪さんは、僕を衆院議長に祭り上げたいだろうけどね」

川島は翌日、角栄とすり合わせた案を佐藤に提示。おおむねその通りとなった。岸信介らは「田中を官房長官に押し込めるべきだ」と画策していたが、佐藤は角福のバランスを優先し、公選への貢献も考慮した。

ちなみに佐藤は組閣前、

「俺は今、森恪のような男が欲しいんだよ」

と漏らしている。それは角さんのことか、と問われると、団十郎は濁した。

「いや、別に田中君という意味じゃないが……」

川島が師事し、角栄もその存在を意識した森恪。佐藤まで高く買っていたとは凄い人気だ。今でいえば、剛腕・小沢一郎に、根強い人気があるようなものだろうか。川島が元森派なのは佐藤も承知のはずだから、川島―田中ラインの再登用を匂わせた……と見るのはこじつけか。

とまれ角栄は、約二年ぶりに幹事長へ返り咲き、川島の副総裁留任も決まった。

一方、内閣の方は、保利が官房長官に就任し、〝大官房長官〟と評された。福田は蔵相だ。党は川島―田中ラインが軸、内閣は福田―保利ラインが軸、その上に佐藤が乗っかるという構図である。角栄の盟友・大平正芳は通産大臣に就任した。

ようやく「定位置」に戻った角栄は、腕をまくった。

〈人生は五十歳までに決まる、と思い定めてきたが……ちょうど五十で幹事長に戻れた。あとは、俺の手で総選挙を仕切ることだ〉

それと、もう一つ。

〈「佐藤四選」のための地ならしを、早いうちから始めなきゃいかん〉

総裁四選――。

自民党が誕生して十五年近く、未だそれを実現した者はいない。団十郎自身、前回総裁選の際、「三選すれば十分だ。私は政権に恋々としない」というセリフを吐いている。横にいる福田を指差し

「ここにも後継者がいるよ」

と、含みをもたせた意味深な注釈までしながら……。

だが、〝利害同盟〟を組む角栄は、佐藤の肚をこう見ていた。

〈佐藤は沖縄の仕上げもあるし、本音では四選したいに決まっている。福田に譲りたいと思っても、環境さえ整えば必ず乗ってくる。岸が「余力を残して福田君に譲れ」と圧力をかけても、だ〉

冬なのに、汗が流れ始めた角栄。興奮で顔が上気している。

〈佐藤が四選すれば、俺は兵を増やす時間が出来る。しかも福田が年をとる。ヤツは七十近くになる。対する俺は五十三、四だ。俺の若さがクローズアップされる〉

汗をふく角栄。ハンカチはびっしょりだ。

〈しかも官僚の佐藤が長くやりゃあ、官僚政権への飽きがくる。同じく官僚の福田のイメージは悪くなる。佐藤亜流の烙印を押される。

佐藤が居座れば居座るほど、「そろそろ党人で」っていう声が湧く。党人派で庶民イメージ

の俺に有利になる〉

もう汗は止まらない。厳冬なのに角栄は扇子をバタつかせた。

第八章

角栄の聖戦

禅譲を阻む角栄の布石

佐藤総理の不安

昭和四十三年十一月、幹事長に戻った角栄は、翌月、早速種をまいた。オフレコで、こう漏らしたのだ。

「佐藤さんの四選もあるかもしれないぞ」

二カ月後の昭和四十四年二月には、こんな発言をした。

「総理は『四選しない』なんて確言したことはないはずだよ」

六月になると、さらに踏み込んだ。

「佐藤無策だ何だという連中もいるが、沖縄をはじめしっかりやってるじゃないか。佐藤の実行力はズバ抜けてるよ。それに比べりゃ、次期総裁を狙うのは、みな並び大名、どんぐりの背比べだよ」

〝種まく人〟・角栄の耕作（工作？）で、いつの間にか「四選」は、政局のテーマの一つに育ってきた。

――三選で終わりだからこそ佐藤政権に協力している。四選なんてありえないし、できるわけがない。

――まず無いだろうが、場合によっては……。

可能性はあるが、難しい。それが大方の見方である。が、角栄にとって、賛否は問題ではないのだ。「四選」が話題になる。政客たちの口の端にのぼる。それ自体が重要なのだ。

〈こうやって四選を意識させておけば、次の選挙で勝った後、「国民の信も受けたし、また佐藤でいいじゃないか」っていう空気がじわじわ出てくる〉

「四選説」を流す角栄の暗躍を、佐藤本人は黙認。他方、禅譲狙いの福田は四選説を一蹴した。「佐藤さんは三選するとき、『四選は考えない』と言明したはずだ。沖縄などの問題に政治生命をかけ、晩節を全うすべきだ。解散・総選挙は新総裁の手でやればよい」

ただ福田は、佐藤の意中の人物であるだけに、団十郎が「俺は四幕目もやる」と言い出したら反対はできない。佐藤の意のままに動くしかないのだ。それを角栄も読んでいる。

〈俺がいくら四選の種をまいても、佐藤は見て見ぬふりだ。佐藤が何も言わない以上、福田の反対にも限界がある。下手に反対しすぎて、佐藤を怒らせるわけにはいかんからな〉

翻って、角栄の後ろ盾の方は。

角栄が四選を言い出した頃から、しきりに解散について言及していた。

「野党の準備が整わないうちに解散すべきだ」

「衆院選はこれまで平均二年おき程度に行われてきた。すでにその二年は過ぎたし、ここらで解散すべきだ」

なぜか解散風を煽る副総裁。実は昭和四十四年一月末、佐藤と川島の間では、こんなやりとりが交わされていたのだ。

首相秘書官の楠田實が、野党に対する総理答弁をまとめた。佐藤はそれを一読すると、秘書官に言った。

「川島副総裁を呼んでください」

川島が来ると、佐藤は「副総裁、これでどうだろうね」と言いながら資料を渡した。

「……」

黙って読んでいた副総裁は、すいと顔を上げ、口を開いた。

「選挙ですね。いいでしょう。これでいきましょうや」

そのとき楠田は、内心アッと叫んだという。

〈日米関係その他のデータを分析して出来上がった答弁要旨。それがそのまま解散・総選挙までつながるとは……！〉

名秘書官は「これが政治か」と目を洗われる思いがしたそうだ。あの懐かしい昭和の頃、わが国にもこういう玄人政治家たちがいたのである。

すなわち川島の〝扇動〟は、この「解散も辞さず」という佐藤の意志と呼応していたが、そこは陽気な寝業師だ。狙いはそれだけではなかったのだ。佐藤と呼応せぬ、裏の意図もあったのである。

〈福田君は、田中君が選挙を仕切って手駒を増やすことを恐れている。しかも選挙に勝てば、佐藤君の四選が現実味を帯びてくるから、福田君は早期解散を絶対に嫌がる〉

幹事長として選挙の采配を振るう。さすれば角栄の力はさらに増す。

〈……だけど今から解散風を煽っておけば、いつのまにか解散ムードが出来上がる。そうなると、もうみんな走り出して止められなくなる。遅くとも年明け、田中君が幹事長のうちに解散になる〉

はたして、福田は反応した。「四選説」に反発した如く、「早期解散論」も打ち消しにかかった。

「いや、佐藤政権のもとで解散は無い。新総裁、新政策で総選挙をやるべきだ」

どういうわけか、角栄も早期解散には反対した。

「今国会での解散は無い」

しかしこれは、川島―田中ラインの連携プレーだったのだ。川島が火をつけ、角栄が消す。

マッチポンプを繰り返すうち、

——これだけ解散が話題になるってことは、もしや……。

という雰囲気が醸成されるという寸法だ。現に角栄は、「今国会」と時期を限定して反対している。裏を返せば「今国会での解散は反対だが、早期の解散それ自体には反対ではない」ということなのだ。事実、しばらくすると角栄は、陰に陽に早期解散を唱え出したものである。

角栄はまた、四選についても後ろ盾の助力を求めた。

「いやァ、解散の件はさすがでした。おかげでだいぶ浮足立ってきた連中もいるみたいで、佐藤さんもその気になってくるでしょう。つきましては四選の件ですが、今は私流のやり方で環境づくりを進めてますが、どうにも限界もありますので……川島先生の方からも、サポートしてくださるとありがたいのですが」

「いや、僕は君みたいにせっかちじゃないからね（笑）。四選の方は、もう少し様子を見ようと思ってる。佐藤君がもっとやりたがってるにしても、前代未聞のことだし、党内にも色んな声が出てくるだろうからね」

「でしょうね……」

「こういう人事の問題は、ワーってやっても潰れる可能性がある。まあ次の総選挙、君の手でやることになるだろうが、それに勝てば次の段階にいくかもね。僕はしばらく情勢を見てみたい。まあ、君に悪いようにはしないよ。僕だって、佐藤君が途中で辞めて福田君、なんていう展開は御免だからね。とにかく僕は僕のやり方で、今後の推移を見て発言していくつもりだから、ま、見ていてくれよ。それより、これだけ解散風が吹けば、佐藤君も折を見て解散に言及せざるを得ないだろう。今はそこを注視すべきだよ」

川島の読み通り、佐藤は解散を示唆した。昭和四十四年八月、

「十一月の訪米後なら、解散の可能性はありうる」

と発言したのだ。

――いよいよ年内解散か？　十二月解散か？

――佐藤は選挙に勝って、四選を目指す気か？

〈よし来た〉

年内解散が確定ムードになり出すと、川島は扇風機のスイッチを「強」にした。

「十二月解散は六分通り」

角栄の方も、あらためて「四選」を強調する。

「佐藤総理はメリットだけで、ミスは一つもない。三選で打ち止めという理由はないよ。むしろ四選が常識だろう」

早期解散と四選。いずれにも反対していた福田も、

〈年内解散に言及するとは、総理の心は選挙で勝利して四選か？〉

と焦り出し、佐藤の解散言及から一カ月過ぎの十月、ついに「四選容認」の前にも少しチッ

プを置いた。

「政局が困難な情勢に直面した場合……佐藤総裁の四選を支持する場合もあり得る」

政界が、後釜たちが右往左往するのを横目に、佐藤は十一月、アメリカへ飛んで米大統領ニクソンと会談。両首脳は「昭和四十七年に沖縄返還」で合意し、共同声明が発表された。そして沖縄は、昭和四十七年五月、日本に復帰。戦争で奪われた領土を、平和的手段で取り戻すという歴史的快挙を、佐藤栄作は成し遂げたのである。


さて、沖縄返還という手土産を持って帰国した佐藤は、「予定通り」、衆議院を解散した。投票日は昭和四十四年十二月二十七日と決まった。史上初の師走選挙だ。

〈この戦いで俺の運命は決まる。ここで勝たねば「次」はない〉

日本で一番「解散・総選挙」を待っていた男・角栄は燃えた。幹事長として総選挙の指揮を執る。まさに政党人の醍醐味だ。選挙の神様は、政治生活の集大成とばかりに奮闘した。

「今度は三百とれるよ」

決戦前夜、手ごたえを感じた指揮官は、こう断言。投票箱が開くのを、これまた日本で一番待っていた。

〈福田一派は「微増程度なら幹事長を田中から保利に代えるべき」なんて流してやがる。そうはさせるものか〉

そして開票日、佐藤自民党は、いや角栄は勝った。それも地滑り的大勝だった。追加公認を含め、予言通り三百もの議席を獲得したのである。

またこの選挙では、小沢一郎、梶山静六、羽田孜(はたつとむ)らがバッジを付けた。のちの〝角栄親衛隊〟だ。「田中は選挙に強い」という何物にも代えがたい評価と信頼できる手下たち。〝大幹事長〟は有形・無形の武器を得たのである。

なお、自民党が圧勝する一方、共産党も五議席から十四議席へ躍進した。川島はこれに刺激され、翌年二月の京都府知事選の応援演説で、次のように警告する。

「一九七〇年代、特に後半で、自民党と対決すべき相手は共産党となろう」

その後「八〇年代」と言い換えられたが、共産党はその後も議席を伸ばし、七九年の衆院選では三十九議席を得るに至った。若き日々、内務省で社会主義に触れた選挙の神様は、共産党への読みもまた的確だったのだ。

話を戻す。

総選挙での勝利が確定した頃、角栄は秘書の麓邦明(ふもとくにあき)に耳打ちされた。麓は元共同通信政治部記者で、例の『都市政策大綱』をまとめた政策通の秘書だ。

「今すぐ佐藤四選に向けて走り出すべきです」

「その通りだ。これから佐藤に言う」

幹事長はすぐ総裁に会い、進言した。

「総理、おめでとうございます。……早速ですが、これで国民の信を受けました。沖縄返還の大事業を、総理の手で最後までやるべきではないかと……」

「四選」には大義名分が必要だ。幸い、佐藤には「沖縄返還」という絶好のテーマがあった。佐藤と等しく三選している安倍晋三は、「改憲を成し遂げるため四選を目指す」と言い出すのかどうか――。

「……今後のことは私自身で決めるが、色んな意見があることは承知しておこう」

佐藤はもちろん明言しない。が、いつもと違って怖くなかった。満更でもない顔だった。大勝でゆるんだ頬が、さらにゆるんでいた。

幹事長は番記者を集め、総裁の「心境」を解説した。「四選あり」をメディアにも浸透させておかねばならない。

「これで総理の四選は間違いない。国民も佐藤内閣の継続を望んだんだ。沖縄は佐藤さんのおかげで戻ってくるんだから、返還を最後まで見届けるべきだよ。それが国民の意思だ」

まくしたてる角栄。このころは番記者を選別し、「福田番」と知るやプイと横を向くこともあったようだ。

むろん、福田陣営とて黙っていない。

年末年始、次の如き「人事構想」が流布。絵を描いたのは、

〈田中がこれ以上幹事長を続けたら、「福田政権」が危うくなる〉

と、角栄を危険視する岸信介だといわれた。

「保利幹事長」

「田中入閣」

そして、

「川島衆院議長」――。

福田―保利ラインに近い園田直（そのだすなお）が、盛んにこの情報を発信した。〝園田アングラ放送〟と呼ばれたほどだ。ちなみに園田は女優を情婦にするなどあっちの方もお盛んで、武道の達人でもある。ともあれ昭和の妖怪以下、福田一派の狙いはズバリ「川島―田中ライン」の分断だ。

「噂を流して、そこに強引に持っていこうとする……あの人たちの悪いところだ。川島さんは議長をやらないと、とっくに言ってあるんだ。あんな動きは俺が潰す」

大幹事長は露骨に反発したけれど、心配もあった。佐藤の方寸が、今一つ読めなかったからだ。

「一番心配なのは予算だ。大蔵大臣は一生懸命やっている。幹事長は……何か優遇する方法はないものか」

佐藤は年末会見でこう語り、福田留任を匂わせた。が、角栄の方は、「優遇したい」というだけで、留任を確約も匂わせもしない。佐藤側近からは、

――今度は最後の人事だから、「保利幹事長」になるだろう。

なんていう予測も出ていた。

〈よもや、俺を外すことはないと思うが……。四選せずに福田へ譲るつもりなら、俺と保利をとっかえることもあるかもしれん〉

大勝の余韻が残る中、一抹の不安も感じる大みそかの角栄だった。

角栄の暗部

正月を迎えた。昭和四十五年だ。この年は三月から九月まで、日本初の万国博覧会が予定されていた。五輪と並ぶ戦後日本の象徴のようなイベントだ。そして、十一月末には自民党総裁の任期が来る。佐藤が四選を狙うのか、それはまだわからない。

一月四日、伊勢神宮参拝を終えた佐藤は記者会見で述べた。

「三百議席は全員が火の玉となった結果で、功績に優劣をつけようがない」

「功績に優劣はない」――角栄の留任は無いともとれる発言だ。佐藤はさらに語った。

「議長にはベテランが起用されることだけは間違いない」

「私の頭の中にある後継者は三人だ」

〝人事の佐藤〟ならではの、意味深長な会見だった。各所に配慮しているようで、牽制もしている。

〈佐藤君、だいぶ凝った話をしたな……。まあ、岸や福田君たちがいくら騒いでも、佐藤君は

あたしを留任させるだろう〉

団十郎の独演を聞いても、川島は冷静だった。

〈あたしと田中君が留任すれば、党内は「四選シフト」と見る。実際に四選を狙うかどうかは別として、「四選もあり得る」と見なされればレームダックにはならない。だけど保利君を幹事長にしたら、「四選ほぼ無し」と見られて佐藤君の求心力は落ちていく。だから佐藤君は、あたしを副総裁、田中君を幹事長に据え置かざるを得ない〉

川島は角栄とも話した。

「何かアングラ放送が流れているが、君、妥協なんかしないだろうね？」

「ええ、だって選挙に勝ったんですから、降ろされる理由はありませんよ。外相やら、またも官房長官やら（笑）、勝手な噂が流れてますがね。先生の議長とやらも流れてますね。まあ私も大平君たちと話して、押し返そうとはしてますが、佐藤さんがどう出るか……」

「いや、佐藤君はあたしたちを外すことなんてできないよ。この状況で保利君を幹事長にしたら、四選を放棄したっていうメッセージになりかねない。で、佐藤君から福田君へ求心力が移ることだってあり得る。慎重な佐藤君は、もし三選で辞める気でも、ギリギリまで四選含みのポーズを取り続けるよ。四選派と見られている我々は、佐藤君の煙幕として使われるわけだよ（笑）」

「なるほど……」

「岸さんはご不満だろうが、佐藤君はまた、あたしたちと、保利君と福田君を組み合わせて使うだろう。記者会見で謎かけみたいなことを言ってたけど、ありゃ芝居だから惑わされることはない」

「さすが、先生は冷静な見方で……安心しました。私はどうも、少し感情が入ってしまって（笑）」

「いや、それが君のいいところだよ（笑）。まあ今年はいよいよ四選するかしないかっていうのが中心にくるから、僕もタイミングを見ていくよ。とりあえずはすぐにでも佐藤君と会ってくる」

で、副総裁は総裁に会った。自ら連絡し、佐藤が待つ鎌倉の別邸に足を運んだ。一月十一日のことだ。

佐藤は前日、記者団に「お年玉」を出す。

「明日、川島君が夫人同伴で鎌倉へ来る。議長は受けないと思う、受ける気なら来ないだろう。幹事長は田中君がいるじゃないか」

翌日現れた賓客は、

〈佐藤君、昨日は上手いこと先手をとってきたな。当面は、あたしと田中君の方に比重をかけてくるんだろう〉

そう思いながら別邸の主人と向き合った。型通りの挨拶を終えた後、

「今年は万博があって、外国から元首級の来賓が参列するので、ベテランかつ実力者のあなたに議長をお願いしたい」

「いや、ありがたいお話ですが、私はその任にあらず、ですな。あたしはやっぱり党務の方が向いてます」

と、型通りのやりとりをして、川島の留任は決定した。続いて角栄の留任も、あっさり決まった。両者はその後、長時間に渡って雑談。といってもこの二人のことだから、政局やら人事やら、生臭い話も多々混じった。

〈あたしと佐藤君が長時間話し合うことで、様々な憶測を呼ぶ。「四選を話し合った」なんていう勘繰りも出てくるだろう。まあ佐藤君は、四選へ半歩踏み出したと見てよいだろうな。問題は党内の情勢だ。本当に四選に出るとなったら、ゴタゴタも起きるだろう〉

事実、この総裁と副総裁のサシ会談は、のちに「あのとき川島は、『佐藤は四選に立つ』との心証を得たんじゃないか」と囁かれるようになるのである。

昭和四十五年一月十四日、第三次佐藤内閣が発足した。党は副総裁に川島、幹事長に角栄。内閣は大蔵に福田、官房長官に保利。引き続き川島―田中ライン、福田―保利ラインに佐藤が乗っかるという構図である。

――川島―田中ラインを残したということは、四選含みだ。

はたせるかな、こうした見方が支配的となった。ただし、通産相を大平正芳から宮沢喜一に代え、党と閣内を結ぶ田中—大平ラインを分断。福田陣営への配慮も見られた。また、共に前尾派の大平と宮沢の交代は、同派の揺さぶりという意味合いもあった。〝人事の佐藤〟ならではの、考え抜かれた布陣である。

二月の党大会では、公選の一カ月前倒しが決まった。佐藤の総裁任期満了に伴う党大会は、十一月末に予定されていた。これを十月末か十一月はじめに行うこととなったのだ。そのわけは、

「年末にかかると、予算編成に支障をきたす」

というものだ。満場一致の了承だった。

〈「四選」に違和感がなくなってきてるな……〉

この提案を読み上げた幹事長は、内心小躍りした。というのも、総裁選の繰り上げは、これまで鬼門であったからだ。

〈今まで主流派が繰り上げを仕掛けると、党利党略だなんだって潰されてきた。それが一発で通ったってことは、三百議席の威力に加え、四選やむなしの空気も出てきてるってことだろう〉

今はまだ、みな半信半疑だ。しかし環境さえ整えば、四選は十分可能だ……角栄は、前向きに考えた。

ところで公選の時期がずれたため、ある件が問題になってきた。国連創設二十五周年記念総会だ。

国連総会は、十月十九日から一週間程度。他方、総裁選は十月末から十一月はじめ。つまり総会の直後に公選ということだ。それゆえ党内からは、次のような声が出始めた。

——佐藤は、国連総会を花道にして引退するのではないか。

——いや、佐藤が国連総会に出るといえば、四選出馬だ。総会に出て、直後に辞めるというのでは、国際信義にもとるからだ。

——佐藤が総会に出ないといえば、四選に出ないということだ。

憶測の広がりを見て、

〈今だ〉

とひらめいた男がいた。

カミソリ正次郎だ。

三月八日、川島は魔球を投げた。記者会見で以下の如く述べたのだ。

「総裁選を一カ月繰り上げて十月にすることは、党内に異論はないだろうね。十月下旬からの国連総会への首相出席との兼ね合いで、総裁選を十月上旬にするか、下旬にするか、今後、党七役で検討してもらう」

さらに続けた。

「国連総会に総理は出るべきだが、これと佐藤四選問題はからませて考えてもよいし、からませなくてもよい。総裁選挙で選ばれた総理が国連総会に出席すればいいことで、佐藤四選とは関係ない。ま、いずれにしても、この議論を党として実質的に考えるのは、国会を終えた段階になるだろうね」

これのどこが魔球なのか。ただ一般論を語っただけではないか。「国連総会と四選を、からませてもからませなくてもよい」「公選で選ばれた総理が出席すればいい」……要はどうとでもとれる発言だ。

しかし、この一般論の裏には、別の意図が隠されていたのだ。

〈国連総会と総裁選とをからめる意見が出始めてる……そのタイミングで二つを並べて話せば、国連出席と四選は、まさに表裏一体の関係になる。そうなれば、コトは現職の佐藤君に有利に進む。出欠のカードを握れるし、実際問題、総会出席直後に引退なんて、国際的に通用しない〉

そう、陽気な寝業師が仕掛けた「芸術的ともいえる高度な連想ゲーム」(作家の水木楊)によって、国連総会と佐藤四選とが、完全にワンセットの図式となったのである。しかも、四選派に好都合な形で——。

この読みの深さと機を逃さぬカンの鋭さ。川島正次郎が〝政治の芸術家〟といわれる所以である。

副総裁の絶妙な発言を聞いた幹事長は、

〈上手い……なかなかおおっぴらに「四選」を強調してくれなかったが、こういうやり方でくるとは……〉

と唸った。

〈ああいう言い方なら、波風を立てずに四選への道が整備される……「国連総会に出るな」なんて言えないし、「出たらすぐ辞めろ」とも言いにくい。「国連総会」が「四選」の代名詞になることで、知らず知らずのうちに四選ムードがつくられていく……〉

政界広しといえども、こんな芸当ができるのは俺の後ろ盾だけだ。

そう思った角栄は、また安心もした。

〈あんな人が福田についていたら、大変なことになってたな〉

で、マスコミに向けては、一歩踏み込んだ発言をした。

「川島発言は常識を言ったまでだ。川島さんは何もかも知り尽くして発言してんだから。……だけど四選には前提がある。佐藤総理の独走態勢で、しかもテーマが四選にふさわしいものでなければならない。池田さんは三選したとき辛勝だった。佐藤さんの四選は、全党に推された形にしないとダメだ」

しかしその角栄は、一方で、あるトラブルを起こしていた。

角栄を高く評価する、鬼才・小室直樹（こむろなおき）博士も「あの問題の角栄は大罪」と断じる暴挙だ。そのトラブルとは――。

昭和四十四年、公明党・創価学会を批判する二冊の本が出版された。藤原弘達の『創価学会を斬る』、そして内藤国夫の『公明党の素顔』だ。公明党・創価学会は、両著の出版を潰そうと暗躍。その過程で角栄が、公明党委員長・竹入義勝の依頼を受け、弘達に裏取引を持ち掛けていたことが発覚したのである。

昭和四十五年二月には、この件が国会でも追及され、角栄は

「おせっかいを焼いた」

などと釈明。結局、公明党・創価学会は、五月に入り「政教分離」を宣言せざるを得なくなった。

元角栄番の小畑記者によると、昭和三十九年に公明党が結党された際、角栄は机だか椅子のひじ掛けだかを叩いて吠えたという。

「そういう宗教政党はいらない！」

さりとて選挙や国会対策上、公明党は「援軍」だ。されば背に腹は代えられない……ということか。それにしても、このおせっかいな男には、他にも様々な「言論弾圧」の形跡がある。早坂茂三の本などでは、メディアに寛容なボスの姿が描かれ、それを真に受けている向きも少なくない。だが少し調べれば、

――田中サイドが記事や放映内容に圧力をかけてきた、脅してきた。

といった〝黒い霧〟によく遭遇する。角の字のマスコミ恫喝を報じた雑誌が、翌々週、一転して提灯記事を載せるという不思議な事例もある。そうした妙な圧力体質は、金権などより問われるべき、角栄の暗部である。

昭和の妖怪が警戒する角栄と、弟の四選出馬

「兄貴はどう思う?」

佐藤は岸に尋ねた。……進退のことだ。

四選するか、否か。

軸足の一方、川島―田中ラインは四選派だ。他方、福田―保利ラインは「四選せずに福田へ禅譲」が理想だ。ただし、「四選後、途中で禅譲」との路線も用意している。

〈福田に譲りたいが、まだ頼りない。それに、もう少しやりたい〉

迷う弟が選んだ相談相手。それはやはり賢兄だ。

「十月末の公選前までに引退すべきだな。早けりゃ早いほどいい。四選など絶対にしちゃいかん」

「それじゃ、十月までに辞めろってことか」

「そうだ。お前があと一年でも二年でも続ければ、田中がもっと力をつけてきて、福田の強力な対抗馬になる。それに田中には、川島までついてるじゃないか。アイツらは危険極まりない

ぞ」

「いや、田中は心配ない。仮にヤツがもっと伸びても、俺が『福田を先にやらせろ』と言えば、田中は言うことを聞く。田中は俺の前では直立不動だ」

「そうかな。お前は一月の人事で田中と川島のクビを切らなかったじゃないか」

「いや、あれはあれで、俺にも計算があったんだ。いざとなったら問題ない」

「ホントかね。だけどお前が四選に出たら、前尾と三木もナニするぞ」

「出たところで、問題なく敗れる。あの二人は俺の敵じゃない」

「そうなっても、あの二人は反福田になって田中とくっつくぞ。田中はめざといからな」

「なに、四選すれば、あんな連中は上手く弱体化できるよ」

「いずれにしても四選はいかんよ。早く辞めるに越したことはない。四選したとしても、今季限りで辞めるっていう総理に忠誠を誓う人間はいなくなる。反抗する人間も増える」

「……」

「そうなると、お前が福田君にナニしようとしても、誰も言うことを聞かなくなるぞ。お前は沖縄にもメドをつけたし、十分実績を残したじゃないか。後は引き際だ。四選なんていかん」

兄に諭された弟は、ヘソを曲げた。

〈あそこまで強く辞めろ辞めろっていう必要はないじゃないか〉

心の奥底では、四選へと背中を押してもらいたかった佐藤。ところが岸は猛反対した。兄の凄さを誰よりも知っているだけに、気が萎えた。

〈やはり四選には出ず、福田君に譲った方がいいのか……。まだ時間はたっぷりある。とりあえず様子を見よう〉


一方、昭和の妖怪が最も警戒する川島―田中ラインの方でも、「説諭」が行われた。

「川島先生、この前の発言はお見事でした……あれで四選と国連総会が、完全につながりましたね。四選ムードが日に日に出てくるのを感じます。まあ、まだ『まさか四選は』っていう声のが強いようですけど」

「いや、今はまだ雰囲気づくりの段階だからね。本番はこれからだよ。どのタイミングで四選の花火を打ち上げるか。こちらは雰囲気づくりと違って、パッと、しかし自然な形でやらないとダメだ。露骨にやると反発が出て、騒がしい総裁選になりかねない。そうなったら、佐藤君だって四選に出なくなるだろう」

「はい……」

「これからのカギは前尾君だ。彼が出馬しないとなれば、四選は確定だろう。逆に前尾君が立てば、三木君と二、三位連合を組むことだってなくはないし、ちょっと荒れてくる。佐藤君は三選に出るとき『これで終わり』って言った手前、無競争かそれに近い形じゃないと四選に出にくい。他にいないからぜひ、っていう形におぜん立てしないと、大宰相はお出ましにならない」

「プッ（笑）。いや、おっしゃる通り、四選は前尾さん次第です。前尾さんが出なければ、三木君だってあきらめるかもしれない。前尾派の大平君や鈴木善幸君とは絶えず情報交換してますから、前尾さんの動きや心境ももっと注意しておきます」

「ウン、僕の方でも前尾派の感触を探っていくようにするけど、問題はあれだな、前尾君は三選に対抗して立ってるから、四選で立たないのは筋が通らないって話になることだな。四選に出ない口実というか、大義名分がほしい。ムラの中には今度こそっていう者もいるだろうから、そういう連中も納得するような旗があるといいんだが……」

「いざとなったらポストを約束するしかないと思いますが、まあ前尾さんは、利害で動くような人じゃないですから、やはりきちんとした名目がほしいですね。そういう点も大平君にあたってみます」

「ウン、頼むよ。……ところで君、いま公明党の件で色々やられてるようだが、僕が心配してるのはあれじゃない。はっきり言うが、君の身辺のことだ」

「えっ……」

急に話題を変えてきた川島に、角栄は臆した。

「君には黒い霧がちらほらある。まあ、ああいうのは憶測やデマも多いだろうが、問題なのは君の家だよ。今はまだ幹事長だからいいが、もっと責任ある立場になったら、あの豪邸は必ずあらぬ疑いを受ける。君は事業もやってて、自力で建てた家だとしても、国民はそうは見ない。一時的でいいから、もっと小さい家に移るとか、そういう準備もしといた方がいい」

「………」

「もう一つある。こっちだ」

川島は、小指を立てた。

「これも同じように、今は幹事長だからいい。だけどもう一歩進んだら、必ず問題にされる。君も知ってるだろうが、岸さんにも似たようなことはあったんだ。……僕なんか、身軽な立場だけど、二号と別荘は持たない主義だよ。だって考えてもみたまえ、たまにしか使わないのに維持費が大変じゃないか（笑）」

角栄は少し笑ったが、すぐ真剣な顔に戻って言った。

「……先生、ご忠告ありがとうございます。率直に言っていただいて嬉しいですが、私は他の人と違って誰の世話にもならず、全部自分で稼いでいます。家もそこから建てたものです。だから世間に気兼ねする必要はないんです」

「……」

「もう一つの方は……私も男ですからってことで、勘弁してください（笑）。なにぶん男だろうと女だろうと、人を切るっていうのはなかなかできない性分でして（笑）」

このころ〝コンピューター付きブルドーザー〟と呼ばれ出した角栄は、努めて笑うようにした。機械的ではなく、人間臭い笑いだった。が、後ろ盾は、一瞬口元をゆるめただけで、話を続けた。

「……まあ、君がそう言うならしょうがないが、政界は一寸先は闇だ。何が起こるかわからんから、家の方は考えといてほしいね。君は党人派の本命なんだ。僕は君が立派な花になる日を楽しみにしてるんだよ。だからくれぐれも慎重になってほしいね」

川島は話を収めたが、のちにこう語っている。

「田中君は、やましいことはないと思い込んでるから、どうも始末が悪い。しかし将来、必ずあたしの言ったことが思い当たるときがくるだろう」

四年後、二つのことが引き金となり、角栄は総理の椅子から去った。その二つとは、カネと小指であった。大邸宅も饕餮を買った。先読みの川島は、当たらない方がよかった見通しも、的中させてしまったのである。

「大平君、前尾の方はどうなんだ。やる気あんのか」

角栄の直截な問いかけに、大平は眠そうに応じる。

「アー、まあ前尾は、前回も出たから、ウー、ムラをまとめるためにも、出る方向も検討してはいるだろうな。まだ決めかねてはいるだろうが……」

「しかし、佐藤に対抗したって勝ち目はないぞ。三木と連合を組んだって、勝てる可能性なんてこれっぽっちもない。佐藤三選のときの二の舞になる」

佐藤三選時の公選で、前尾は派の人数で下回る三木に負けた。一説によると、前尾を派の会長から引きずりおろすため、大平は票集めを怠ったという。さらにいえば、その大平の裏には角栄がいたとの説まである。

とはいえ幹事長は、前尾と個人的には親しい。一方大平は、派の会長たる前尾と不仲だ。池田勇人の死後、側近組は前尾―黒金泰美（くろがねやすみ）―宮沢喜一のラインと、大平とに分かれていた。

「前尾さんは大事な人だ。そりゃ政治家としてアレな面もあるけどさ、あれだけの教養人だし、軽く見ていい人じゃない。だけど前尾は池田さんにはなれないよ。君だって、いつまでも前尾の下で甘んじてるつもりじゃないだろ？」

「アー、そんな気はないが、まあ前尾も、親しいアンタが四選四選言ってるから、ウー、四選反対って言いにくくはなってるわな。それに選挙で三百とったから、三選出馬のときに並べた御託は、もう全部吹っ飛んだな。アー、おまけに地元の京都府知事選も負けたから、意気上がってるっていうわけじゃない。ムラの中は、今回は見送って、次を狙うっていう声もなきにしもあらずだな。アー、若いモンの中には、前尾を敢えて出させて、自爆させろなんて言うヤツまでいる（笑）」

「君は今、ムラをどの程度握ってんだ？　それ次第じゃないか？」

「アー、ほとんど握ったな。前尾は面倒見が悪いからな。ただ、アー、池田が亡くなる前に、前尾を後継指名したと誤解してる連中がごく一部いるから、ウー、そいつらだけだな、問題は」

「だったら、君もそろそろ決める頃じゃないか。前尾が立候補しなけりゃ、派内からは突き上げも起きるだろ。そうなりゃ当然、君の出番になる」

「……」

「悪いけど、前尾さんは詰んでるだよ。出ても惨敗だし、出なくてもムラが荒れる」

「それはそうだが……」

「だったらここは佐藤で我慢してもらって、何か座りのいいポストに就いた方が得策じゃないか。いずれは議長になれる人だと思うし。前尾が出なきゃ、君の出番も早まるし、いいことずくめじゃないか」

「ただ前尾は、アー、この前出たから、出ないとなると理由が要るだろうな。俺の方でも、アー、鈴木善幸君とも話して、ウー、色々動いてはみるが、そう簡単にはいかないだろう。俺自身も佐藤は好きじゃないから、四選がいいこととは思ってない（笑）」

「フッ（笑）。まあ、そこを何とか頼むよ。岸は相変わらず何か言ってるようだが、佐藤は間違いなく四選を狙ってる。前尾が立たなきゃ確実に出る。福田や保利はギリギリで佐藤が福田に禅譲するのを狙ってはいるが、四選させて途中で福田に譲る案も練ってる。だけど四選したら、池田みたいに病気でもない限り、そのまま居座るに決まってるよ。で、そうなったら、五選は絶対ないから、佐藤はレームダックになっていく一方だ。岸はそこまで読んでるが、佐藤は大宰相気取りでポーっとなっちゃってる」

「ハハッ（笑）」

「とにかく四選すれば、勝負は二年後の昭和四十七年だ。前尾は自分じゃ気づいてないけど、カギを握ってんだ。何とか抑えてほしい」

大平と会った後の角栄は、

〈前尾を釣るポストは蔵相か、外相か……〉

などと考えるうち、一気に二年後へと飛んだ。天才にありがちな、発想・思考の飛躍が起きたのだ。

〈前尾派は大平派になって、大平も佐藤後を狙うだろう。だけどもちろん、俺が先にやらせてもらう〉

田中―大平ライン。昔は「大平―田中ライン」または「大平・田中枢軸」などといわれていた。いずれにしても「大平」が先だった。それが幹事長として歩むうち、誰もが「田中」を先にするようになった。

〈その重要な幹事長を、大平はやっていない。どちらが佐藤の後に相応しいか、一目瞭然じゃないか〉

同じ「ライン」相手でも、大平と川島には決定的な違いがあった。前者は総理を目指し、後者は目指していないことだ。

〈大平は、川島さんと違って野心があるから、油断ならんな〉

今日の味方も二年後の敵。それを角栄は、すでに自覚していた。

大平らを通じ、前尾派に手を突っ込む角栄。

川島の方は、角栄の如く腕力では勝負せず、もっぱら情報収集に勤しんでいた。

〈前尾君のところも複雑だな〉

前尾派の事情を、角栄ほどには掴んでいない。だが、

〈以前から続いていた前尾系と大平系の対立が、ますます深刻なものになってきている〉

ということはよくわかった。

こんなお遊びもした。

「佐藤君は、福田君に禅譲する気だという噂があるけど、そう簡単な話じゃないよ。福田君は『派閥解消』なんて言って、そのくせ自分も派閥をつくってるから、敵が多い。だから反福田の勢いによっちゃ、佐藤君は前尾君を選ぶことだってあり得るんじゃないか」

佐藤が前尾を後継指名――。

荒唐無稽な話だが、

――川島が言うんじゃ、可能性はゼロじゃないかもな。

と、妄想する者が出てくるから面白い。

〈前尾君の方も、必死に情報を集めてるようだな。判断はまだ先だろう〉

ところで昭和四十五年三月末、よど号ハイジャック事件が起きた。赤軍派が日航機を乗っ取り、北朝鮮行きを要求したのだ。このとき川島派の運輸政務次官・山村新治郎が人質となった。乗客の身代わりだ。折しもモスクワにいた川島は、

「山村君が無事帰されるまで、あたしゃ日本へ帰りませんよ」

と、ソ連政府に斡旋を要請。〝男・山新〟がめでたく平壌から帰国すると、川島も二日遅れでソ連から戻り、両者は国会内で再会した。

「先生……！」

「山村君良かった、本当に良かったね」

しかし川島は、すぐに飄々と去ってしまった。その後も〝身代わり新治郎〟が、お礼を言おうとするたびに、さっと話題をそらしたという。山村はそんな親分を、こう崇めたものである。

「私にとっては〝ホトケの正次郎〟以外の何物でもなかった」

本物の粋人は、見てくれや身のこなしだけでなく、中身も粋なのである。

何が何でも禅譲を阻む

さて、脇役たちが舞台を整え始めても、団十郎はなかなか決めゼリフを吐かない。

三月中旬、万博開会式前日には、

「国連二十五周年の記念行事は大変意義深い。出席の要請はまだ来てないから、事務総長が来日して、はたしてどんな要請をするか、それを待っている」

と発言。川島の敷いた「国連総会出席＝四選」というレールに早くも乗り、煙に巻いた。

三月下旬、六十九歳の誕生日にも、

「日本の一九六〇年代は目覚ましい発展を遂げたが、私も七〇年代にさらに努力したい」

と、曖昧な言い回しに終始した。とはいえ三選時には、

「これで終わり」

「もう十分だ」

と、「否定形」だったから、「四選」へと傾き始めたと見ることもできる。

四月半ば、くだんの国連事務総長が来日すると、

「国連総会への招待、承知しました。自分が出席するかどうかは決めかねており、しばらく預かっておきます。しかし十分考慮しております」

と回答。

五月中旬の記者会見では、

「国連総会には、日本の総理が……日本の総理が出席すべきだと考える。……四選に出るかどうかを聞きたがってるかもしれないが、それは小さい、小さいと言いたい。国民が幸せである

ためには、政局を安定し、自民党がしっかりすることだ」

などと述べ、「政局安定」を持ち出した。「政局安定のためには四選も辞さない」とも読み取れようが、さりとて幅を持たせた発言だ。佐藤は「四選カード」をちらつかせ、政界スズメたちを嬲（なぶ）っているかのようだ。

ちなみに現在三選目の安倍も、大叔父の佐藤と同様に、

「頭の片隅にもない」

などと四選を否定。が、一方では、

「改憲を私の手で」

と、含みのある発言もしている。「国連総会出席＝四選」のように、「改憲＝四選」という図式をつくる気なのか。単なるレームダック封じのためなのか。三選任期満了時、安倍は六十七歳だから、年齢的には六十九歳の佐藤よりも順境だ。

ただ、佐藤の場合と違って、安倍が四選するには党則改正が必要である。しかしその手続きは、まだ進んでいない模様だ。コロナ対策も後手後手かつ拙劣で、「四選待望論」が湧く様子もない。衆議院の任期は総裁任期のひと月後ゆえ、普通に考えればその前に解散・総選挙がある。党則を改正し得る日程で解散がなされ、そこで自民党が勝てばどうなるか……仮に四選、または任期延長を狙うなら、川島や角栄に倣い、庶民に目を向けた施策を講じて頂きたいものである。長いだけで終わったら、大宰相たる祖父と大叔父が泣く。

話を戻す。

六月下旬、日米安保条約が十年の固定期限を迎えた。今度も反対闘争が展開されたが、十年前ほどの騒乱はなく、自動延長された。それにはわけがあった。前年八月、大学紛争収拾のための「大学管理法」が成立。おかげで学生運動が、以前に比べ鎮静化していたのである。

その大学管理法を仕上げた政治家とは――田中角栄であった。

〈これは七〇年安保に向けての重要法案だ。だいたい、学生どもも、親のカネで大学まで行かせてもらってるくせに調子に乗るな！〉

大学に行けなかった角栄は、この法案の成立のために執念を燃やした。野党はむろん、大学側からも反対の声が上がったが、幹事長は動じない。

〈これを通せば学生運動は静まる。六〇年安保のような騒動は起きなくなる。さすれば社会は安定する。社会が安定すれば自民党は勝つ。自民党が勝てば幹事長たる俺の手柄となり手駒も増やせる。手柄を上げて手駒を増やせば総裁選に勝てる。つまりこれをやれば天下を獲れる。これをやれば天下は俺のものだ！〉

大学法案は、衆議院でやっと可決された後、参議院に回った。されど参院議長の重宗雄三が、強行採決を躊躇し本会議開会のベルを押さない。

すると野望に燃える角栄は、重宗の部屋へ乗り込んで、怒声を発した。

「おい！　じいさん！　なんでベルを鳴らさないいんだ、早く鳴らせ！」

「角さん、あんた、佐藤のオヤジは無理するなって肚じゃないのか、アンタ、ちゃんと打ち合わせてんのか」

「何言ってんだ、じいさん！　お前さんたちは子供が全部出来上がってるけど、学生を子に持つ日本中の親たちはどうするんだ。自分たちの食うものも削って子供に仕送りしてるんだ。ところが学校はゲバ棒で埋まってて、こんなことで卒業できるのか、就職できるのかって、みんな真っ青になってんだ。気の弱い学生は、大学に行きたくとも行けないで、下宿でヒザをかかえてんだ。だからじいさん、早くベルを鳴らせ！　やらなきゃ、この俺が許さんぞ！」

「……まあ角さん、そうガミガミ言うな」

角栄に気圧された〝重宗天皇〟は、官房長官の保利に連絡したうえで、ベルを押した。大学法案は強行採決で成立し、学生運動は潮が引いていったのである。

社会の安定という国益と、天下獲りという私欲の一致。弱者に目配りする一方、恫喝も厭わない。しかも勝負所を的確に捉える――この法案の起承転結には、政治家田中角栄のエッセンスが詰まっている。

翻って今日、コロナ禍で退学を検討する大学生が増えているという。角栄であれば、

〈学生を救えば社会が安定する。親たちも喜ぶ。ひいては自民党が勝つことになる。何より日本の将来のためになる〉

と、大学管理法ならぬ「大学救済法」を強引に仕上げ、中退者を一人でも減らすために奮闘

するところであろう。

「学費を払えないのは自己責任だよ、チミ」

「ゾンビ学生なんて、退学させりゃいいじゃねえか（笑）」

などと嘲笑したり、放置したりは絶対にしないに違いない――。


「田中君、それなりに四選ムードも出来てきたし、そろそろ次の段階に進もうじゃないか」

「はい、ニクソン……ですかね？」

「そう、その通りだよ。さすが話が早いね。君と話すとテンポが良くなるからいいよ（笑）。……要するに沖縄は、国内問題であると同時に外交問題だ。内政と外交をからめれば、ちょっと反対しにくくなるよ。僕はもうしばらく猫をかぶらせてもらって、終盤になってから続くから、まず君の方からアングラで流してみな。佐藤君だって同じことを考えてるはずだよ。大宰相様は、僕が会いに行っても『いま按摩を呼んでるから会えない』なんて言うくらい偉くなっちゃってるから、何考えてるかわからんけどね（笑）」

川島はここでせき込んだ。

――ゴホッ、ゴホッ！

「あ、大丈夫ですか？」

「……いや、失礼、この前風邪ひいてから喘息が……近く、ハワイに療養に行く予定だ。そうすりゃすぐ治るから、安心してくれ。今寝込んじゃいられないよ」

川島─田中ラインの密談後、まずオトボケ正次郎が、記者会見でとぼけた。

「佐藤四選が可能かどうかって？　君、そんなことは秋風が吹かなきゃわからんよ……」

いつものように飄々としているため、表情からは読めない。

ただ、川島に食い込んでいた小畑記者によると、

「佐藤四選を支持しそうなのは、雰囲気で何となくわかった」

という。

他方、角栄は、オフレコでこんなことを言い出した。いわゆる「田中談話」である。

「佐藤総理の四選は、アメリカも期待している。ニクソン大統領としては、沖縄返還での貸しが返らないうちに佐藤総理が退陣したら困るからだ」

沖縄返還という重大事。それを首尾よく実現させるためには、ニクソンと交渉した当事者・佐藤栄作が首相のままがいい……この論理は一部で叩かれた。「外国の意向を持ち出すなんて、田中は外交オンチだ」というわけだ。が、大きな反発は起こらなかった。

〈沖縄とニクソンを持ち出せば、川島さんも言う通り、佐藤もその気になるだろう〉

ニクソンとからめて佐藤を推す。いま一部で「トランプ大統領と伍していけるのは安倍総理だけだ。だからトランプが再選されたら、安倍総理も続投すべきだ」などという説が叫ばれているが、半世紀前にも似たような理屈が流れていたのである。まさしく歴史は繰り返す……の

だろうか。

で、佐藤は六月末、万国博「日本の日」に出席。またも国連カードで遊んだ。

「国連総会に出席する機会が来れば幸せだと思うが、まだスケジュールを組む時期ではない。総裁選に出馬するかはまだ決めていないし、はっきり申し上げる時期ではない」

しかし、川島の投じた魔球——国連総会と四選のドッキング——は、凄まじいまでの威力である。三月の川島発言以来、国連カードを多用、いや酷使する佐藤。総会への出欠を、進退とイコールと見なす政治家たち。そしてメディア。みな無意識のうちに、川島の手のひらの上で踊っている。

七月に入ると、様々な動きが出てきた。

まず一日、こんな記事が出る。

「前尾派『佐藤不出馬』の判断」

佐藤四選が無いと見て、前尾が出馬態勢を固め出したというのである。

〈ちょっと確認してみよう〉

新聞を見た角栄は、大平と会った。

「前尾が出ないと書かれてたが、あの裏は何だ?」

「あれはそう心配することないよ。アー、佐藤が立たなければ立つっていうだけの話だ。裏を返せば、佐藤が出りゃ前尾は出ないってことだよ。今度派閥の研修があるけど、前尾ははっきりしたことは何も言わないはずだ」

「安心していいのか?」

「問題ないよ。前尾じゃダメだって声がムラの中には充満してる。俺に出ろって声もあるんだから(笑)。アー、佐藤が引退するなら、そりゃ前尾も出ざるを得ないだろうが、ウー、佐藤と直接やりあえるほどムラはまとまってないよ。前尾にとっては春より状況が悪くなってる。佐藤相手に出るってなったら、大騒ぎになる」

翌二日、前回も出馬した三木武夫が、

「佐藤総理は三選に臨むとき、沖縄と安保条約の継続が課題だといった。この両方が解決された以上、佐藤総理の使命は終わったと考える」

と、今回も立つことを強く匂わせた。

〈三木はまあしょうがない。問題は前尾だ。五日の派閥研修会で何か言うか……〉

三木は小派閥だし、前尾が出なければ連合も組めない。従って、名門派閥を率いる前尾の動向こそ四選実現のカギ。

角栄はそう見ていたが、前尾は研修会で出馬について触れなかった。大平の言う通りであった。ただ、福田財政批判を展開したため、

——佐藤が福田に禅譲したら、前尾は確実に出馬する。

という見方が大勢となった。

三木と前尾が、準備体操のそぶりを見せた頃。

副総裁は、ふらっと幹事長室を訪れた。

川島は、何か用事がある場合、相手が格下でも自分の方から足を運ぶ。小畑記者によると、人情正次郎はこう話していたそうだ。

「頼む方が行くっていうのが、人間の付き合いだよ」

親しき中にも礼儀あり……とは少々違うが、今回も年長者の方から出向いて行った。

「田中君、ちょっといいかい？」

「あ、川島先生、どうぞ、どうぞ。そういえば、もうすぐお誕生日ですね、八十歳、おめでとうございます」

「いや、そんな、お祝いされる年じゃないよ（笑）」

「いやいや、しかしお若いですな。髪も黒いし、六十代でも通用しますよ（笑）」

この当時、男性の平均寿命は六十九歳と少し。令和元年のそれは、八十一歳と少しである。今でいえば九十過ぎの長老が、政局を自在に切り回す……「人生百年時代」「生涯現役」の先駆けが、川島正次郎である。

「いや、あちこちで若いって言われてんだよ（笑）……まあ僕のことはいい。それより田中君、ここらで表と裏を交代しようじゃないか」

「……と言いますと?」

「これまでは君が、まあオフレコが主だけど、四選を直接宣伝してきた。だけど君は幹事長だし、佐藤派の代貸しでもあるから、ちょっと勢いを弱めていった方がいいと思う」

「なるほど。で、今度は先生の方で……」

「ウン、そろそろ僕が表に立つよ。ただ、最初は外の釣り球を投げて、折を見てパッと際どいところに投げるつもりだ。露骨に四選すべきなんて言うと、また台風が起きて環境が乱れるからね。近々、佐藤君にも探りを入れてみる」

「今、四選ありと見てるのは、党内の半数くらいと思いますが、どうですか」

「いや、君のが詳しいと思うが、まあそんなところじゃないかね。求心力を維持するために、四選狙いを演出してるんだって見る人も結構いる。福田君は、禅譲をあきらめたわけではないだろうが、四選やむなしと見てるね。岸さんなんかは、ギリギリでも佐藤君を引かせられると思ってるのか知らないが……まあ、きっかけがあれば、半々の均衡が崩れるだろうから、後はきっかけをつかむタイミングだな」

「三木と前尾は、引き続き前尾の方に注意ということで……」

「だろうね。前尾君の方が大所帯だし、おまけに抑えやすい。三木君はちょっと面倒な所があるからな(笑)。……そういえば、君」

陽気な寝業師は、茶化すようにつないだ。

「来月、福田君と勝負するらしいじゃないか（笑）」

「ああ、ゴルフの件ですね（笑）。あれ向こうから申し込んできたんですよ、倉石君を通じて」

「果たし状か（笑）。まあ福田君の肚は、君との和平ムードを演出して、君が福田君をポスト佐藤として認めたって形に持っていきたいんだろ」

「いえいえ（笑）。そうはいきませんよ（笑）」

「いや、向こうの思惑とは違って、若い君にはむしろ有利なんじゃないか。勝てば『佐藤の次は若い方がいい』っていう空気も出てくるし、一応は前を歩いてる福田君と君がセットで取り上げられれば、君と福田君が並んだ形にもなる。いいチャンスと思って頑張りなよ」

七月七日、川島は、官邸で開かれた定例の政府首脳七者会談に出席した。会議終了後、ふと思い立った。

〈あらためて出向くと目立つから、このまま残って佐藤君の肚を探ってみよう〉

出席者が出ていく中、副総裁はなかなか部屋から出ていかない。ようやく一番最後に出ると、

「ちょいと忘れ物をしちまった」

などとつぶやきながらすぐ戻ってきて、一人残っていた部屋の主に飄々と言った。

「……つい先日、頼まれて帝国ホテルで財界人相手に講演をしたんですよ。話が終わりましたらね、ある社長があたしに『自分は総理と面識ないけど、総理は今度で辞めちゃいかん。沖縄にしても最期まで見届ける責任がある、もう一期やるべきだ』……と、こういうんですよ。も

う一期やれってね」

佐藤は一瞬、口元をゆるませ、

「そうかね」

と一言。で、すぐさま手元の書類に視線を落とした。今度は本当に退出した川島は、

〈だいぶ前のめりになってきたな……背中をポンと押せば、すぐ転びそうだ〉

と、「四選出馬」を確信した。

四選で一番得をするのはあの男、角栄

さて、角栄に代わって「表」となった川島。七月十三日、例の魔球に続く二球目を投げた。講演で次のように述べたのだ。

「総裁を選ぶには、どれだけ党内の意見を汲み上げるか、政策を実行する意欲があるか、を見るべきだ。さらに政局安定のため、統率力を発揮できるかということを考える必要がある」

「自民党は一貫した外交政策を取り続けている。それに基づいて日米安保条約と日華条約が結ばれているが、今この方針を変える必要はない。政府の外交政策に反対の意見をもって総裁選に臨むのは、党が分裂する端緒になる」

「中国問題については、今の時点で解決することはできない」

「総裁が変わったら、党の政策も一変するというのは政党内閣の本質にそわない。総裁選では、

すでに決まっている政策についての論争は避けるべきだ。予算編成権は政府だが、自民党も強い発言権を持っていて、公約を予算に盛り込ませている。最後の大臣折衝には政調会長も立ち会っている」

三月の〝魔球〟ほどではないものの、これまたクセ球だった。「佐藤支持」とは一言も語っていない。が、裏から熱を加えると、随所に「佐藤」の文字があぶり出される……そんな仕組みになっているのである。

まず、「政局安定」と「統率力」。これは「佐藤」を連想させるキーワードだ。佐藤自身、五月半ばに「政局安定」を強調したのは既述の通りだ。「統率力」の方は、前尾への皮肉とも受け取れる。

また、外交、特に中国に言及することで、中国問題に積極的な三木の機先を制した。三木が中国問題を持ち出すと、総裁選が騒がしくなるからだ。

さらに、予算編成と自民党の関係について述べたのは、前尾への牽制だ。前尾は「福田財政」批判をした。が、福田財政とは「佐藤財政」でもあるうえに、「自民党財政」でもある。

――前尾君、君だって自民党幹部だろう。予算には自民党の意思が反映されてるじゃないか。それを批判していいのかい？

と、あてこすっているのである。決定済みの政策を論じるなというのも、現職サイドに立った発言だ。

つまり、透かしてみればわかる表現で、川島は示唆を与えたのである。「四選支持」という示唆を。

近しい人間にも、それとなく「佐藤支持」を匂わせ始める。小畑記者にもさりげなく言った。

「佐藤君には、沖縄問題を完全に解決するまで責任がある、という声もあるんだよね……僕はいつか適当な機会を見て、佐藤君にも言うつもりだがね」

三球目は七月二十日、川島派の研修会の場で投じられた。

「次の内閣は、行政改革と選挙法の改正を重要課題にすべきだ」

実は佐藤内閣は、「行革推進」を謳い、行政改革本部も設置していた。佐藤が国会答弁で、以下のように述べたこともある。

「行政簡素化は内閣の大方針」

すなわちこの三球目も、「四選支持」との暗示を与えるものだったのだ。

〝政界水先案内人〟が立て続けに放ったボールを見て、

――川島はやはり佐藤支持か？

との憶測が、政界スズメたちの間で広まってきた。

〈四選懐疑派も様子見の連中も、ちょいと浮足立ってきたな……九月に入ったら、強めに火をつけてみるか〉

ところが川島の耳に、次の知らせが入ってくる。

――船田派は九月一日の派閥研修会で、佐藤支持を表明するらしい。船田派は川島派と同様に、中間派の一つである。領袖の船田中はポスト佐藤に福田を推している。

〈万一、船田君に主導権を握られちゃったら面白くない。福田君を利することにもなる。少し早めよう〉

折よく八月十七日、札幌で「北海道総合開発推進道民大会」が予定されていた。川島はこれに参加する。もう一人、石井派を率いる元衆院議長・石井光次郎も出席予定だ。

〈ちょうどいい。石井君は表立って四選に反対してる唯一の派閥会長だし、福田支持派だ。札幌で点火しよう〉

その日、川島と石井は記者団を前に会談した。

「個人的には佐藤総理に好意を持ってるが……四選すべきではないと思う。後継者もすでに育ってるし、人心を一新する必要があるんじゃないか……。首相自身が後継者を決めてまとめていくべきだ」

石井はボソボソ話した。「後継者」とは、福田のことだ。

「人心一新」を唱える元議長を前に、江戸前フーシェは振りかぶった。そして投げた。決め球だった。

「石井君は人心一新といったが、たいして代わり映えしないような人心一新では意味が無い。

それに今のところ、党内の大部分がまとまるような後継者は見当たらないんじゃないか。現実論として、今の内閣の政策が行き詰まってるとは思えないし、内閣に対する不信も無い。政権担当者が代わらなければならない時期とは言えないんじゃないか」

〝オトボケ正次郎〟だから、明言はしない。が、誰がどう見ても、「佐藤支持」を打ち出した発言だった。

――川島は、完全に佐藤四選へと舵を切った。

――川島が佐藤支持ってことは、佐藤は本当に四選に出るつもりだし、そうなるってことか。政界水先案内人が、事実上、佐藤四選への旗を振り出した。これで四選をめぐる均衡は崩れた。懐疑派はしぼみ、一気に四選ムードが高まったのである。

〈これだから政治はやめられないんスよ……〉

〝政治〟が面白くてしょうがない男は、自分の投げたボールに振り回される有象無象を、恍惚と見入った。生きている人間を絵の具にして、作品を描き上げていく。これに勝る芸術が、このシャバにあるなら教えてほしい。

政治の芸術家は右手をポケットに突っ込んだ。

で、子供のように、無邪気に口笛を吹いた。

――ピュ～。

〈さすが、川島さんらしい上手い言い方だな……。「後継者が見当たらない」なんて、福田をあてつけてるところが特にいい（笑）〉

軽井沢にて川島発言を聞いた角栄は、ほくそ笑んだ。

〈これで、日和見の連中は四選へ傾く……もうちょいしてダメ押しすれば、佐藤に当確が出る〉

ニヤニヤしながらゴルフクラブを磨く角栄。そう、福田とのゴルフ決戦を控えていたのだ。

人呼んで、〝ゴルフ巌流島〟――グリーン上の角福戦争は、八月二十日、南軽井沢のゴルフ場で百人以上のギャラリーを集めて開戦した。

立会人は倉石忠雄（くらいしただお）と鈴木善幸だった。「メカケ憲法」発言で知られる倉石は、〝五重人格〟ともいわれた複雑な男だ。福田の参謀ではあるが、角栄とも親しい。しかも若き日、森恪の秘書だった。川島が師事し、佐藤が欲しがり、角栄が意識した森恪。角福いずれの系統にも、その影が残っていたのである。鈴木善幸はのちの首相で、前尾派の幹部だ。また同時に、〝隠れ田中派〟の筆頭格でもある。

「やあ、やあ、福田武蔵の登場だ。田中小次郎はすでにご到着か」

福田の掛け声を号砲に、刀でなくゴルフクラブによる決闘が始まった。

勝負の結果は――。

角栄九三・福田一一七。史実とは逆に、〝小次郎〟の勝利に終わった（ただしスコアに関しては、角栄が八六、あるいは八七との説、福田は一一五、あるいは一二〇だったとの説がある）。

〈これを機に角福休戦へと持ち込み、あわよくば佐藤四選を阻止する。それが無理でも四選後の福田への禅譲を、角栄に認めさせる〉

〈福田の罠なんかに乗らず、若さと力を見せつけてやる〉

腹に一物あった両雄だが、ラウンド終了後の会談で、意見の一致を見た。

「政府・自民党が一体となって施策を進めていく。そのため互いに協力する」――換言すれば、「佐藤四選のためにお互い協力する」ということだ。三日前の川島発言をきっかけに、加速し出した四選への流れ。福田もそれに抗しきれず、嫌々ながら四選の船に乗り込んだのである。

〈川島が札幌で狼煙を上げてから、四選への動きに拍車がかかってきた……今日の角福会談で、さらに勢いは増すだろう〉

その日、同じ軽井沢で静養していた団十郎。「角福一致」の報を聞き、ご満悦だった。もう、四選した気でいる。

〈面倒な男だが、凄い男だ。野に放つと不安だから、見える所に置くようにしたが……川島を副総裁にしておいてよかった〉

とはいえ、いつまでも安心してはいられない。副総裁は幹事長とつるみ、〝クラウンプリンス〟を敵視しているのだ。

〈俺が残りをしっかりやって、福田君に譲る。四選後の課題は、川島と田中をどう扱っていく

かだな……。使える奴らだから、ギリギリまで使って切るか。それとも徐々に遠ざけていくか……〉

早くも四選後に思いを巡らせていた佐藤は、九月三日、岸信介と会う。未だ福田への禅譲を目論む賢兄と、一時間に渡って話し込んだ。

「おい、何べんも言うが四選出馬はいかん。川島がまた焚きつけて、福田君まで日和ってるようだが、四選はお前のためにも福田君のためにもならん。もっといえば、日本のためにもならん。四選すりゃ、あの田中が総理になる可能性が高くなるぞ」

「いや、そんなことはない。福田君はまだ頼りない面があるし、ここは俺が続けて、福田君に貫禄がついたところで譲ればいい」

「そんなことあるか。四選したら、お前の力は落ちていく一方だ。福田君に譲ろうったって譲れなくなる。お前も野垂れ死にする」

「いや、逆だよ。二年後には沖縄が返ってくる。そん時には俺の存在感はますます高まってるだろ。それにもし俺が四選に出ないで福田君を推しても、前尾と三木が連合したら福田君は負けるぞ」

「いや、福田君は乱戦になっても勝てるだろ。田中は割れるかもしれんが、川島は有利とみたら福田君にだってつくはずだ。前尾や三木に負けるはずがない」

「兄貴は甘い、単純すぎるよ。福田君は存外敵が多いし、俺の支持者がそのまま福田支持にはならない。だから俺が四選するのは、福田君のためでもあるんだよ」

妖怪は納得せずに去っていった。しかし二年後、岸の懸念は現実のものとなるのである。

さて、四選への扉を開けた川島は、九月六日、共に中間派である船田、中曽根と会談。「佐藤四選」で一致した。

中間派のうち有力三派が佐藤支持を鮮明にしたことで、中間派はまとまって佐藤を推す公算が強くなった。

〈政界は、一寸先は闇だ。油断は禁物だが、これで前尾君は観念するだろう〉

案の定、前尾は観念した。それも早かった。三派会談の翌七日、派内に相談もせず、こう口を滑らせたのである。

「佐藤四選は無いと見ていたが、中間三派が結束して四選支持に回るなら、四選を認めざるを得ない。こうも速いテンポで四選が固まっていくとは見ていなかった……」

出馬断念にまでは踏み込んでいないが、事実上の立候補見送り表明だった。

しかし〝暗闇の牛〟のあきらめは、四選確定ムードばかりが原因ではなかった。前段階として、大平や鈴木善幸の「暗躍」もあった。

「無理に立候補して佐藤を怒らせたら、公選後の人事で干される可能性が高い。勝つ見込みが薄いなら、ここは自重した方が展望を開ける。派の面々も、ポストを得られる」

と、二人は主張して、迷う前尾に出馬を見合わせるよう迫っていた。むろん、大平の耳に、……前尾が立候補しなけりゃ、派内からは突き上げも起きるだろ。そうなりゃ当然、君の出番になる。

という角栄のささやきが響いていたことは言うまでもない。

角栄自身も前尾と会い、

「前尾さん、心苦しいですが……今回、佐藤に協力して頂ければ、副総理格でお迎えする用意があります」

と説得。川島もまた、暗闇の牛とは〝賢人仲間〟の椎名悦三郎を通じ、前尾の感触を探った。そして自らも、極秘裏に前尾と接触し、出馬見送りを促した。

「前尾君、今回は一休みして、次の展開を待つっていう考え方もあるんじゃないか。四選に協力すれば、佐藤君は君を副総理か何か、重要閣僚で処遇する腹積もりだ。そうなれば、今後は君が反福田連合の盟主になる可能性だって出てくると思うよ。福田君は自分が岸、佐藤の嫡流だと思っているようだが、何しろ敵が多いからね。佐藤支持派が丸ごと福田支持派になるなんてことはない。佐藤君の後は混沌とした情勢になるから、佐藤派と摩擦を起こさないことは大事なんじゃないか」

川島―田中ラインと大平らの工作で、

〈確かに、勝てる見込みが薄いのに立つよりは、蔵相……副総理兼蔵相あたりで入閣し、政権ナンバーツーの立場で時を待った方がよいか〉

と、暗闇の牛は「パス」へと傾きつつあった。そこへ中間三派の「佐藤支持」が飛び込んできたというわけだ。

だが、前尾発言に対しては、派内から反発が湧いた。

「佐藤がまだ出馬を明言していないというのに、立候補を断念するとは何事だ！」

「川島なんかのペースに乗せられるな！」

そのため前尾は「まだ五分五分」と釈明する。けれども、「出馬見送り」がマスコミにも出た以上、もう後の祭りであった。前尾は十六日に川島と、二十二日には佐藤と会談。結局、入閣含みで佐藤支持を表明することになったのである。

一方、前尾の「出馬見送り」の報を受け、〝待ちの政治家〟は

〈外堀はほぼ埋まった。もう待たなくてもよい頃合いになってきた〉

と判断。前尾発言の翌八日、次の如く述べた。

「国連総会には、私が行かなければならないと思う」

しかも念を押すように、二度言った。三月の川島発言以来、「国連総会出席」は、「四選出馬」と同義語になっている。佐藤もそれに便乗し、何度も国連カードをかざしてきた。ついにその札を切ることで、事実上の四選出馬宣言を行ったのである。

しかし、国連出席と四選とをワンセットにするという、政治の芸術家が放った魔球——。

この絶妙な球は、実に半年もの間、威力を発揮し続けたわけだ。

たった一つの発言で、政局も、総理大臣の言動も、長きに渡ってコントロールしてしまう……そんな信じ難いことを、現実にやって見せた川島正次郎。この男も角栄と同様に、『史記』や『三国志』の世界を体現しているのである。

九月十二日、中間七派が会合し、「挙党一致で佐藤四選を図ることが望ましい」と申し合わせた。先の三派のみならず、七派が歩調を合わせたことで、佐藤四選には完全に青信号が出た。が、江戸前フーシェは浮かれない。

〈まだ三木君がいる。彼は〝ズルシャモ〟だから、前尾君と違って折れないだろう。それに……もう勝負はついてる以上、対抗馬がいた方が、ガス抜きになって党のプラスになるって面もある〉

九月十七日、川島は三木と会談。結果は予想通りだった。

「三木君、君はどうするんだい？　党内の大勢は、ご承知の通りの方向を向いてるけど……」

「いや、そう言いますけどね、佐藤さんは未だにはっきりとは四選に出ると明言してないし、所信も明らかにしていない。まず総裁ご自身の意向を表明することが先決じゃないですか。政策も明示してないのに、周りから固めていくようなことはよくないと思いますな」

「なるほどね、君の言うことはよくわかる」

「男は勝つまで何度でも勝負する……これですな」

川島は「出るな」とは言わなかった。出るかどうかも聞かなかった。無駄な説得はしない性質だ。

〈負け戦でも出た方が、派がまとまるし、ポスト佐藤は俺だとアピールできると踏んでるんだろう。まあ正解だ。そこそこ取れば、佐藤君に対する牽制にもなるってもんだ（笑）〉

結局、三木は九月二十四日に立候補を表明。佐藤はまだ正式には出馬を宣言していないものの、一対一の総裁選となることが実質的に決まった。

影の総理たる所以

「いや、川島先生、見事な采配でした……三月の発言から始まって、じわじわと四選ムードを盛り上げ、石井さんとのアレでパッと口火を切る……あの八月の発言から、あれよあれよというちに、四選が確定しましたな。ここまで急ピッチに決まるとは、正直なところ思いませんでした。集団催眠をかけたというか何というか……いや全くお見事です」

角栄は川島の〝魔術〟に深く感心した。

「いや、僕もちょっと驚いてるよ。でもあたしじゃなく、君の功労だよ。四選に一番初めに取り組んだのは君なんだから。あたしはちょっと手伝っただけさ」

「いえ、とんでもございません。私にはあのような手口というか（笑）。いつのまにか寄せてズバっと行くようなやり方は到底……ズバっと行くだけなら得意なんですが（笑）」

「……まあ三木君がどれだけ取るかわからないが、佐藤君に対する不満も多いから、三ケタはいくだろう。前回彼は一〇七票だったから、そこがラインになるね」

「でしょうね。前回を超えれば、あの人も総裁候補として残る。百を切ったら難しいでしょう」

「三木君があまり少ないと、佐藤君がつけ上がる。あまり取ると、ポスト佐藤が混沌とする（笑）。いやあ、政治は難しいねえ」

「先生が言うと説得力があります（笑）。初当選から四十年以上ですか、いま佐藤さんが恐れるのは、岸さんを別にすれば、川島正次郎ただ一人でしょうな」

「そうでもないよ、警戒されてるだけだよ（笑）。……しかし君、これで君は、福田君より一歩先に出たことになったぞ」

「……」

「間違いない。君が先頭だ。世間じゃまだ、クラウンプリンスなんていって、福田君が一番手みたいに思ってるが、違うよ。百も承知だろうが、君は福田君を抜いてポスト佐藤のトップに立ったんだよ。第一、僕の目の黒いうちは、佐藤君の次を福田君には持っていかせん。君だ」

「身に余るお言葉……」

「もちろん一寸先は闇だし、半年以上先のことなんて予測できない。ただ、何かアクシデントが無ければ、佐藤君は四選後の任期二年のうち、少なくとも昭和四十七年五月の沖縄返還まではやるだろう。その前に福田君に禅譲なんてしないよ。その気なら今回やってるよ」

「その通りですな。禅譲なんか期待する方がおかしいです。自分の人生は自分で切り拓かなきゃ……」

「衆議院の任期切れは昭和四十八年だから、総裁任期が切れる昭和四十七年は、もう解散風が吹いてる。そういう状況で、総裁選を迎えるわけだ」

「……はい」

「二年後、福田君は六十七だ。新総理としては年をとった印象になる。佐藤君の後、また官僚政治かって話にもなる。その点、君は若いし、党人だし、庶民だ。なんか、昭和の太閤やコンピューターでもあるそうだが……」

「ご冗談を（笑）。川島先生こそ私以上に異名をお持ちで（笑）」

「田中君、とにかく二年後の総裁選は、選挙に勝てる顔かどうかが最重要になる。佐藤君は、沖縄返還前に解散なんてしないから、解散カードは無い。福田君が前言ってたように、新総裁のもとで選挙だ。となると、選挙に強い君が、断然有利だ。佐藤君の力も、その頃には落ちる一方になってるよ。今は一馬身のリードだが、どんどん差を広げていってほしい。期待してるよ」

川島の、この堂々とした信念と風格は、まさに「影の総理」と呼ばれるに相応しい。

「いえいえ（笑）。川島先生、今後ともご指導ください」

「党人宰相は石橋さんから出てないからな。戦前から見てて、君は党人政治家として一頭地抜いてるよ、総合的には。原敬になれるかどうかは知らんけどな（笑）」

「原敬だなんて畏れ多い……」

「僕は後藤新平さんにお世話になった。あと永田秀次郎さん。今の僕があるのは、あの二人のおかげだ。ただ、私情抜きで見れば、原敬が党人政治家としては最高峰だろう。新聞記者の頃に少し見たけど、あの手腕は凄かったよ。あの域に届く政治家がいるとすれば、君しかいない。だから君は……」

と、そこで川島はせき込んだ。

――ゴホッゴホッ！　ゴホッゴホッ！

少し長かった。

「ちょ、ちょっと大丈夫ですか？」

「いや、ご心配をおかけして……ちょっと喘息があれなんで、近くまたハワイに行くつもりだよ。ハワイで少し過ごせば、不思議と喘息が収まるからね。とにかく君には期待してるよ。君は知らんだろうけど、僕は初出馬のとき、『日本中一人も食うに困らないようにする』って訴えたんだ」

「へぇ、そりゃ初耳です。でもいい言葉ですね、わかりやすいし人間の基本だ。左の方からも受けが良かったんじゃないですか？」

と角栄は笑顔を見せた。

「さすが、三百とった幹事長だな（笑）。その通り、無産系の支持者にも評判は良かったよ。なにしろ国民の大部分は庶民なんだから、庶民のための政治をしないとね。それが出来るのは君だよ。最近は内閣に比べて、党や議会の力が弱まってきてるけど、ちょっと心配だ。官僚独善だと、庶民に目が届かなくなるからね。でも、庶民が食うに困ったら、そういう国はもうダメだ。ようやく日本も食えない人が少なくなってきたけど、国民を食わせるために政治家がいるんだから……」

――ゴホッ、ゴホッ！

川島はまたせき込んだ。

「大丈夫ですか、ホントに……」

「……失礼、ま、一病息災だよ……君も急ぎ過ぎないで、自重して頑張ってほしい。公選後、佐藤君がどういう態度に出るかも注意しておこう。どういう形であれ、あたしたちを使うことは使うだろうが、一方では押さえにくるだろうからね。……でもまあ、何が起ころうと大丈夫だ。たいしたことはない。その気持ちで行こうよ。田中君、君も十分力をつけたし、何とかなるよ」

昭和四十五年十月十五日、佐藤はようやく総裁選への立候補を正式に表明した。川島が旗を振り始めてから約二カ月。真打ちは、満を持して登場したのである。

十月十八日にはくだんの国連総会へと出発し、二十七日に帰国。一日置いた二十九日、党大会で公選が行われた。

佐藤栄作　三五三
三木武夫　一一一

無効票等を含め、批判票は一二八票に達した。三木は前回を上回る善戦で、ポスト佐藤の一角に残った。

「敗北ではない。二年後の総裁選の勝利のための第一歩だ」

意気上がる敗者とは対照的に、勝者の顔は厳しかった。

〈三木があんなに取るとは……〉

はじめ佐藤は、無競争での四選を望んでいた。「完全試合」だ。それが無理なら圧倒的な差で四選を、と目論んだ。「完封」だ。が、結果は――普通の「完投勝利」であった。

〈改造の件、考え直さにゃならんな〉

団十郎はギョロ目を座らせた。

〈これで、あたしの仕事は終わった〉

〝四選仕掛人〟の方は、いつものスタイルだった。

――ピュ～。

右手ズボンのポケットに突っ込み、口笛を吹きながら公選会場を後にする。

〈完璧ではないけど、満足のいく出来だったな。……そういえば、内務省にいた頃、永田さんは九十五点が一番いいようなことを言ってたような……〉

大自民党の副総裁は、懐かしい内務省時代にタイムスリップした。稀代の寝業師の原点だ。今や総理・総裁さえ一目置く川島も、最初は小僧みたいなところからスタートしたのだ。

〈後藤さんと永田さんが、今回のあたしの腕前を見たら、何て言うだろう？〉

少なくとも努力は評価してくれるだろう。

元属官はそう思った。

「努力しなければ人としての価値はない。信頼できるのは、みんなに優秀だといわれる人間より、努力型の人間だ」――川島の名言の一つである。

〈夜学の頃から今に至るまで、努力だけはしてきたな。それがあたしの本当の財産だ〉

努力したから後藤と永田に認められた。努力したから政治家になれた。努力したから特等席で花を見られるようになった。運も才能もあったとは思う。が、努力したから運を掴めたし、才能を伸ばせたのだ。

〈肩書や立派な家なんか、昔ウチで扱ってたべっ甲ほどの価値もありゃしないや（笑）〉

人を見る際も、物差しは「努力」であった。政治家でも記者でも、地道に努力する人間を好んだ。

〈努力する人間には、出来る限り応えてきたつもりだ〉

要領よく立ち回る人間より、努力型の方が信じられる。長い目で見れば、そちらの方が役にも立つ。最も複雑な政治家は、案外単純に人を見ていた。

〈しかし、もう傘寿か……長生きしたもんだ。あの頃の後藤さんや永田さんよりずっと上になっちまった。年だけは（笑）〉

とはいえ、感傷に浸ってばかりいられない。公選が終われば人事が待っている。

〈さて、佐藤君がどう出るか……三木君が一矢を報いた形になったから、機嫌はよくないだろう〉

ここでちょっとせき込んで、むせた。

——ゴホッ、ゴホッ！

ややあって落ち着いた。口笛を吹こうとしたが、やめた。

〈……急に昔が懐かしくなったり、あたしももう年かな（笑）。でも頭は、年々冴えてきてんだけどなぁ〉

川島正次郎八十歳。まだ、隠居する気はない。

川島正次郎、急死

総裁選終了後、すぐに官邸に戻った佐藤は、真っ先に前尾を呼んだ。

「……今回の改造は、前尾君一人だけの改造にしたい。ポストの方は、悪いが経済閣僚にはしにくい。前尾派の荒木国家公安委員長とあなたが交代するというのはどうだ」

「……ちょっと、それは話が違いませんか。私が副総裁や幹事長と話していたのは、副総理格で経済閣僚ということだったはずですが……それにもう一人、ウチのムラから入れて頂かないと困ります。私はそのつもりで出馬を辞退してあなたを支持したんですから」

「そうはいっても、前の改造から十カ月程度しか経ってないし、今の布陣に問題もない。来年は参院選などもあるし、このままのメンバーで行きたいと思う」

「いや、しかし、私と荒木君が交代するだけというのは、ちょっと納得致しかねます……」

「……そうか、それじゃ仕方がない。今回の改造は見送ることにする」

暗闇の牛は、粘らず引き下がってしまった。はたせるかな、若手の突き上げを食らい、その後大平に派閥会長を譲る羽目になる。

〈前尾を蔵相にしたら、福田君の立場がなくなるし、川島と田中がますます力をつけてしまう。川島と田中は一応留任させるが、福田君が少しリードした形で党内の均衡を保つためにも、ここでちょっと押さえとかにゃならん〉

前尾が退散した後、佐藤は川島、田中、保利らを呼び、内閣改造取りやめを通告した。

「エッ……」

揃って絶句する、四選の立役者たち。

〈佐藤君は、昨日、前尾派の処遇を新人も含めて考えといてほしいと言ったばかりなのに……〉

副総裁が唖然とすれば、

〈改造に消極的になってるとは思ったが、いきなりこう来るとは……〉

幹事長は動転した。

で、二人とも、

〈前尾への信義を欠くことになってしまった……他の連中も、「あいつらの勢いは止まった」と見るだろう〉

と焦った。

――四選への露払い、ご苦労だった。が、総裁は俺だ。これ以上、お前らの好きにはさせんぞ。

という大宰相の意志も感じた。

その直後、官邸のパーティーに出た川島は、

「副総裁、万歳の音頭を」

と促されると、

「万歳要員かい。どうせ僕は冠婚副総裁だからね」

と吐き捨て、嫌々立ち上がった。いつもの飄々とした風情ではなかった。よほど腹に据えかねたのであろう。角栄の方も、

「これから難しくなる……」

と、うめいた。

「すばしっこいウサギが死ねば、猟犬は不要になって煮て食われる（＝敵国が滅びれば、手柄を立てた功臣は邪魔になって殺される）」――。

大昔、誰かがこう言っていたけれど、四選祝賀ムードの中、功臣たちの周辺にだけ重苦しいムードが漂っていた。

「仏典には、人の一生は百六十歳と書いてあります。私はまだ八十歳。やっと半人前になったばかりです。これからまだバリバリ働かせてもらいます」

佐藤四選から三日後の、十一月一日。日本武道館における後援会総会で、川島は約一万人を前にこう演説した。会場の隅々まで行き渡る、大きな声だった。当時、若手の一部が「ヤングパワー」などともてはやされていたのだが、それに対して「老人パワー」を見せつけた形だ。

――ゴホッ、ゴホッ！

とはいえ、持病の調子は良くない。時折発作が出る。

「武道館の館長になってから、一度も館長室を見ていない。行ってみよう」

この春、武道館館長に就任した川島は、喘息をおして館長室に向かった。そこで巨人対ロッテの日本シリーズを観戦。友人の永田雅一がオーナーを務めるロッテの勝利を見届けた後、パレスホテルの事務所へ向かった。記者団の麻雀をしばらく眺め、

「諸君、僕は失敬するよ」

と帰宅した。

〈さて、これからどうなるか……政治は離合集散の繰り返しだし、佐藤君はだいぶ強気になってるから、また色んな事がおこるだろう。……でもまあ、何が起ころうと、たいしたことはない。何とかなるさ〉

三日前、改造の約束を反故にされた。そのときは佐藤に対し怒り心頭だった。が、すでに、飄々としたいつもの川島に戻っていた。大野伴睦たちと仲違いしても、すぐヨリを戻したときと同じだ。あまり根に持たない性格だから……というのもある。だが何より、悲喜こもごも至るのが政治だと、いや人間社会だと、体得していたからだ。

三十七でバッジを付けて以来、いや、その以前、内務省の頃から〝政治〟と共に歩んできた川島。喜怒哀楽なんであれ、一時の感情を政治に持ち込むことなどしない。

た。

——ゴホッ、ゴホッ！

春頃から喘息が、断続的に続いていた副総裁。

十一月十日、皇居で開かれる園遊会に出席した後、その足でハワイへ静養に行く手筈であった。

——ゴホッ、ゴホッ！

しかし、症状が思わしくないため、家人は勧めた。

「園遊会はやめて、一日も早くハワイへ行っては……」

が、川島は受け付けない。

「陛下のお招きを断るのは失礼だ。それに園遊会で下賜される恩賜の煙草を、ハワイにいる友達に持って行ってやりたい」

十一月四日には、原敬の没後五十年祭に臨席する予定であった。川島は出る気満々で、秘書役へ転じていた小畑記者に追悼文をまとめさせていた。だが結局、大事をとって断念。最も尊敬する政治家の顕彰碑を見ることは、かなわなかった。

で、園遊会を明日に控えた昭和四十五年十一月九日——。

その日は、佐藤栄作政権が誕生して、ちょうど七年目の日であった。

——ゴホッ、ゴホッ！

明け方三時から、佐藤内閣の産婆の身に発作が起きた。吸入器を使うと収まったが、午前七時、またせき込んだ。

——ゴホッ、ゴホッ、ゴホッ！

長かったものの、どうにか落ち着いた。安心したように、傍らの夫人に話しかける。

「昨日、君の夢を見たよ」

が、午前九時、三回目の波が来た。津波だった。

——ゴホッ、ゴホッ！　ゴホッ、ゴホッ！

折しも佐藤栄作家では、夫婦間でこんな会話がなされていた。

「内閣が出来て今日で丸六年、七年目になりますから、お世話になってる川島さんにお電話でお礼をしたら……」

「……そうだな」

しかし発作に苦しむ副総裁は、電話口に出られなかった。大宰相から電話があったと寝床で聞いた川島は、

「そうかい、今日で六年かい」

とつぶやいた。別れの言葉であった。

〝陽気な寝業師〟〝江戸前フーシェ〟〝カミソリ正次郎〟〝オトボケ正次郎〟〝魔術師〟……あまたの異名を奉られた、二度と現れないであろう政治家は、そのままひっそりと目をつむり、彼岸へと旅立っていった。遺産は大物政治家らしからぬ額で、政治資金の私的流用や蓄財は、一

切していなかった。粋な花街で生まれ育ったべっ甲屋の正ちゃんは、灰になるまで粋人だったのである。

「エッ……」

兵庫県へ飛ぼうとしていた角栄は、

――川島正次郎、急死！

との報を聞き、大声を上げた。次の言葉が出ない。

〈川島さんが亡くなった……〉

すぐさま佐藤に連絡し、大森の川島邸へ向かった。選挙応援に行く予定であったが、それどころではない。

〈一寸先は闇……〉

目頭をぬぐいながら大森に着いた。

「ただ驚いたということに尽きます……」

玄関前で立ち尽くしたまま記者団に述べると、遅れて秘書役の小畑記者がやってきた。元番記者を見かけた幹事長は、指令を下す。

「君は、ここを一歩も動かず世話をしたまえ」

角栄にこう言われたら、そうするしかない。小畑氏は通夜から密葬、党葬が終わるまで、川島邸に宿泊。着替えは家から取り寄せたという。

選挙応援を取りやめる気でいた角栄であったが、

「川島さんは衆議院議長という栄光の座を固辞してまで、政党政治の発展に尽くされた。その教えに従って、兵庫へ行くのが党人としての務めだ」

と、思い直して羽田を飛び立った。死せる川島が、生ける角栄に、党人としての役目を果たさせたのである。

逝去の翌日、角栄は東京新聞に、

「川島さんが突然亡くなられて悲しい。川島さんは、わが党の大黒柱であり、かけがえのない自民党の看板政治家であった。私にとってもよき大先輩であり、政治の師匠であった」

との書き出しで始まる追悼文を寄せた。師が俳句に親しんだことを意識したのか、その末尾を夏目漱石の句で飾っている。

有る程の菊抛(な)げ入れよ棺(かん)の中

他方、新聞各紙には次のような文字も躍った。

――川島副総裁の死で最も打撃を受けたのは田中幹事長。

――田中氏は大きな柱を失った。

実際、その通りだった。ポスト佐藤レースにおいて、角栄は一歩後退したと見る向きもあった。

しかし、角栄は天下を獲る

しかし、角栄は――。

先頭に立ったまま、テープを切ったのだ。

後ろ盾の死で、確かに福田との差は縮まった。だが角栄は、多数派工作を展開し、再びその差を広げていった。沖縄返還後、佐藤はレームダックと化し、越後の土建屋を止める力は残っていなかった。そして昭和四十七年七月五日、角栄はついにポスト佐藤を制したのである。

「……」

天下を獲る十日前、角栄は、ある男の墓前に総裁選への立候補を報告した。

ある男――共に「佐藤四選」を演出した、川島正次郎だ。

「四選」が無ければ佐藤は福田を後継指名できた。それでおそらく福田内閣が出来ていた。ところが「四選」を境に角福は逆転。ついぞ順位は入れ替わらず、そのまま田中内閣が誕生したのである。

つまり佐藤が四選したことが、運命の分かれ道だったのだ。

川島―田中ラインを形成し、佐藤四選劇を主導した川島正次郎――筆者がこの唯一無二の政治家を、〝田中角栄を総理にした男〟と敬する所以である。

……田中角栄以降、二十二人の首相が誕生した。が、角栄ほど強い印象を与えた人物は、未だ現れていない。また、角栄ほど即断即決の政治家も、未だ現れていない。

何か危機が起きるたび、「この災害にどう対処したか？」「コロナ禍にどう臨んだか？」と夢想される総理も——川島正次郎とタッグを組んでその座に就いた、田中角栄ただ一人である。

主要参考文献

「政界一寸先は闇」小畑伸一　黄帆社
「川島正次郎」川島正次郎先生追想録編集委員会　交友クラブ
「川島正次郎」林政春　花園通信社
「昭和戦前期の選挙システム千葉県第一区と川島正次郎」車田忠継　日本経済評論社
「実力者の条件」草柳大蔵　文春文庫
「人生この一番　日本を動かす人々」学芸通信社編　文明社
「私の人生劇場」東京新聞社編　現代書房
「田中政権・八八六日」中野士朗　行政問題研究所
「政治家田中角栄」早坂茂三　集英社文庫
「田中角栄」早野透　中公新書
「田中角栄　その巨善と巨悪」水木楊　日本経済新聞社
「小説田中軍団上・下」大下英治　角川文庫
「田中角栄の呪い」小室直樹　光文社
「田中角栄とその弟子たち」久保紘之　文芸春秋
「戦場の田中角栄」馬弓良彦　毎日ワンズ
「内閣制度百年史全二巻」内閣制度百年史編纂委員会　大蔵省印刷局
「近代日本政治史必携」遠山茂樹・安達淑子　岩波書店
「戦後政治上・下」升味準之輔　東京大学出版会
「現代政治上・下」升味準之輔　東京大学出版会
「日本内閣史録全六巻」林茂・辻清明　第一法規
「自民党政権」佐藤誠三郎・松崎哲久　中央公論社
「自由民主党の誕生」小宮京　木鐸社
「秘録戦後政治の実像」自由民主党広報委員会出版局編　自由民主党広報委員会出版局
「秘録戦後史5」清国重利　学陽書房
「小説吉田学校全八巻」戸川猪佐武　角川文庫
「続政界五十年の舞台裏」木舎幾三郎　政界往来社
「産経新聞政治部秘史」楠田實編著　講談社
「自民党戦国史全三巻」伊藤昌哉　朝日文庫
「派閥」渡辺恒雄　弘文堂
「政治の密室」渡辺恒雄　雪華社
「渡邉恒雄回顧録」渡邉恒雄／伊藤隆・御厨貴・飯尾潤　中央公論新社

「政治記者」野上浩太郎　中公新書
「活字にならなかった戦後政治」宮村文雄　泰流社
「戦後保守政治の軌跡上・下」後藤基夫・内田健三・石川真澄　岩波書店
「後藤新平」北岡伸一　中公新書
「評伝森恪」小山俊樹　ウェッジ
「前田米蔵伝」有竹修二　前田米蔵伝記刊行会
「鳩山一郎・薫日記」鳩山一郎　中央公論新社
「岸信介回顧録」岸信介　広済堂出版
「岸信介の回想」岸信介・矢次一夫・伊藤隆　文芸春秋
「岸信介証言録」原彬久編　毎日新聞社
「戦後政治の証言者たち」原彬久　岩波書店
「佐藤栄作日記全六巻」伊藤隆監修　朝日新聞社
「正伝佐藤栄作上・下」山田栄三　新潮社
「佐藤栄作　最長不倒政権への道」服部龍二　朝日新聞出版
「佐藤栄作」村井良太　中公新書
「佐藤政権・二七九七日上・下」楠田實編著　行政問題研究所
「楠田實日記」楠田實　中央公論新社
「首席秘書官」楠田實　文芸春秋
「池田政権・一五七五日」吉村克己　行政問題研究所
「池田勇人とその時代」伊藤昌哉　朝日文庫
「人間池田勇人」土師二三生　講談社
「回顧九十年」福田赳夫　岩波書店
「大平正芳」福永文夫　中公新書
「大野伴睦回想録」大野伴睦　弘文堂
「記録椎名悦三郎」椎名悦三郎追悼録刊行会
「政治わが道」藤山愛一郎　朝日新聞社
「三木と歩いた半世紀」三木睦子　東京新聞出版局
「増田甲子七回想録」増田甲子七　毎日新聞社
「保守本流の思想と行動」松野頼三　朝日新聞社
「ニューリーダーがアレだから自民党が面白い」福家俊一　ロングセラーズ
「ジョゼフ・フーシェ」シュテファン・ツワイク　岩波文庫
「値段の明治大正昭和風俗史」週刊朝日編　朝日文庫

※他に多くの新聞・雑誌記事を参考にさせて頂きました。

栗原直樹

くりはら・なおき

昭和五十年東京都生まれ。

中央大学経済学部国際経済学科卒業。

元衆議院議員公設第一秘書。

秘書時代は主として地元選挙区を担当し、会合出席、集会の動員、旅行の見送りなどに奔走。

知事選等の地方選にも従事した。

著書に「田中角栄の青春」、「田中角栄　池田勇人　かく戦えり」「日本共産党大研究」がある（いずれも小社刊）。

写真提供・共同通信社

田中角栄を総理にした男　軍師・川島正次郎の野望

二〇二〇年七月九日　第一刷発行

著者――――栗原直樹
編集人・発行人――阿蘇品 蔵
発行所――――株式会社青志社
〒一〇七-〇〇五二　東京都港区赤坂五-五-九　赤坂スバルビル6階
（編集・営業）
TEL：〇三-五五七四-八五一一　FAX：〇三-五五七四-八五一二
http://www.seishisha.co.jp/
本文組版――――株式会社キャップス
印刷・製本――――中央精版印刷株式会社

ISBN 978-4-86590-103-0 C0095